文春文庫

赤い博物館

大山誠一郎

目次

初出一覧
パンの身代金　別册文藝春秋電子増刊
（「赤い博物館」改題）「つんどく！」vol.1
復讐日記　「つんどく！」vol.2
死が共犯者を別つまで　「つんどく！」vol.4
炎　「オール讀物」二〇一五年四月号
死に至る問い　単行本書き下ろし

単行本　二〇一五年九月　文藝春秋刊

デザイン　関口聖司
協力　法科学鑑定研究所
DTP制作　エヴリ・シンク

〈引用出典〉
「恋唄」『吉本隆明詩全集5　定本詩集』（思潮社刊）

赤い博物館

パンの身代金

1

寺田聡《てらださとし》は、錆《さび》の浮いた鉄の門の前で、深々とため息をついた。

冬晴れの空は雲ひとつなく、どこまでも青く透き通っている。だが、それも鬱々《うつうつ》とした気分を和らげてはくれない。

三鷹市の閑静な住宅街の一角、ひびの入ったコンクリート塀で囲まれた三百坪ほどの敷地。門扉《もんぴ》の奥に、半世紀は経つと思《おぼ》しい、赤煉瓦《あかれんが》造りの三階建ての建物が見える。門柱には、半ば剝《は》がれかけた〈警視庁付属犯罪資料館〉という文字。

ここが、今日からの職場だった。

――週明けから、犯罪資料館に異動してもらう。

――犯罪資料館? どうして急に……。

――自分がしでかしたことを思い出してみろ。

係長とのやり取りが脳裏に蘇り、ますます気が滅入ってきた。

門柱のインターホンを鳴らすと、「はい?」としわがれた声がした。

「本日付でこちらに配属になりました寺田聡巡査部長です」

「ああ、ごくろうさん。今、開けるよ」

建物の正面玄関の扉が開き、守衛の制服を着た小柄な老人が出てきた。七十過ぎだろうか。孫の相手をしているのが似合いそうな温和な顔立ちだが、目付きは鋭い。守衛の老人は門に近づいてくると、鍵を取り出して南京錠を開錠した。スライド式の門扉を軋ませながら開けて聡を中に入れる。

「館長がお待ちだ。案内するよ」

聡は守衛の老人に続いた。正門を入ってすぐは、乗用車四台分ほどの広さの駐車場となっていたが、停まっているのはおんぼろの白いワゴン車だけだ。

石の階段を五段上がると、正面玄関の扉だった。大きな木製の扉で、桟で区切られガラスが何枚もはめ込まれている。茶色く塗られていたが、至るところが剝げ落ちていた。

中に入ると、薄暗く、古い建物特有の臭いが鼻をついた。広い廊下がまっすぐ奥へ延びている。壁のあちこちに染みがある。しんと静まり返り、物音ひとつしない。聡が先週までいた捜査一課とは大違いだ。

入ってすぐの右手は守衛室で、左手はトイレだった。そこから、清掃員姿の中年女性がバケツとモップを持って出てきた。五十過ぎで、頭にパーマをかけている。彼女は聡を見るなり、よだれを垂らさんばかりの顔になり、

「あんたが新しくうちに配属された人？　ええ男やないの。背が高いし男前やし。まさ

にあたしのタイプ」

何なのだ、このおばさんは。

「あたしは中川貴美子《なかがわきみこ》いうねん。貴重品の貴に美しい子と書いて貴美子。あたしにぴったりの名前やろ。覚えといてね」

「は、はあ。私は寺田聡といいます」

「名前まで二枚目やないの」

中川貴美子は腰に付けたポシェットをごそごそ探ると、「飴《あめ》ちゃんどうぞ」と勧めてくれた。掃除用のゴム手袋をしたままだ。聡はありがたく辞退した。守衛の老人は苦笑しながら眺めている。

廊下の突き当たりの右手、〈館長室〉と札の出た部屋の前に来る。守衛の老人がドアをノックすると、中から「どうぞ」と低い声がした。失礼します、と聡は言い、室内に足を踏み入れた。

八畳ほどの広さの部屋だった。正面の壁と左手の壁に窓があるが、ブラインドが降ろされている。残り二方の壁一面に書棚が並べられ、本がびっしりと詰め込まれている。部屋の真ん中には黒檀《こくたん》の机と、そこに向かって書類を読む女。

――雪女。

とっさにそんな連想が働いたのは、女が白衣を着ているせいだろうか。それとも、青ざめたように白い肌と、肩まで伸びた艶《つや》やかな黒髪のせいだろうか。それとも、年齢不詳の、人形のように冷たく整った顔立ちのせいだろうか。

フレームレスの眼鏡を軽く押し上げると、女は聡をじっと見つめてきた。長い睫毛《まつげ》に彩られた二重瞼の大きな瞳に、ふと吸い込まれそうな錯覚を覚える。

「本日付でこちらに配属になりました寺田聡巡査部長です。よろしくお願いいたします」

錯覚を払おうとして、聡は大きな声で言った。

「緋色冴子《ひいろさえこ》。ここの館長だ。よろしく」

女はにこりともせずに言った。そっけない声だった。それから、女はまた書類に目を落とした。

「これまでは捜査一課におりました。証拠品の保管などの業務は初めてですので、至らないところも多々あるかと思いますが、精一杯働かせていただきたいと思います」

聡は心にもないことを言った。

緋色冴子は何の反応も示さず、黙々と書類を読み続けた。

室内は居心地の悪い沈黙に包まれた。こういうとき、普通の上司ならば、「がんばってくれ」の一言ぐらい口にするはずではないか。

「あの、本日の仕事は何をしたらよろしいでしょうか」

「訊きたいことがある」

緋色冴子がようやく書類から目を上げた。

「何でしょう？」

「清掃員の女性は左右どちらの手で飴を渡してきた？」

「――は？」

予想もしなかった質問に聡は面食らった。いったい何を訊いてくるのだ。冗談のつもりかと思ったが、緋色冴子の白い顔は無表情で、笑みひとつ浮かんではいない。

「左右どちらの手で飴を渡してきた？」

館長はもう一度言った。聡はとまどったが、記憶を探って答えた。

「左手でした」

「飴の包装は何色だった？」

「紫です」

「守衛さんはこの部屋のドアを何回ノックした？」

「三回です」

ようやくわかった。聡の観察力と記憶力を試しているのだ。とすると、館長は清掃員と守衛に「このように振舞ってほしい」とあらかじめ指示していたのだろう。

館長の紅《あか》い唇がかすかに歪んだ。ひょっとしたら、微笑したのかもしれない。

「合格だ。――〈赤い博物館〉へようこそ」

＊

警視庁付属犯罪資料館——通称〈赤い博物館〉。東京・三鷹市にある施設で、警視庁の管内で起きた事件の証拠品（凶器、遺留品など）や捜査書類を、事件発生から一定期間が経過したのちに所轄署から受け取って保管するとともに、調査・研究や捜査員の教育に用い、今後の捜査に役立てる役目を果たしている。ロンドン警視庁犯罪博物館——通称〈黒い博物館《ブラック・ミュージアム》〉を真似て、一九五六年に設立されたものだ。だが、世界的に名高い本家とは異なり、調査・研究や教育目的と称してはいるものの、実態はただの大型保管庫と化している。館員は館長とその助手の二人だけ。ありていに言って閑職である。

警視庁の一員として、聡も犯罪資料館の名前を聞いたことはあった。だが、花形の捜査一課にいる自分とは無縁のものとして、気にも留めないでいた。まさかそれが自分の人生と関わってくるとは夢にも思っていなかった——先週の金曜日までは。

聡は新年早々、大失態を犯した。強盗傷害の容疑者の男の自宅を捜索した際、持参した捜査書類を置き忘れてしまったのだ。容疑者と同居していた女がスマートフォンで捜査書類の写真を撮り、ネットで公開した。気づいた警視庁はプロバイダに要請して画像を削除させたが、画像はすでに拡散されており、ネットメディアや週刊誌、テレビのワイドショー、さらには新聞にまでも取り上げられる事態となった。「捜査員の管理能力はどうなっているのか？」「正月で気が緩んでいるのではないか？」との非難が浴びせられた。無数のブログやSNSで面白おかしく書きたてられたことは言うまでもない。警視庁はマスコミに対して持てる影響力を駆使して報道を抑えようとした。それはある程度は功を奏したが、完全に抑えることはできなかった。

失態からの三週間、聡は自分のうかつさに憤りを覚えつつ、針のむしろに座らされている気分で過ごしてきた。同僚たちが捜査に向かうときも、本庁に残って書類仕事をするよう命じられ、実際の捜査には携わらせてもらえない。そして、先週金曜日、上司である第三強行犯捜査第八係長に呼びつけられ、開口一番、告げられたのだった。

――週明けから、犯罪資料館に異動してもらう。

――犯罪資料館？　どうして急に……。

――自分がしでかしたことを思い出してみろ。

――本当に申し訳ありません。もう一度だけ、チャンスをいただけませんか。

――チャンスだと？　ふざけるな。

係長の今尾《いまお》正行《まさゆき》警部は聡を睨みつけた。

――お前の失態のせいで、警視庁はマスコミに叩かれ、世間の笑い者になっているんだ。全警視庁職員が、お前のせいで恥をかいている。お前のような奴は捜査一課にはいらん。

聡は驚愕と屈辱に打ちのめされた。自分が警察に入ったのは刑事になるためであり、証拠品の保管係になるためではない。だが、どれほど頭を下げようとも、係長は「もう決まったことだ」の一点張りだった。捜査一課員は背広の襟に「S1S」と記されたバッジを付けている。それは、Search 1 Select、選ばれし捜査一課員を意味している。何よりの誇りだったそのバッジを、聡は係長に返した。そして、同僚たちの憐憫《れんびん》の視線を浴びつつ早退した。

捜査書類で大失態を犯した自分が証拠品や捜査書類の保管庫へ異動するとは、悪い冗談としか思えなかった。いっそのこと警察を辞めようか。自宅のマンションでやけ酒を呷《あお》りつつ思ったが、刑事を天職と考えてきた聡は、退職後に何をしたらよいのか思いつかなかった。いやいやながら、週明けの月曜日から資料館に出勤することにしたのだった。いつの日か、捜査一課、あるいは所轄署の捜査係でもいいが、捜査畑に戻れる日が来ると自分に言い聞かせて——。

「〈赤い博物館〉へようこそ」と言ったあと、緋色冴子は「案内する」と告げてさっさと歩き出した。白衣の裾からかたちのよいふくらはぎが見え隠れする。恐ろしく足が速く、聡は慌ててあとを追った。彼女の身長は百六十センチ台半ばだろうか。ほっそりとしたからだつきなので、実際より背が高く見える。

館内には、一階から三階まで保管室が合計十四部屋あった。各保管室にはスチールラックが何列も並べられ、証拠品や捜査書類を収めたプラスチック製の衣装ケースがそこに置かれている。劣化を防ぐため、証拠品は一点ずつポリ袋に入れられていた。

一個の衣装ケースが一件の事件に対応しているが、大きな事件では対応する衣装ケースが十個を超えるものもあった。証拠品が大きすぎる場合は、衣装ケースに入れず、ポリ袋に入れるだけですませている。三億円事件の証拠品を見たときは、さすがに少し感動した。この資料館には、設立された一九五六年以降、東京都で起きたすべての事件の証拠品や捜査書類が収められており、その数は数十万点に及ぶという。

保管室の空気はどこも快適だった。訊いてみると、一年を通じて温度二二度、湿度五五パーセントに設定しているという。それが保管に最適な環境とのことだった。

「証拠品や捜査書類の保管・管理ということですが、具体的には何をしたらよいでしょうか」

「ラベル貼りだ」

「――ラベル貼り？」

「現在、証拠品を管理しやすくするため、証拠品を入れた袋にQRコードのラベルを貼り、スキャナを当てると、パソコンの画面に証拠品の基本情報が表示されるシステムを構築中だ。CCRSは知っているな？」

はい、と聡は答えた。CCRSとは、Criminal Case Retrieval System――刑事事件検索システムの略で、戦後、警視庁の管内で起きたすべての刑事事件が登録されたデータベースである。事件名、発生日時、発生場所、被害者名（殺人事件ならば死因も）、犯行方法、犯人名が表示されるごく簡単なものだ。事件名は、捜査本部が設置された際にそこで掲げられるいわゆる「戒名」を用いている。警視庁管内の各警察署や法医学・鑑識関係の研究機関に置かれている端末からアクセスすることができる。

「現在、ここで構築中のデータベースは、CCRSを土台にしたものだ。君にはラベル貼りとデータの入力をしてもらいたい。館長室の隣が助手室になっている。そこのパソコンを使ってくれ」

「――わかりました」

そんな単調な事務仕事を？　今すぐ資料館を飛び出したくなったが、「いつの日か捜査畑に戻るんだ」と自分に言い聞かせてぐっと我慢した。

「それから、仕事中は白衣に着替えてくれ。わたしが白衣を着ているのは、衣服に付着したさまざまな汚れで証拠品が汚染されるのを防ぐためだ。君にもそうしてもらいたい」

勘弁してくれと聡は思った。館員が二人とも白衣を着たら、まるで医師のコスプレをしているみたいではないか。

＊

こうして、〈赤い博物館〉での日々が始まった。

一件の事件に対応する衣装ケースを保管室から助手室に運び込み、証拠品の入った袋にQRコードのラベルを一枚一枚貼っていき、館長がメールで寄こす事件の概要をパソコンでQRコードと紐付ける。それが終わったら、衣装ケースを保管室に戻して別の事件の衣装ケースを助手室に運び込む……。毎日ひたすらその繰り返しだった。

朝九時に出勤して、夕方五時半に退勤。残業はなし。捜査一課時代のように、ひとたび事件が起きれば早朝から深夜まで働くこともなく、捜査本部の置かれた所轄署に泊り込むこともない。これまでの生活とは一八〇度異なっていた。

毎朝九時、聡が出勤したときには、緋色冴子はすでに館長室で仕事をしていた。午後五時半、聡が帰るときにも残って仕事をしている。だから、白衣姿以外の彼女を見たことがない。証拠品や捜査書類を保管するだけなのに、いったい何をそんなにすることがあるのだろう。不思議に思って観察してみると、彼女は保管されている捜査書類に片っ端から目を通しているのだった。事件の概要をまとめるのに、捜査書類を読むのは確かに必要だが、彼女の読み方は必要の度合いをはるかに超えていた。まさか、無味乾燥な捜査書類を読むのが趣味なわけでもあるまい。いったい何を考えているのだろう。

緋色冴子と口を利くことはほとんどなかった。必要最低限のことしか言ってこないのだ。こちらが話しかけても無視して書類を読み続けることも多い。聡は、清掃員の中川貴美子や守衛の大塚慶次郎《おおつかけいじろう》と喋ることの方がはるかに多かった。そして、緋色冴子は笑うことがない。いつも冷ややかな無表情だ。顔の筋肉に笑うという機能が欠けているかのようだった。

聡はある日、いつものように飴を勧めてきた中川貴美子に、館長はどんな人なのか知っていますかと尋ねた。

「キャリアやねんて。階級は警視。無茶苦茶頭のええ人なんよ」

中川貴美子はモップとバケツを置くと、我がことのように誇らしげに答えた。

「――キャリア？」

聡は驚いた。国家公務員I種試験（二〇一二年度からは総合職試験）に合格して警察庁に入庁したいわゆるキャリアは、全警察官二十五万人のうち、五百数十名しか存在しないエリートだ。入庁の時点で警部補の地位を与えられ、警察大学校での教養課程の受講と所轄署での現場研修のあと、警部の地位を与えられる。かつては四年目、制度改革がなされた現在でも七年目には、自動的に警視に昇進する。その後は数年の任期で全国各地の要職を経験し、聡のようなノンキャリアには考えられないすさまじいスピードで出世の階段を上がっていく。警察官というより警察官僚であり、ノンキャリアが現場の仕事を担当するのに対し、キャリアは警察の組織管理が職務である。そのキャリアが、犯罪資料館館長のような閑職に回されるとは異例だった。

「キャリアがなんでここの館長なんかするんです？」

「ここの館長なんかって、何よ。犯罪資料館は立派なところやで」

中川貴美子は膨《ふく》れっ面《つら》をした。

「あ、そうですね。すみません。でも、警視クラスのキャリアだったら、警察庁の課長補佐、都道府県警の課長、中小規模の警察署の署長なんかをしているでしょう。犯罪資料館の館長というのは珍しいなと思って」

「そうなん？　よう知らんけど。館長さんになって八年になるんやて」

「八年も？」

聡はまた驚いた。キャリアがそれほどの長きにわたって異動していないことも異例だった。緋色冴子はよほど無能なのだろうか。コミュニケーション能力が欠如していることはわかるが。

「あたしがここの掃除を担当するようになって三年になるねん。初めて館長さんに会うたときに、ここのお仕事どれぐらいしてはるんですかて訊いたら、五年言うてはったから。館長さんを見たとき、ラッキーって思うたわ」

ラッキー？

「だって、館長さん、すごい美人さんやろ？」

「――そうですね」

「そんな美人さんの下で働けるなんて、幸せやん」

「――そうですね」

「確かに口数は少ないし愛想もないけど、クール・ビューティいうの？　かっこええやん。あたし、憧れるわ」

「――そうですか」

雪女がいくら美人だろうと、出会いたくない存在であることに変わりはない。

「ところで、私の前任者はどんな人だったんでしょうか」

「あんまりできのええ人やなかったなあ。しょっちゅう居眠りしとったし、へまばかりしとったし、不真面目やったし。半年もせずに辞めてしもうたわ」

「その人は、ここに来る前はどこにいたんでしょうか」

「警視庁の総務部にいた言うとったわ」

「その前の人は？」

「大森署から来た言うとった。やっぱりできん人で、半年ぐらいで辞めてしもうたけど」

きっと、証拠品や捜査書類の管理という辛気臭い仕事と、コミュニケーション能力皆無の館長に嫌気が差したに違いない。ここは最近マスコミをにぎわしている一部の企業の「追い出し部屋」と同じで、警視庁は退職させたい職員をここに放り込むことにしているのではないか？　館長はそのための必要不可欠な道具なので、キャリアにもかかわらず八年の長きにわたって異動していないのではないか？　これからの日々を思い、聡は暗澹《あんたん》たる気分になった。

2

証拠品や捜査書類は、事件発生から一定期間が過ぎると、犯罪資料館に収められることになっている。殺人事件の場合は十五年だ。この数字は、二〇〇四年に刑事訴訟法が改正されるまでは殺人罪の公訴時効が十五年だったことに由来するもので、要するに時効が成立したら証拠品をこの資料館に収める規則になっていたのだ。二〇〇四年の改正で殺人罪の時効は二十五年に延長され、さらに二〇一〇年の改正刑事訴訟法で殺人罪の時効そのものが廃止されたが、犯罪資料館に証拠品を収めるのが殺人事件の場合は発生から十五年後という規則は変わっていない。ただし、時効がない殺人事件の場合、捜査書類がないと継続捜査に支障をきたす恐れがあるので、コピーを取ってそちらを犯罪資料館に収めている。

証拠品や捜査書類は各所轄署に保管されているので、犯罪資料館の方でそれを受け取りに行く。それも聡の仕事だった。

配属されて四週間が経った二月二十五日の朝、聡はおんぼろのワゴン車を運転して、品川署に十五年前の事件の証拠品を受け取りに向かった。このワゴン車は、犯罪資料館に唯一与えられた車両だ。

品川署は東品川三丁目にあった。駐車場にワゴン車を停めると、一階の受付で「犯罪資料館の者です」と告げた。証拠品の保管庫の鍵を管理する刑事課長の立会いの下、証拠品とリストを受け取る。同時に、事件の捜査書類のコピーも受け取った。

ジャンパー、背広、ワイシャツ、下着、靴、靴下、手袋、眼鏡、立体マスク、血の付着したナイフ、アタッシュケース、針――。いずれもポリ袋に入れられている。一九九八年に起きた、中島《なかじま》製パン恐喝・社長殺害事件の証拠品だ。聡は当時まだ中学生だったが、マスコミが連日のように大きく報じていたのを憶えている。

犯罪資料館の駐車場に戻ると、緋色冴子が出てきた。聡と彼女で証拠品と捜査書類のコピーをワゴン車からカートに降ろし、一階の助手室に運び込むと、作業台に載せる。緋色冴子はそれから手袋をはめると、ポリ袋から証拠品を一点ずつ取り出し、リストと照らし合わせて確認し始めた。青ざめたように白い肌が心なしか紅潮しているように見える。非人間的なまでに無感動な館長が唯一興奮の色を見せるのがこのときだった。

まずは、社長が身につけていたもの。緑系統の迷彩柄のジャンパー。裏側は黒で、リバーシブルになっている。焦げ茶色のアルマーニの背広。コットン生地の白のワイシャツ。同じくコットン生地の白の下着。なかなかお洒落だが、どれも乾いた血で汚れている。ジョンロブの黒の紳士靴。白の靴下。革手袋。グッチの眼鏡。立体マスク。これは花粉症対策だろう。続いて、ゼロハリバートンのジュラルミン製アタッシュケース。社長が現金を運ぶために用いたものだ。血の付着したナイフ。刃渡りは十二、三センチだろうか。そして、輪ゴムで束ねられた十数本の針。商品のパンに入れられていたものだった。

不意に、彼女の手が止まった。見ると、彼女は鋭い眼差しを証拠品に注いでいる。だが、どの証拠品を見ているのかはわからなかった。

「この事件のことはどれぐらい知っている？」

「大まかなことしか……。企業恐喝事件としてはグリコ・森永事件に次ぐほどの重大事件ですから、警察学校でざっと教えられはしましたが」

「明日までに捜査書類を読んで、事件の概要を把握しておいてくれ。今日はもうラベル貼りとデータ入力はしなくていい」

「――明日までに？　どうしてですか？」

緋色冴子は答えず、証拠品をじっと見つめていた。こうなったら、何を訊いても答えてくれない。聡はため息をつくと、捜査書類のコピーを手に取った。

＊

助手室にこもると、捜査書類を読み始める。

事件が起きたのは、一九九八年二月のことだった。

ターゲットとなったのは、東証・大証一部上場企業である中島製パン株式会社。売上高六千二百億円、従業員数一万七千人の業界最大手である。

二月一日から八日にかけて、都内各所のスーパーマーケットで、中島製パンの商品に針が入れられているのが見つかる事件が計十四件、発生した。包装袋に針の通った穴が開いているので、針が刺し込まれたのが包装後であることは間違いない。針は工場の出荷用倉庫か、配送中か、店頭で入れられたことになる。中島製パンは三日の時点で工場の担当部署の従業員と配送業者を調べるとともに、工場の倉庫の監視を強化した。にもかかわらず以後も針入りの商品が見つかる事件は続いたことから、針は店頭で入れられている可能性が高いという結論に達し、各スーパーマーケットと相談して被害届を提出した。

事件は大きく報じられ、中島製パンの商品の売上は激減した。そして、二月十日、本社に速達が届いた。中島製パン株式会社御中とだけ印字され、差出人名はない。開封した秘書課員は、中に入っていた手紙に真っ青になった。それは、犯人からの脅迫状だった。

商品に針を入れるのをやめてほしければ、中島製パンは一億円を払え――。

脅迫状にはそう印字されていたが、金の具体的な受け渡し方法は記されていなかった。通報を受けた警視庁は、単なる威力業務妨害ではなく恐喝事件だと判断し、捜査本部の設置を決断した。中島製パン本社は品川駅前にあるので、捜査本部は品川署に設けられ、捜査一課から、人質立てこもり事件、誘拐事件、企業恐喝事件などを担当する特殊犯捜査係が送り込まれた。

中島製パンでは緊急の取締役会が開かれ、一億円を支払うことが全員一致で決定された。中島製パンは東証・大証一部上場の大企業だが、典型的な同族会社で、社長の中島弘樹《ひろき》は創業者の三代目、専務の高木祐介《たかぎゆうすけ》はその従弟だった。二人は激しく対立しており、社内は社長派と専務派に二分されていたが、このときばかりは一億円を支払うことで一致した。中島製パンは商品の回収と販売中止を余儀なくされており、すでに数億円の損害をこうむっていたからだ。

捜査本部は、犯人が電話連絡してくる場合に備えて、本社の大代表の電話と社長宅の電話に録音機を取り付け、ＮＴＴに逆探知の要請をしたが、それを見越したのか、犯人はまったく電話をかけてこなかった。

封筒と脅迫状に使われたプリンターや用紙が鑑識により特定されたが、それらは市場に広く出回っているもので、購入者を突き止めることは困難が予想された。脅迫状にも封筒にも、犯人のものと思われる指紋はまったく付いていなかった。

捜査本部は、被害に遭った各スーパーマーケットの防犯カメラの映像の分析を進めたが、パン売り場は非常に多くの客が利用するうえ、売り場が充分に映っていなかったり、画像が不鮮明だったりする店も多く、不審な人物は特定できなかった。

犯人に新たな動きがあったのは、二月十八日のことだった。その日、二通目の脅迫状が本社に速達で届いたのだ。

金はアタッシュケースに入れろ。二月二十一日土曜日の午後七時ちょうどに、社長自身が運転する車で、社長宅から一億円を載せて出発し、第一京浜を北へ向かえ。目的地については追って指示する——。

一通目と同じ紙、同じ封筒、同じプリンターが使われていた。犯人のものと思われる指紋がまったく付いていないことも同じだった。

『追って指示する』と脅迫状にはあったが、犯人から何の連絡もないまま、三日が経った。指定された二月二十一日の午後七時、中島社長は自家用車のセルシオに、一億円の入ったアタッシュケースを積んで、大田区山王二丁目の自宅を出発した。

中島社長の服の襟《えり》にはピンマイクを取り付け、犯人と直接会ったり電話で言葉を交わしたりしたとき、その内容が捜査員に伝わるようにしてあった。ただし、ピンマイクの発する電波は微弱で数メートル先までしか届かないので、セルシオの後部座席の床に捜査員が一人寝そべり、ピンマイクの電波をイヤホンで受信し、聞き取った内容を携帯型無線機を使って捜査本部に伝える手はずになっていた。

自宅を出た中島社長のセルシオを、直近追尾班の車両が密かに追尾し始めた。一般車両に偽装しているため、見たところでは警察の車だとはわからない。セルシオとそれを追尾する警察車両は、JR大森駅、次いで京浜急行大森海岸駅のそばを通って第一京浜に入り、北へ向かった。

午後七時十分。車が南品川四丁目の交差点を過ぎたところで、突然、中島社長の携帯が鳴り始めた。

「どうしましょう」

中島社長は後部座席の床に寝そべる捜査員に問いかけた。

「犯人からかもしれません。とりあえず車を路肩に停めて電話に出てください」

捜査員は答えた。

中島社長は急いで車を路肩に停めた。電話に出ると、予想通り、犯人からだった。

「八時十分までに千葉県の我孫子市役所前に行け」

ヘリウムガスで甲高く変えた声がそう命じると、電話は切れた。捜査員は中島社長から通話の内容を聞き取ると、すぐさま無線機で捜査本部に報告した。

この時点で、捜査本部は、犯人の範囲が大幅に狭まったと考えていた。社長の携帯番号を知っていたということは、犯人は彼と近しい人物だ。ヘリウムガスで声を変えたことも、それを裏付ける。

セルシオは山手通りに入り、芝浦ランプから首都高速に乗った。犯人に命じられた通り、我孫子市に向かってひた走る。直近追尾班の車両が次々と入れ替わりながらそのあとを追った。

午後八時二分、車は我孫子市役所前に到着。そして八時十分ちょうど、犯人から二度目の電話が社長の携帯にかかってきた。

「最終目的地を告げる。手賀大橋を渡って県道八号線を南下し、大島田の交差点を左折して国道十六号線に入り、三本目の道を左折しろ。しばらく行くと右手に洋館の廃屋がある。そこに入れ」

それだけ言うと、電話は切れた。後部座席の捜査員から無線報告を受けた捜査本部は色めきたった。地図を調べ、取引現場監視班の捜査員を廃屋に先回りさせるべく指示を出す。

社長はセルシオを走らせた。八時二十分、社長の携帯が鳴り始めた。社長は車を路肩に停めると、電話に出た。

「一億円は確かに用意しているだろうな?」

甲高い声が言う。

「もちろんです。一万七千人の従業員の生活がかかっているんです。そちらを騙したりはしません」

「それならいい。必ず来い」

電話は切れた。

午後八時三十分、セルシオは指示された廃屋の前に着いた。

一面に畑が広がる中に、朽ちた木の塀で囲まれた敷地があり、そこに二階建ての洋館が建っていた。窓はすべて雨戸で閉ざされ、建物のあちこちが傷んでいるのが夜目にもはっきりとわかる。建てられてから半世紀は優に経つようだ。敷地の背後には林が広がっていた。

自動車道路から洋館の敷地までは、畑を挟んで二十メートルほど離れており、畑のあいだを通る細い道で結ばれていた。社長はセルシオを、その細い道が分岐する地点に停めた。

道路には、人はもちろん車もまったく通らなかった。周囲に人家はまばらで、一番近い家でも百メートルは離れている。エンジンを切ると、圧倒的な静けさが訪れた。

このときすでに、廃屋の周囲には取引現場監視班の二人の捜査員が張り込んで監視していた。畑に身を伏せていたのだ。

「……それでは、行ってきます」

社長が震える声で言った。

「気をつけてください。何かあったら、すぐに叫ぶように。あの廃屋は二十メートルほど離れているので、残念ながらピンマイクの電波はこの車まで届かないが、叫べば聞こえます。他の捜査員もすでにあの廃屋を監視している。私たちがすぐに助けに行きますから、安心してください」

「……ありがとうございます」

中島社長は車を降りると、アタッシュケースを手にして畑のあいだの細い道を歩いていった。後部座席の捜査員は窓の端からそっと目を出し、その姿を見送った。社長が木の塀の門を抜け、古びた洋館の玄関の前に立つのが見えた。玄関ドアを開けると、中の灯りが漏れて玄関前がぼんやりと照らし出された。廃屋に電気は通っていないので、犯人が何らかの照明器具を用意したようだ。社長はためらっていたが、意を決したように足を踏み入れ、ドアを閉めた。玄関前はまた暗くなった。

いよいよ大詰めだ。取引現場監視班の二人も、セルシオに潜む捜査員も、固唾《かたず》を呑んで廃屋を見守った。

だが、廃屋に入った社長は、いつまで経っても出てこなかった。廃屋で何が起きているのか？　二十メートルほどの距離があるので、廃屋内部の物音をピンマイクで聞くことはできない。何かあったら叫ぶように言ったが、社長の叫び声も聞こえない。

捜査本部は焦った。捜査員に廃屋を覗かせて、何が起きているのか確認したいが、もしかしたらこれは犯人の罠かもしれない。例えば、犯人は廃屋に社長宛の書置きを残し、一定時間、廃屋に留まるよう指示しておく。不審に思った捜査員たちに姿を現させ、警察が介入していることを確認するという寸法だ。

身動きが取れないまま、三十分が経過した。捜査本部はついに、取引現場監視班の二人の捜査員に、廃屋の状況を探るよう命じた。

取引現場監視班の捜査員たちは、身を伏せていた畑から立ち上がり、洋館に近づいた。玄関ドアを開けると、そこは二十畳ほどの大広間だった。ランタンが四台置かれ、室内を明るく照らしている。そして、その真ん中にアタッシュケースが転がっていた。捜査員たちはそちらに駆け寄った。ケースを開けると、一億円は手付かずのまま残っていた。しかし、そばに社長の姿はない。

セルシオに潜んでいた捜査員もそこに合流し、三人の捜査員は懐中電灯を手にして、洋館の中を隈なく探し始めた。懐中電灯があるとはいえ、暗闇の中での捜索は困難を極めた。だが、いくら探しても、社長の姿はどこにもなかった。社長に持たせたピンマイクも、何の音も伝えてこない。報告を受けた捜査本部は騒然となった。

三人は捜索の対象を洋館の敷地に移し、そこでようやく防空壕の存在に気がついた。勝手口のすぐそばの地面に、蓋《ふた》で閉じられた入口が設けられていたのだ。捜査員が蓋を開けると、階段が下へ続き、真っ暗な空間が前方に広がっていた。捜査員たちは懐中電灯で照らしながら階段を降りた。

そこは六畳間ほどの空間だった。何も置かれておらず、がらんとしている。社長の姿はない。降りてきた階段とは反対側に通路が延び、闇の中に消えている。その通路を十メートルほど進むと、扉があった。そこを開けると、林の中に出た。洋館の敷地の背後に見えていた林のようだ。防空壕は敷地の外へ続いていたのだった。

林を少し進むと、自動車道路が走っていた。三人の捜査員は手分けして社長の姿を探したが、どこにも見当たらなかった。犯人の車で連れ去られたのだろう。捜査本部は防空壕の存在を知らず、犯人に完全に出し抜かれたのだった。

犯人は洋館の大広間に書置きを残し、そこで中島社長に、防空壕を通って最終目的地に来るように指示していたのだろう。防空壕は夜は真っ暗になるから、書置きの他に懐中電灯も置いていたと思われる。あるいは、犯人は洋館に潜んでおり、社長を伴って防空壕を抜けたのかもしれない。ただ、一億円が残されていたのが謎だった。犯人はなぜ、せっかく手に入れた金を持っていかなかったのか。

捜査本部は千葉県警の協力の下、周辺一帯に緊急配備を敷き、検問を行った。しかし、中島社長を乗せた車は見つからなかった。社長が廃屋に入ったのが八時三十分、捜査員たちが防空壕を発見したのは九時二十分過ぎで、この五十分強のあいだに、犯人は社長を連れて相当遠くまで行くことができたはずだ。犯人は検問の網の外に出てしまった可能性が高かった。

そして翌日、事件は最悪の結末を迎えた。午前六時過ぎ、廃屋から三十キロほど離れた東京都足立区の荒川河川敷にある江北橋緑地で、中島社長の他殺死体が発見されたのだ。ナイフで左胸を刺されていた。死亡推定時刻は前日二十一日の午後八時から九時のあいだ。現場に血が流れていないことと、死斑の発現状況から判断して、死後、移動させられたと思われた。

社長が廃屋に着いたのは午後八時三十分だから、死亡推定時刻は八時三十分から九時までのあいだに絞られる。社長は八時三十分に廃屋に着き、一人でか、犯人とともにかはわからないが、防空壕を通って廃屋を去り、九時までのあいだに殺害されたのだ。その後、犯人は死体を車で運び、江北橋緑地に遺棄した……。

3

結局、その日の勤務時間は、捜査書類を読むのに費やされた。初めは気乗りのしないまま読み始めた聡だったが、いつしか没頭していた。午後八時頃まで残業をして読み、さらには自宅に持ち帰ってまで読み、日付が変わって午前一時を過ぎる頃、ようやく読み終えた。

翌朝、聡が出勤すると、いつものように緋色冴子はすでに館長室にいた。聡の顔を見ると、おはようとも言わず、開口一番、「捜査書類は読んだか？」と訊いてきた。

「ええ」

「事件の概要は頭に入ったか？」

「一応は」

「話してみてくれ」

聡は社長の死体が発見されるまでを話した。緋色冴子は無表情に聞いている。

「では、その後の捜査は？」

「まず、問題の廃屋ですが、戦前に建てられた洋館で、事件の十年前まで人が住んでおり、十年前にその人物が亡くなってからは空き家になっていました。防空壕は太平洋戦争末期に掘られたもので、出入り口が二箇所あるのは、当時の洋館の主が、万が一、爆撃で片方の出入り口が埋まっても、外に出られるようにしたためだそうです。防空壕には、床を掃《は》き清めたり、蜘蛛《くも》の巣を払ったりした跡がありました。足跡などが残らないよう、犯人が掃除したと思われます。

警察が取引現場を監視することを予期していた犯人は、この廃屋を取引現場に選びました。出入り口が二箇所ある防空壕が付属しているので、警察に監視されていても、防空壕を通ることで、監視の目をかいくぐって現金を奪い取ることができるからです。犯人は、どういうルートでかはわかりませんが、この廃屋の存在を知っていたのです」

「事件当時の所有者は？」

「事件の十年前まで住んでいた人物の甥で、兵庫県加古川市在住の男性です。調べた結果、彼には中島製パンの商品に針が入れられた二月一日から八日にかけても、中島社長が殺害された二月二十一日にも、完璧なアリバイがありました。ちなみに、事件の二年前から、三村不動産が廃屋を含む一帯に大規模なアウトレットモールを建設する計画を立てており、事件後、甥も廃屋の建つ土地を売却しました。三村不動産は二〇〇一年、廃屋を含む一帯に〈スーパーアウトレットモール手賀沼南〉を開業させたので、取引現場はもう存在しません。廃屋の存在を知っていたという点で、犯人はこのアウトレットモールの関係者の中にいるのではないかという意見も捜査本部の中で出ましたが、いくら調べても犯人と思しき人物は見つかりませんでした」

「中島社長が殺された理由について、捜査本部はどう考えた？　社長の殺害は、恐喝者にとって百害あって一利なしのはずだ。社長を殺害された中島製パンは態度を硬化させて、恐喝者と取引することを拒否し、一億円の支払いを中止するだろう。また、恐喝者の罪状には、恐喝罪の他に殺人罪が加わり、極めて重いものとなる。犯人はなぜ、社長を殺した？」

「捜査本部が最初に考えたのは、社長は恐喝者に会った際、相手が知人であることに気づいたという可能性でした。恐喝者は変装していたのかもしれないが、社長はその変装の下にある顔を見抜いた。そこで、恐喝者は口封じのために社長を殺害した。この場合、殺害は計画的ではなく衝動的ですから、恐喝者が自分に不利になるにもかかわらず社長を殺害したことに説明がつきます」

「しかし、捜査本部は、恐喝という事実そのものに疑いを抱くことになった」

「はい。一億円が、廃屋に手付かずのまま残されていたからです。犯人が廃屋に書置きを残して社長に防空壕を通って来るよう指示した場合、社長は一億円を持っていくはずだから、廃屋に残されることはありません。また、犯人が廃屋に潜んでおき、現れた社長を伴って防空壕を抜けた場合でも、一億円は持っていくはずです。あるいは、犯人が廃屋で社長に正体を見破られて、口封じのために殺害した場合でも、やはり持っていくはずです。にもかかわらず、残されていた。とすれば、考えられることはただひとつ――」

「社長を殺害することが犯人の真の目的であり、企業恐喝はそれを隠すためのカモフラージュだった」

「そうです。犯人には、中島社長を殺害する誰の目にも明白な動機があった。ただ単に殺害するとその動機に目を向けられてしまうので、企業恐喝のカモフラージュをすることで、その動機を隠蔽しようとしたと思われます」

「中島社長の死体からはあるものがなくなっていた。それは何だった?」

「携帯です。社長は携帯をズボンのベルトに装着するホルダーに入れていたから、犯人が死体を運んでいる途中に抜け落ちてしまったとは考えられません。とすれば、犯人が携帯を持ち去ったことになります。捜査本部は当初、携帯を持ち去った理由を、犯人にとって不利な手がかりが携帯に残っていたためと考えました。例えば、犯人は社長と疎遠だと思われている人物で、社長の携帯に残っている通話記録――実際は親しかったという記録を知られたくないがために携帯を持ち去ったという可能性です」

「携帯本体がなくとも、通話記録は携帯会社に残っているから、捜査令状を取って調べれば簡単にわかる。調べた結果はどうだった？」

「携帯の通話記録を過去一年にわたって調べましたが、社長と疎遠だと思われている人物との通話は一本もありませんでした。また、社長の携帯は、事件当日の着信は犯人がかけてきた三本の電話だけで、発信は一本もないことが判明しました。メールの送受信は、事件当日は一通もありませんでした」

「つまり、犯人が携帯を持ち去る理由がないということだな」

「はい。また、現在の携帯はカメラ機能がありますが、こうした携帯が発売されたのは事件翌年の一九九九年からですから、社長が携帯で犯人の姿を撮影し、そのために犯人が携帯を持ち去ったという可能性もありません。もちろん、音声録音機能もありませんでしたから、社長が犯人の声を録《と》っていたという可能性もない。結局、犯人が携帯を持ち去った理由はわからないままでした」

「携帯会社の通話記録を調べれば、犯人の携帯番号がわかる。そちらの結果はどうだった？」

「犯人が通話に用いたのは、プリペイド携帯だったことが判明しました。電話番号から販売店が突き止められましたが、事件当時はプリペイド携帯の販売に身元確認の必要がなかったため、購入者は不明。その販売店の防犯カメラの録画映像は一週間で上書きされることになっており、販売店が突き止められたのは犯人が購入してから一か月以上あとだったので、録画映像から犯人を割り出すこともできませんでした。

　また、基地局の通信記録を調べた結果、問題のプリペイド携帯の発信場所が刻々と移動していたことが判明しました。犯人が中島社長の携帯にかけてきた三本の電話のうち、七時十分のものはJR大森駅付近から、八時十分のものはJR武蔵境駅付近から、八時二十分のものは武蔵野市の境南町《きょうなんちょう》付近からかけられていた。犯人はこの順で移動していたということです。大森駅から武蔵境駅まで京浜東北線、山手線、中央線を乗り継いで一時間弱であること、境南町は武蔵境駅の南側一帯に広がっていることを考えると、犯人は七時十分に大森駅付近から一本目の電話をかけ、JRを乗り継いで武蔵境駅に着き、その付近から八時十分に二本目の電話をかけ、それから駅の南側の境南町へ移動して八時二十分に三本目の電話をかけたと想定されます」

「犯人は、中島製パンに脅迫状を送りつけたあと、二月二十一日の午後七時十分に中島社長の携帯に電話をかけてくるまで、まったくコンタクトを取ろうとしていない。これはどうしてだ？」

「社長宅に直接電話すると、そこで待ち構えている警察に逆探知されたり声を録音されたりするからです。ヘリウムガスやボイスチェンジャーで声を変えても、声紋は変えることができないから、電話の声を録音されれば、のちに犯人が捜査線上に浮かんでその声が密かに録音された場合、声紋分析によって両者が同一だとばれてしまう恐れがあります。

携帯電話ならば、逆探知はできず、その携帯の発信場所がどの基地局の管内なのかしかわからないので、携帯にかけるという手もありますが、その場合でも携帯に録音装置を接続すれば、犯人の声を録音することができる。だから、犯人は社長の携帯に電話をかけることもしなかった。二月二十一日の午後七時十分に初めて、犯人は社長の携帯に電話をかけてきましたが、これは、車がすでに出発しており、携帯に録音装置を接続できなくなっていたから——犯人にとって安全な状況となっていたからです。

しかし、携帯は犯人にとって諸刃の剣でもある。中島社長の携帯番号を知っていたことから、犯人の範囲はかなり限定されるからです。犯人がヘリウムガスで声を変えたことからも、犯人は社長と近しい人物だと考えられます」

「最大の容疑者として浮上したのは誰だ？」

「専務の高木祐介です。彼は被害者の従弟でしたが、社内では激しく対立していた。高木祐介ならば中島社長の携帯番号を知っているし、動機もある。従兄が死ねば、彼が社長の座に就くことになる。この明白な動機を隠すため、企業恐喝のカモフラージュをしようと考えてもおかしくありません。

しかし、高木祐介には鉄壁のアリバイがあった。午後八時二十五分に、中島製パン本社の営業部長、安田俊一《やすだしゅんいち》の自宅を訪れ、その後、十一時過ぎまでいたんです。高木と安田は囲碁仲間で、毎週土曜日に碁を戦わせていました。安田の話だと、専務が来てからは二人でずっと碁をしており、席を外したのは、手洗いに立ったときの数回だけで、どれもせいぜい二、三分程度だったそうです。

社長の死亡推定時刻は八時三十分から九時までだから、高木祐介には犯行は不可能でした。例えば、社長を安田の自宅付近まで来させておき、安田が席を外した二、三分のあいだに社長を殺害するというのは、時間的に見て絶対に無理です。安田の自宅は武蔵野市にあり、取引現場の廃屋から五十キロ以上離れているので、八時三十分に廃屋に着いた社長が、九時までに安田の自宅付近まで行くことはできません。

当然ながら、捜査本部は安田が偽証している可能性を検討しました。専務が社内での昇進を餌に、安田に偽証させているのではないか。安田は事件の二年前に離婚して一人暮らしなので、高木が問題の時刻に訪ねてきたことを証言しているのは安田一人だけです。捜査本部は安田を厳しく追及しましたが、彼は自分の証言を頑として曲げませんでした。

ただ、高木は安田によってアリバイが保証されたわけですが、安田の自宅にいたというアリバイは、高木への疑いを強めることにもなりました。というのは、安田の自宅が武蔵野市の境南町四丁目にあったからです。先ほど述べたように、犯人は大森駅からJRを乗り継いで武蔵境駅で降り、駅の南側の境南町へ移動したと想定されます。そして、事件当日、高木も同じルートを、ほぼ同じ時刻にたどっていたのです。

高木は当時、JR鶴見駅近くのタワーマンションに妻と住んでいました。高木は車を運転できないので、電車を利用していた。すると、鶴見駅から京浜東北線に乗り、大森駅を通過して以降は犯人とまったく同じルートをたどって武蔵境駅で降り、安田の自宅を訪れたことになります。高木は午後七時ちょうどに自宅を出て鶴見駅から京浜東北線に乗ったと述べており、これはおそらく犯人が利用したのより一本あとの電車だと思われます。すると、犯人がかけた三本の電話のうち、七時十分と八時十分のときにはちょうど電車に乗っていたことになり、電話はかけられなかったことになる。混んだ電車の中で脅迫電話をかけられたとは思えませんから。しかし、彼は本当は七時よりもう少し早く自宅を出て、犯人が利用したのより一本前の電車に乗ったのかもしれない。すると、大森駅で降りて七時十分の電話をかけ、犯人と同じ電車を利用し、武蔵境駅で降りて八時十分の電話をかけることが可能になる。つまり、高木は従兄を殺すことはできなかったが、従兄に電話をかけることはできた可能性があるわけです。捜査本部はこの線でも高木を追及しましたが、彼はあくまでも否定しました。

そして、捜査本部にとって大打撃となる出来事が起きました——社長が殺害されてから約一か月後の三月二十五日に、安田が自宅の風呂で溺死しているのが発見されたのです。安田が二十三日と二十四日、無断欠勤したのを不審に思った部下が自宅を訪れて発見しました。安田の血中アルコール濃度は0・27％と極めて高く、リビングのテーブルには空のウィスキー瓶とグラスがあった。泥酔状態で入浴し、溺死したと思われます。こうして、彼が偽証していたかどうかは永遠にわからなくなった。また、高木祐介を犯人だと断定する証拠も存在せず、専務犯人説は暗礁に乗り上げました」

「専務が安田を溺死させたという怪文書が中島製パン社内で飛び交ったそうだな」

「ええ。しかし、安田の死が純然たる事故であることは、捜査本部の綿密な検証の結果、明らかになっています。針入りの商品が都内各所のスーパーで見つかって以来、安田は営業部長として事態の鎮静化に駆けずり回っていました。特殊犯捜査係の捜査員や社長とともにスーパーに足を運んで、現場検証に立ち会ったりもしている。そうして疲れが溜まった上に、捜査本部に偽証を疑われて厳しく追及されたことで、ノイローゼ気味になり、深酒をするようになっていたそうです。それが、事故の原因だと思われます」

「専務の他に、社長を殺害する明白な動機を持つ者は？」

「いませんでした。この十五年のあいだに投入された捜査員は延べ二万人に及びます。事件から三年後には威力業務妨害罪の、七年後には恐喝罪の公訴時効がそれぞれ成立。殺人罪の方は、二〇一〇年の改正刑事訴訟法により公訴時効が廃止されたため、継続捜査班による捜査が今も続けられていますが、進展は見られていません――」

＊

「なかなかよく把握している」

緋色冴子は無表情な顔で言った。館長にほめられたのは初めてだったので、聡は驚いた。しかし、次の一言にさらに驚くことになった。緋色冴子は大きな瞳を聡に向けると、こう言ったのだ。

「では、再捜査を行う」

「――再捜査？　再捜査って、事件を調べ直すというんですか」

「そうだ」

「しかし、事件の捜査は継続捜査班が行っています」

「継続捜査班は袋小路に入り込んでいる。だから、事件を解決することができない」

「ですが、なぜ、犯罪資料館が再捜査をするんですか」

「わたしは、〈赤い博物館〉が、犯人が司法の手から逃れるのを防ぐ最後の砦《とりで》だと思っている。迷宮入りした事件の証拠品がここに送られてきたとき、わたしはその事件をもう一度検討する。もちろん、検討しても何も得られないことの方が多い。しかし、ごくたまに、新たな視点が得られることがある。その視点に基づいて事件を眺めることで、解決につながることがある。わたしはその可能性に賭けているんだ」

　緋色冴子がいつも捜査書類を読んでいる理由がようやくわかった。迷宮入り事件を再捜査しようと考えていたのだ。しかし、彼女はキャリアだ。キャリアは警察の組織管理が主な職務であり、実際の捜査に従事することはまずない。せいぜい、研修期間に半年程度、所轄署の刑事課や地域課に配属されて、お客様扱いされつつ現場の空気を味わうぐらいだ。そんな人間が再捜査を？　聡は笑い出したくなった。とんでもない誇大妄想だ。妄想に突き動かされて毎日大量の捜査書類を読むのは本人の自由だが、その妄想に付き合わされてはたまったものではない。再捜査をやめるよう何とか説得しなければ。

「なぜ、よりによってこの事件を再捜査しようと思われたんですか。この事件の捜査には、延べ二万人の捜査員と、十五年の歳月が費やされた。それにもかかわらず、いまだに解決していない。昨日、初めて事件に接したばかりの私たちに何ができるというんですか。継続捜査班にすらできないことを、私たちができるはずがない。ひょっとして、『新たな視点』とやらが得られたとでも？」

聡はせいぜい皮肉を込めたが、緋色冴子の白い顔は無表情のままだった。

「そうだ。証拠品を見て気がついたことがある」

「──気がついたこと？　何ですか」

「それはまだ言えない」

聡はむっとした。名探偵ぶるつもりか。秘密主義もたいがいにしろ。

「とにかく、再捜査なんて無理です。そもそも、これまで再捜査をしたことがおありなんですか？」

「昔、優秀な助手がいた頃に何度か。成果を挙げたこともある」

本当だろうか。

「昔と言いましたが、最近は？」

「最近はない。優秀な人材がうちには回ってこない。再捜査のための訊き込みを指示すると、そんなことはできないと言って辞めてしまう」

それが普通の反応だ。助手が次々と辞めている理由がようやくわかった。

「だから、手を尽くして、優秀な捜査員を助手としてうちに配属してもらったんだ。優秀な捜査員は、どこの部署も手放したがらない。うちに回されてくるのは、お世辞にもできがいいとは言えない人間ばかりだ。だから、優秀でありながら、所属する部署が手放したがっている人材——大失態を犯した人材を見つけて、うちに来てもらうことにした。そうした人材を見つけるのは本当に骨が折れたよ」

「……それが、私ということですか」

「そうだ。君は優秀な捜査員だ。だからうちに来てもらった」

〈赤い博物館〉に来て以来、心の中で凍りついていた何かが動くのを感じた。ほんのわずか、だが。

「わたしの指示で再捜査に動いてくれるか？」

聡はため息をつくと、「わかりました」と答えた。

4

中島弘樹社長殺害の殺人罪は、二〇一〇年に公布・施行された改正刑事訴訟法により時効が廃止されている。そこで、品川署に継続捜査班が設置されて今も捜査に当たっていた。

品川署の受付で警察手帳を示し、「中島製パン社長殺害事件継続捜査班の鳥井《とりい》警部補を」と頼んだ。受付の女性職員は前日も来た聡を憶えていたらしく、好奇の目を向けてきた。応接室に案内される。

三分ほどして、応接室のドアが開き、五十過ぎの中肉中背の男が入ってきた。髪を五分刈りにしたごく平凡な容貌で、人込みにまぎれたらたちまち見失ってしまいそうだ。だが、こうした平凡な容貌こそが優れた捜査員の条件のひとつだった。

「継続捜査班の鳥井だ」

「犯罪資料館の寺田聡です。お時間を割いていただきありがとうございます」

聡はソファから立ち上がって挨拶《あいさつ》した。

緋色冴子が聡に最初に会うように指示したのが、この鳥井警部補だった。捜査書類によると、鳥井は、一億円を届ける際、中島社長の運転するセルシオの後部座席の床に潜む任務に就いていた。当時の役職は捜査一課特殊犯捜査一係の主任。緋色冴子は、鳥井は誘拐事件や企業恐喝事件の際はいつも、現金運搬車に乗り込んで状況を捜査本部に伝える任務を与えられていた、と言った。捜査書類にはそこまでは書いていなかったので、よくご存知ですねと聡は驚き、どこからお聞きになったんですかと尋ねたが、緋色冴子は、知り合いに聞いたとしか答えなかった。

「昨日、事件の証拠品を〈赤い博物館〉に運んだが、まだ何か用があるのか」

鳥井警部補の声には、かすかな侮蔑が含まれていた。

「証拠品を保管・整理するのに事件の概要について知っておく必要がありますので、警部補にお話をうかがいたいと思いまして」

「事件の概要について知りたいなら、捜査書類を読めば充分だろう。コピーをそっちに引き渡してあるはずだ」

「はい。しかし、やはりじかにお話をうかがった方がいいとうちの館長も申していまして……」

なぜこれほど下手に出なければならないのか。聡は自分でも嫌になった。

「館長？　緋色冴子とかいう変人女か。キャリアのくせに〈赤い博物館〉に飛ばされ、そこから動かしてもらえないそうだな」

変人というところは、聡も同感だった。

「で、具体的に何を訊きたいんだ？」

「事件当夜、現金運搬車に社長と乗り込んでからのことをうかがいたいんですが。犯人は、午後七時ちょうどに一億円を社長の運転する車に積んで出発し、第一京浜を北へ向かうよう指示してきていましたね。まず、出発直前のことからうかがいたいんですが。車に向かわれたのは、社長と鳥井警部補のお二人だけですか」

「そうだ。七時五分前になったので、一億円を入れたアタッシュケースを持った社長と俺は、ガレージに向かった。社長には服の襟にピンマイクを付けてもらい、それを俺がイヤホンで聞き取るようにした。俺は車の後部座席の床に毛布を敷いて、その上に横たわった。七時ちょうどに社長が車を出した」

「そのときの社長の様子は?」

「ひどく不安そうで、『うまく行くんでしょうか』と何度も繰り返していた。無理もない。手元には一億円の入ったアタッシュケースがあり、一万七千人の従業員の生活が肩にかかっていたんだから」

「不安そうだったということですが、自分の命が狙われているという怯えのようなものは?」

「いや、そういう怯えはなかった。自分が殺されるとは夢にも思っていなかっただろう」

「午後七時十分、犯人から中島社長の携帯に、一回目の電話がかかってきたんですね」

「ああ。社長は車を急いで路肩に停めると、携帯に出た。『何だ、その声は』と社長が呟いたのを覚えている。犯人はヘリウムガスで声を甲高く変えていたんだ。社長は『わかりました』と答えると、こちらを振り返り、『犯人は、八時十分までに千葉県の我孫子市役所前に行けと言っています』と言った。俺はすぐに無線機でそれを捜査本部に報告した。車が自宅を出てから犯人が携帯に電話をかけてきたことには、してやられたと思ったよ。録音装置が手元になくて、犯人の声を録音することができないからな。今だったら携帯の音声録音機能を使うことも考えられるが、十五年前にはそんな機能はなかった」

「そのあと、我孫子市役所前までひたすら車を走らせたんですね」

「そうだ。社長はカーナビに目的地を打ち込むと、表示に従って車を走らせた」

「そのあいだ、社長と何か話はされましたか」

「ほとんど何も話さなかった。俺の方は無線機で捜査本部と連絡を取って、一般車両に偽装した直近追尾班の車両が交代でこちらを追尾していること、こちらの前後に不審な車両がないことなどを社長に逐一説明したが、社長はこれからの取引のことで頭がいっぱいのようだった」

「午後八時二分、我孫子市役所前に到着したんですね」

「社長は路肩に車を停めて、犯人が連絡してくるのを待った。八時十分ちょうど、社長の携帯に犯人が電話をかけてきた。犯人は、県道八号線と国道十六号線の交差点からしばらく行ったところにある廃屋を取引現場に指定してきた。俺はすぐにそれを無線機で捜査本部に報告した。捜査本部は急いで現場付近の地図を調べると、取引現場監視班の捜査員二名を送り込んだ」

「犯人はさらに、八時二十分にも社長の携帯に電話をかけてきたんですね」

「犯人は『一億円は確かに用意しているだろうな？』と言ったんだ。社長は、もちろんですと答えた。その二分後に、取引現場監視班から、問題の廃屋の監視を始めたという連絡が入った。『まさか、捜査員の方が犯人に見つかるということはないでしょうね？』と社長は怯えた様子で訊いてきた。その心配はありません、と俺は言った。取引現場監視班の二名は、特殊犯捜査係の捜査員で、こうした事件に備えていつも訓練してきています、そう言ってなだめた」

「そして八時三十分、車が廃屋のそばに到着した」

「道路から畑を隔てて二十メートルほど離れている、ぼろぼろになった二階建ての洋館だった。もう何年も人の手が入っていないようだった。社長は車を降り、手袋をして、アタッシュケースを手にして不安そうな様子で畑のあいだの細い道を歩いていった。俺は後部座席の床から身を起こし、犯人に見られないよう、目から上だけを出して、社長の姿を追った。社長がドアを開けて廃屋に入った。

ところが、三十分経っても社長は出てこない。俺は不安になってきた。社長のピンマイクの電波の有効距離は数メートルで、俺のイヤホンまでは届かない。だから、万が一、社長の身に何か起きても、社長はそれを俺に伝えることができないんだ。無線で捜査本部とやり取りした結果、廃屋により近い畑に身を伏せていた取引現場監視班の新藤《しんどう》と金《かね》平《ひら》という捜査員が廃屋に入ることになった。俺も車を降りて廃屋に向かった。

廃屋に入ると、玄関を上がった先の大広間で、先に入った新藤と金平が立ち尽くしていた。大広間の真ん中にアタッシュケースが転がっており、中の一億円は手付かずのままだが、社長の姿がないというんだ。俺たち三人は手分けして、家全体を探し回った。だが、社長の姿はどこにもなかった。応接間にも、客間にも、台所にも、書斎にも、風呂場にも、便所にも、押入れにもいなかったんだ。ピンマイクからも何も聞こえない。それを告げると、捜査本部は大騒ぎになった。

次いで、俺たちは外に出てみた。社長は家の外にいるかもしれないと思ったんだ。あちこち探し回った末、ようやく、勝手口のそばに防空壕があることがわかった。蓋を開けてみると、中は真っ暗だった。この中に社長がいるんじゃないかと思って、俺たちは懐中電灯で照らしながら中に降りた。六畳ほどの空間が広がっていたが、誰もいない。だが、投げかけた光の中に、反対側の壁と壁の間にある通路が浮かび上がった。そこから冷たい風がかすかに感じられた。外とつながっていたんだ。懐中電灯を手にして十メートルほど進むと、扉があった。わずかに開いていて、そこから外の冷たい風が入ってきていた。扉を開けるとそこは林の中で、少し行くと自動車道路が走っていた。社長はこの防空壕を通ってここに出たんだ。俺たちは急いで辺りを探したが、社長はどこにもいなかった。

犯人は書置きと懐中電灯を残して、社長に防空壕を抜けさせてここに来させたか、あるいは犯人が廃屋に潜んでおり、社長を伴って防空壕を抜けてここまで来たんだろう。そして、社長を車に乗せて立ち去ったんだ。

捜査本部はすぐに周辺で検問を行って、社長を乗せた車を捉えようとしたが、無駄だった。犯人と社長はすでに検問の網の外に出ていたんだ。そして翌朝、社長の死体が発見された……。

俺は社長のすぐそばにいながら、犯人にむざむざと社長を殺させてしまった。あのときほど、自分の無力さを痛感させられたことはなかった。俺はそれが悔しくて、五年前に継続捜査班に志願して、捜査一課から品川署に移ってきたんだ」

鳥井警部補の声には苦い響きがあった。彼がいた特殊犯捜査係は、ＳＩＴという略称を与えられていることからもわかるように、捜査一課の中でもスペシャリストの集団と見なされ、極めて高いプライドを持っている。そこから所轄に異動を希望したことは、彼の悔しさがどれほどのものだったかをよく語っていた。

「――お察しします。捜査で自分の無力さを痛感した経験は私にもありますから」

警部補は不意に興味を引かれたように聡を見つめてきた。

「〈赤い博物館〉の人間だから事務畑かと思っていたが、あんたも捜査の経験があるのか」

「――はい。先日まで、本庁の捜査一課にいました」

警部補の目に驚きと同情の混じった色が浮かんだ。

「捜査一課にいたのか……。そこから〈赤い博物館〉に移されたんじゃ、つらいだろうな。いつからいつまで捜査一課にいたんだ？」

「一昨年の四月から今年の一月下旬までです」

「俺が捜査一課を出たあとか。どこの係にいたんだ？」

「第三強行犯捜査第八係です」

「第八係というと、今尾正行が係長か」

「はい。今尾係長をご存じなんですか」

「警察学校の同期だ。捜査一課に配属されたのも同時期で、あいつは強行犯、俺は特殊犯と、部署は違ったが、親しくしてきた。今でもよく一緒に酒を飲むよ」

そこで警部補はふと気がついたように言った。

「今尾の部下で、今年一月下旬に捜査一課から異動……あんた、例の捜査書類を置き忘れた巡査部長か」

「――はい」

聡は重い気分でうなずいた。鳥井警部補にも非難されるのだろうか。

「そうか、大変だったな。誰にでも失敗はある。大切なのは、その失敗をどうフォローするかだ。気を腐らせるなよ」

意外にも、警部補はいたわりの言葉をかけてきた。

「――ありがとうございます」

聡は心がかすかに温まるのを感じた。

5

中島製パンの本社は、品川駅前に建つ、総御影石張りの二十階建ての建物だった。

聡は一階の玄関ホールの受付で、「警視庁の者です。二時から社長とお会いする約束です」と告げた。受付嬢の顔にかすかな緊張の色が浮かび、「ご案内いたしますので、しばらくお待ちください」と言う。

一分ほど待つと、エレベーターの扉が開き、三十前後の男性社員がこちらへまっすぐに近づいてきた。ご案内します、と言い、先に立って歩き出す。社長秘書だろう。聡はそのあとを追い、エレベーターで二十階に上がった。

重役の部屋が集中している階なのか、廊下は毛足の長い絨毯《じゅうたん》が敷かれ、しんと静まり返っていた。秘書は重厚な樫材のドアを開けた。そこは控え室で、奥にもうひとつ、ドアがあった。秘書がノックすると、「どうぞ」と声がした。失礼します、と言って、聡は足を踏み入れた。

長身でがっしりしたからだつきの男が、部屋の中央に置かれたデスクの向こうから立ち上がり、近づいてきた。五十代末、仕立てのいい背広を着て、見るからに自信に溢れた精悍な顔立ちをしている。

「高木祐介です」

中島製パンの現社長であり、事件当時は専務だった男が言った。緋色冴子が会うように指示した次の人物は彼だった。

「警視庁の寺田聡といいます」

捜査一課所属ではなく犯罪資料館所属だが、警視庁の一員であることに変わりはないのだから、嘘ではない。聡は心の中でそう呟き、それから自分が気後れしていることに気づいて愕然《がくぜん》とした。捜査一課にいた頃は、相手が誰であろうと気後れすることなどなかったのに。捜査一課という肩書きを失ったことはそれほどに大きいのだ。

「ごくろうさまです。どうぞおかけください」

高木祐介はソファに座るよう勧めてきた。聡が腰を下ろすと、ソファはからだの重みを柔らかく受け止めた。

「何か捜査の進展でもありましたか？　つい先日も、そちらの捜査員の方が二名、来られたが……」

聡はひやりとした。継続捜査班の捜査員たちが来ていたらしい。

「残念ながら、その後、ご報告するような進展はありません。今日うかがったのは、事件当夜の行動をあらためて確認させていただくためでして」

高木祐介の精悍な顔が不快そうに歪んだ。

「――警察はまだ私のことを疑っているのですか」

「いえ、疑っているなどということは……」

「ごまかさないでください。警察が私のことを疑っているのはよくわかっている。何しろ私は亡くなった社長とは社内で対立していたし、個人的にも仲が悪かった。社長が亡くなれば私が次期社長になるのだから、私には充分な動機があった。だから、警察は事件当夜、私が何をしていたのか、何度も訊いてきた」

「事件関係者の行動を訊くのは、捜査の常道ですので……」

「しかし、何度も答えたが、私にはアリバイがあるんだ。社長が殺された時間帯、私は営業部長の安田俊一君の家で碁を打っていた。警察は安田君にそれを確認して、私にはアリバイがあることを確認したはずでしょう」

「はい」

「社長を殺せなかったとわかると、今度は、一億円を運ぶ社長に電話したという疑いをかけてきた。電話をかけた犯人と私が同じルートで電車を乗り継いだからというわけです。これについても、七時十分と八時十分の電話はちょうど電車の中にいたのでかけられなかったと言ったはずです」

「はい」

「安田君が亡くなったあと、私が安田君を殺したというおかしな噂が飛び交った。私が安田君にアリバイを偽証させており、それが警察にばれる前に殺したというわけだ。だが、安田君の死が間違いなく事故死であることは、警察がよく確認したはずです」

「おっしゃるとおりです」

「ならば、いまだに私のことを疑っているとはどういうわけです。私を疑う暇があったら、他の線を追及するべきではないですか」

それは聡の本心でもあった。鉄壁のアリバイを持つ高木が犯人のはずはない。会っても何も得るものはないと聡は思っていたが、緋色冴子は高木に会えと指示してきたのだった。

――高木祐介が安田俊一と打った碁で、どちらが勝ったかを訊くんだ。

緋色冴子はそう言った。碁でどちらが勝ったかが、事件とどう関係するのだろうか。聡には、緋色冴子が何を考えているのかさっぱりわからなかった。高木が犯人で、安田に一緒にいたと偽証させたと考えているのだろうか。碁でどちらが勝ったかわかれば、安田の偽証を崩す手がかりになるとでもいうのだろうか。

「高木さんと安田さんは囲碁仲間で、毎週土曜日に対戦されていたそうですね。お二人が親しくなったのは、事件の四年前に設立された社内の囲碁サークルだったとか」

「そうです。囲碁好きだったので、すぐに入会したんだが、誰も私に敵う者がいなくてね。まさか社内での私の地位に遠慮して手を抜いているわけでもあるまいが、退屈していたところに、安田君が入会してきたのです。一局打ってみたら、とても強くて、負かされてしまった。格好の相手を見つけたと思って、それ以来、毎週土曜日に安田君の自宅に足を運んでは対戦するようになりました。安田君をうちに招いたこともあったが、家内に安田君が気兼ねするので、気楽に過ごせる彼の自宅を対戦場所にすることにしました。安田君は離婚して一人暮らしで、気兼ねする相手はいなかったから」

「それで、午後八時二十五分に安田さんの自宅を訪れたんですね」

「ええ。会社が大変なときで、安田君も営業部長として事態の鎮静化に奔走していたから、今日はやめようかと言ったんだが、彼は、こんなときこそ気晴らしをしたいから、いつも通りにいらしてくださいと答えたんです。それで、ウィスキーとつまみのチーズを手土産に彼の自宅を訪れました。いつものように二人でウィスキーを傾けながら、さっそく勝負を始めたんだが、その日は私の調子がよくてペースも早くてね。気分をよくして二局打った。結局、十一時過ぎまで安田君の自宅にいました」

「高木さんが二局とも勝ったんですね」

「そうです。あんなに気持ち良く勝ったのは初めてだった」

6

聡は犯罪資料館に戻ると、助手室から館長室に通じるドアをノックした。返事がなかったが、それはいつものことなので、ドアを開けて中に入る。

緋色冴子の姿はなかった。手洗いにでも行ったのだろうか。

机の上に捜査書類が載っていた。何の事件のものなのだろう。ふと興味を惹かれて机に近づいた。「武蔵村山市三ツ木死亡ひき逃げ事件」と記されている。手に取って目を通してみた。発生日時は一九九八年二月十二日午後六時過ぎ。島田《しまだ》健作《けんさく》という七十八歳の男性がひき逃げされて死亡した事件だ。

緋色冴子はどうしてこの事件の捜査書類を読んでいるのだろう、と疑問に思った。犯罪資料館では、証拠品を管理しやすくするため、証拠品を入れた袋にQRコードのラベルを貼り、スキャナを当てると、パソコンの画面に証拠品の基本情報が表示されるシステムを構築中だ。QRコードと対応させるために事件の概要をまとめる必要があるので、緋色冴子はその事件の捜査書類を読むことにしている。現在、ラベル貼りの対象となる事件は一九九三年のものまでさかのぼっているので、彼女が読む捜査書類はもっぱらその年のものか、あるいは、中島製パン恐喝・社長殺害事件のように、発生後定められた期間が経過して証拠品や捜査書類が犯罪資料館に運ばれてきたばかりのものに限られている。

この「武蔵村山市三ツ木死亡ひき逃げ事件」は一九九八年の発生だから、ラベル貼りはもう終わっている。また、当時ひき逃げ事件には業務上過失致死傷罪が適用されて公訴時効は五年だったから、仮に未解決だったとしても、二〇〇三年には犯罪資料館に収められたことになり、今さら緋色冴子が捜査書類を読むとは思えない。どうして今、この事件に興味を持っているのか。

そのとき、廊下側のドアが開いて彼女が戻ってきた。勝手に書類を見ていたというやましさから、聡は思わず飛び上がりそうになった。

「――鳥井警部補と高木祐介に会ってきたので、ご報告しようと思いまして」

「ご苦労だった。座って聞かせてくれ」

緋色冴子は館長室の隅にある古ぼけたソファを指した。聡が腰を下ろすと、ソファは気の抜けた音を立てた。中島製パンの社長室で座ったソファとは天と地ほどの差がある。

鳥井警部補と高木祐介との会見の内容を緋色冴子に話した。彼女は黙って聞いていた。その白い顔はどこまでも無表情で、聡の報告が意に沿うものだったのかどうかはうかがえない。聞き終えると、緋色冴子はじっと考え込んでいた。

聡は退出していいものかどうかわからず、机の上に置かれた捜査書類をちらちらと見ていた。

「この捜査書類が気になるか」と緋色冴子が言った。

「え、ええ。どうしてその捜査書類を読まれているんですか」

「おそらく、この事件が、中島製パン恐喝・社長殺害事件の原因だ」

「――は？」

聡は耳を疑った。どうしてそういう結論が出てくるのか。そもそもその死亡ひき逃げ事件が起きた二月十二日には、すでに一回目の脅迫状が中島製パンに届いていた。原因となるはずがない。

「館長は、中島製パンの事件の真相がおわかりなんですか」

「わかったと思う」

「聞かせていただけませんか」

現場を知らないキャリアの妄想を聞かされるのがおちだろうが、彼女がどのような考えを披露するのか、ちょっと興味があった。

「わたしがこの事件で気になったのは、一億円が廃屋に残されていたことだった。犯人が書置きで社長に防空壕を抜けるよう指示した場合は、わざわざ一億円を置いていくよう指示したことになるし、犯人が廃屋で社長を迎えて二人で防空壕を抜けた場合は、犯人は自ら一億円を置いていったことになる。どうしてそんなことをしたのか、それが気になった」

「だからそれは、企業恐喝がカモフラージュであることを示しているんじゃないですか」

「え？」

「カモフラージュならば、どうしてもっと徹底しなかった？」

「カモフラージュならば、一億円を廃屋から持ち去るべきだ。一億円を残したから、企業恐喝がカモフラージュだとばれてしまった。持っていったならば、カモフラージュだとは誰も考えなかっただろう。それに、企業恐喝がカモフラージュだとしたところで、一億円を奪える機会をみすみす逃すことはあるまい。合理的な思考をする犯人ならば、必ず一億円を持ち去ったはずだ」

「確かにそうですが……」

「そこで、わたしはこう考えてみた。一億円が廃屋に残されていたのは、犯人がそれを持ち去ることができなかったからではないか」

「持ち去ることができなかった？　どういうことですか。犯人は非力で、重くて持ち去れなかったとでも？」

「そんなことはない。犯人自身は非力でも、社長に持たせればいいだけのことだ」

「そうですね」

「それなのに、一億円は持ち去られてはいない。なぜか？　考えられることはひとつしかない。誰も防空壕を通って廃屋を立ち去らなかったからだ。だから、一億円は持ち去られなかった」

聡は緋色冴子が何を言っているのかわからなかった。

「ちょっと待ってください。誰も防空壕を通って廃屋を立ち去らなかったって、現に社長は防空壕を通って立ち去っているじゃないですか」

「ならば、一億円は廃屋に残されていないはずだ。それが残されている以上、社長は防空壕を通って立ち去ってはいない」

「――立ち去っていないなら、どこに行ったんです。廃屋の中に隠れていたとでも？　いいですか、現場を監視していた三人の捜査員が廃屋を徹底的に探し回ったんですよ。社長が廃屋の中に隠れていたら、すぐに見つかったはずです」

「そうだ、すぐに見つかったはずだ。ただひとつの例外を除いて」

「例外？」

「社長が、現場を監視していた捜査員になった場合だ」

聡は、緋色冴子の気が狂ったのかと思った。

「――社長が、現場を監視していた捜査員になった場合？　そんなことありえるわけないでしょう。残り二人の捜査員が気づきます。第一、もともとの捜査員はどこに行ったんですか」

「では、より正確に言い直そう——現場を監視していた捜査員が、社長と捜査員の一人二役をしており、社長として廃屋に入ったあと、変装を解いて捜査員に戻った場合だ」

「——社長と捜査員の一人二役？」

「社長が廃屋に入ったとき、時刻は午後八時三十分で、辺りは闇に包まれていた。しかも、社長は眼鏡をかけ花粉対策のマスクをしていた。別人が『社長』に変装することは充分可能だったはずだ」

「セルシオを降りて廃屋に入った社長が偽者だったというんですか？」

「そうだ。そして、社長に変装できたのは、同じ車に乗っていた鳥井警部補だけだ」

「鳥井警部補が……？」

「セルシオは、午後七時に社長宅を出て以降、直近追尾班の車両にずっと追尾されていた。だから、社長宅を出て以降、直近追尾班の捜査員に見られることなしに車を降りることはできなかった。つまり、セルシオが社長宅を出た時点で、社長はすでに乗っておらず、運転していた社長は偽者だったということになる」

「社長宅を出た時点で、運転していた社長は偽者だった？　いつ入れ替わったんですか」

「鳥井警部補の話によれば、七時五分前、社長は一億円の入ったアタッシュケースを持って、警部補とともにガレージに向かったという。このときガレージに向かったのは彼ら二人だけだった。入れ替わったとすれば、このガレージをおいて他にない。警部補はここで、かつら、眼鏡、マスクを付けてすばやく社長に変装したんだ。社長が身につけていたものを思い出してほしい。緑系統の迷彩柄を表にしたリバーシブルジャンパーを、背広の上に着ていた。裏側は黒。そして、警部補はおそらく、背広の上に、同じリバーシブルジャンパーを、黒を表にして着ていたのだろう。警部補がジャンパーを裏返しに着れば、それは社長の迷彩柄のジャンパーとなる。さらに警部補は、社長から携帯を受け取る。社長に変装した警部補は運転席に座り、車をガレージから出す。

鳥井警部補は、捜査一課特殊犯捜査一係の主任で、誘拐事件や企業恐喝事件の際はいつも、現金運搬車に乗り込んで状況を捜査本部に伝えるという重要な任務を与えられていた。だから、この事件で、社長のセルシオに乗る役目を割り振られるのが彼になることは、事前に充分予測できたはずだ。

セルシオが社長宅を出ると、直近追尾班の車両がそのあとを追った。夜で車内がよく見えないのに加え、マスクをしているので、車を運転する『社長』が鳥井警部補であることには他の捜査員たちも気がつかなかった。まさか、ガレージで二人が入れ替わったとは夢にも思わない。社長宅を現金運搬車が出発するのが午後七時という指定は、夜の闇で変装に気づかれにくくするためだった。

一方、社長はガレージで車を見送ると、こっそりと自宅を出た。セルシオが社長宅を出たあとは、警察の注意はすべてそちらに向けられていたから、社長宅を離れる人影に警察が気づくことはなかった」

「――うかがっていると、被害者である中島社長自身がこの事件を仕組んだとお考えのようですね。しかも、事件の捜査員の一人と組んで」

「そうだ」

雪女は無表情にうなずいた。

「いくらなんでも、それはないんじゃありませんか」

「一億円が廃屋に残されていたことを合理的に説明しようとしたら、こう考えるしかない」

聡は黙り込んだ。緋色冴子の推理はあまりにも大胆だが、一応筋が通ってはいる。現場を知らないキャリアの妄想かもしれないが、もう少し付き合ってみる価値はある。

「社長に成りすました鳥井警部補は、車を運転しつつ、捜査員として捜査本部に無線連絡もした。その際、あたかも運転席にいる社長に聞き返したり、『大丈夫ですか』『落ち着いて』という台詞を口にしたりして、社長が運転席に確かに存在しているように思わせ、さらに、『今、どこを走っていますか』と社長に尋ねたりして、自分が後部座席の床に寝そべっているかのように装ったことだろう」

「そんなことができますか？　運転しながら無線連絡をしようとしたら、片手でステアリングを握り、もう片手で無線機のハンドマイクを握ることになる。社長がそんな動作をしていたら、セルシオを追う直近追尾班の捜査員に不審に思われてしまうでしょう」

「『社長』がしていたマスクが立体だったことを思い出してほしい。鳥井警部補は、立体マスクの膨らみの中に無線機のハンドマイクを入れ、無線機本体はホルダーに入れてジャンパーの下に隠し、両手でステアリングを握りながらでも喋れるようにしておいたんだ。ハンドマイクは立体マスクの膨らみの中にすっぽりと入って見えなくなるし、ハンドマイクから無線機本体に伸びるコードは、暗い車内なので外からはわからない。マスクは、社長に変装しやすくするためのものであるとともに、両手でステアリングを握りながらでも喋れるようにするためのものでもあったんだ。わたしは、事件の証拠品の中に立体マスクがあるのを見たとき、このからくりに気がついた」

聡は、事件の証拠品を助手室に運び込んだとき、緋色冴子が証拠品をじっと見つめていたことを思い出した。あのとき彼女は、立体マスクに目を留めていたのだ。

「確かにそれなら、両手でステアリングを握りながらでも無線機で喋れますが……」

「犯人から携帯に電話がかかってくると、『社長』は携帯を手にしてやり取りを交わした。このとき、鳥井警部補は無線機のスイッチを一時的に切ったはずだ。スイッチを切らなかったら、やり取りを交わす警部補の声を立体マスクの下に隠した無線機のハンドマイクが捜査本部に流し、『社長』が警部補であることがばれてしまう。また、『社長』が耳に押し当てた携帯から漏れる犯人の声を立体マスクの下のハンドマイクが拾い、それが捜査本部に流れたら、警部補の持っているハンドマイクが、『社長』が耳に押し当てた携帯のすぐそばにあること――警部補と『社長』が同一人物であることがばれてしまう。だからこのとき、無線機のスイッチを一時的に切ったことだろう。もちろん、無線機のスイッチを切る代わりに、警部補も犯人も何も喋らないで携帯を通話状態にしておくという選択肢もあるが、その場合、もし犯人の携帯が背景音を拾ってそれが無線機を通して捜査本部に流れたら、犯人の声が流れたのと同じ問題が生じてしまう。だから、無線機のスイッチを切るという選択肢の方が安全だ。

仮に無線機のスイッチを切ったことを捜査本部に気づかれても、鳥井警部補は、『社長が犯人とやり取りを交わしているあいだに無線機の音声が社長の携帯を通して犯人に聞こえたら、警察の介入に気づかれてしまうので、社長が携帯で話しているあいだは無線機を切りました』と弁明できる。

『社長』は犯人との通話を終えると、携帯を置き、無線機のスイッチを再び入れて、車を発進させた。そして、運転しながら、鳥井警部補として、犯人との通話内容を捜査本部に無線で報告した。運転をする『社長』が同時にマスクの下で警部補として喋っていたことが、車を追う直近追尾班の捜査員たちにはわからなかった。

鳥井警部補はこうして一人二役（姿は社長、声は自分）をして社長が車内にいるように見せかけた。そして、そのあいだに、社長は別の場所に向かっていた」

では、鳥井警部補が語った車内での社長の様子は、すべて嘘だったのか。聡は、品川署の応接室で聞いた警部補の話を思い出した。あれがすべて演技だったとは信じられなかった。

「車を運転する『社長』の携帯に電話をかけてきた犯人は、車を離れて別行動を取っていた社長自身だ。鳥井警部補と社長以外に三人目の犯人がおり、その人物が携帯に電話をかける役割を担当したとも考えられるが、それだけの役割のために共犯者を増やすのは馬鹿げている。共犯者は少なければ少ないほどいいからだ。とすれば、携帯をかける役割は社長が果たしたと考えるのが妥当だろう。

犯人は、二月二十一日の午後七時十分に、社長の携帯に電話をかけてくるまで、まったくコンタクトを取ろうとしていない。これは、車が社長宅を出発する前の段階で携帯に電話をかければ、携帯に録音装置を接続されて声を録られると犯人が危惧したためだと考えられてきたが、実際にはそうではなかった。車が社長宅を出発する前の段階では、社長の携帯に電話をかけようとすれば鳥井警部補が担当するしかないが、警部補は社長宅に詰めており、他の捜査員の目を盗んで電話をかけることができなかったからだ。車が社長宅を出発して初めて、警部補が『社長』を演じ社長が別行動を取ることが可能になり、社長が携帯に電話をかけることができるようになったのだ。

三人目の犯人がいれば、こうしたことはなく、鳥井警部補が社長宅に詰めている段階でも自由に電話をかけてくることができただろう。この点からも、犯人は社長と警部補の二人だけだと考えていい」

「社長と鳥井警部補は、いったいなぜ、こんなことをしたんですか」

「社長のアリバイ作りのためだ。アリバイを問われる時間帯に、警察の監視下で、恐喝に応じる現金を届けに車で走っていた——というのは、最高のアリバイになる」

「すると、そうしたアリバイ工作のお膳立てのために、中島製パンに対する恐喝を行ったというんですか。しかし、自社の商品に針を入れるというのは、いくら何でもやり過ぎじゃありませんか。そのせいで、中島製パンは商品の回収と販売中止に追い込まれて、大損害をこうむっている。目的と手段のバランスが取れていないように思えるんですが」

「確かに、目的と手段のバランスが取れていないように思える。この点についてはあとで取り上げよう。今は、社長がアリバイを確保してどこに何をしに行ったのか、それを検討する。ここまでしてアリバイを確保したのだから、社長がしようとしていた行為は、非常に重大なものだったはずだ。それは、殺人だとしか考えられない」

「――殺人？」

「社長は相手を殺したあと、こっそりと自宅に戻り、鳥井警部補の運転する車が戻ってきたら、ガレージで再び入れ替わり、本来の姿で警部補とともに捜査班の前に現れて、アリバイを作るつもりだった。一億円の入ったアタッシュケースは、警部補が廃屋に置き、犯人が結局は取りに現れなかった――ということにするつもりだったのだろう」

「しかし実際には、社長の方が殺されていますよ」

「考えられることはひとつしかない。社長は、殺しに行った相手に返り討ちに遭ったんだ」

「返り討ち……？」

「そうだ。死の直前、社長は持っていたプリペイド携帯で鳥井警部補に電話し、何が起きたかを知らせた。犯人から最後に社長の携帯にかかってきた電話は、午後八時二十分のものだが、それこそが、社長が死の直前にかけた電話だ。

鳥井警部補によれば、八時二十分の電話で、犯人は『一億円は確かに用意しているだろうな?』と言ったそうだが、よく考えてみるとこれは不自然だ。社長が自宅を出発してから一時間二十分が経っている。犯人は、一億円を確かに用意したかどうか訊きたければ、社長が自宅を出発してから間もない七時十分の電話で訊けばよかったはずだ。出発後、一時間二十分も経った時点でなぜ、わざわざ電話をかけてきて『一億円は確かに用意しているだろうな?』などと問う必要がある? まるで取ってつけたようじゃないか。それは、八時二十分の電話が、当初計画したものではなく、返り討ちに遭った社長がそれを伝えるためにかけた計画外のものだったからだ。鳥井警部補はこの電話を受けたあと、捜査本部に報告するため、急いで内容をでっち上げたが、充分に考える時間がなかったため、不自然な内容になってしまったんだ」

八時二十分の電話の内容の不自然さは、言われてみればその通りだった。緋色冴子の推理は正しいのかもしれない。聡はそう思い始めていた。

「社長が返り討ちに遭ったことを知った鳥井警部補は、廃屋に向けて車を走らせながら、このあとどうするかを考えた。こうなった以上、社長の変装を続けることはできない。いずれ社長の死体が発見される。社長の死亡推定時刻の下限以降も変装を続けていたら、下限以降の『社長』が偽者だとばれてしまう。そして、社長に成りすますことができたのは、同じ車内にいた彼だけだとわかってしまう。では、どうすればよいのか。

追い詰められた鳥井警部補の脳裏に、極めて大胆な計画が閃《ひらめ》いた。車が廃屋の前に着くと、彼はそれを実行に移した。

警部補は社長の変装のまま、一億円の入ったアタッシュケースを手にして廃屋に入ると、大広間の真ん中にアタッシュケースを置いた。このとき、手袋をしていたことは言うまでもない。捜査班があとでアタッシュケースの指紋を調べるとき、社長が持っていたはずのアタッシュケースから警部補の指紋が出たらまずいことになる。

それから警部補は社長の変装を解き、かつら、マスク、眼鏡といった変装道具をすべて自分のポケットに入れた。そして、リバーシブルのジャンパーを裏返して、社長になるための緑系統の迷彩柄から自分の着ていた黒に戻した。

その間、警部補は無線機で適宜捜査本部とやり取りをし、あたかも自分がセルシオの後部座席に潜んでいるかのような芝居をした。

社長が廃屋から姿を見せないのを不審に思った捜査本部は、廃屋のそばの畑に身を伏せていた取引現場監視班の二人の捜査員に、廃屋を覗くよう指示した。それを無線で聞いた警部補は、ドアが開いたとき隠れられる位置に身を置いた。

廃屋に足を踏み入れた二人の捜査員は、大広間の真ん中にアタッシュケースが転がっているのを目にし、そちらに駆け寄った。開いたドアの後ろに隠れていた警部補はその隙にこっそりと外に出て、すぐに自分も車を降りて様子を見に来たふりをして戸口に立った。アタッシュケースが大広間の真ん中に転がっていたのは、取引現場監視班の捜査員をそちらに駆け寄らせて、その隙にドアの後ろから外に出られるようにするためだ。

三人の捜査員は社長を探し始めるが、当然ながら見つからない。やがて、防空壕が見つかると、社長はここを通って立ち去ったのだろうと思われた。こうして、警部補は、社長の返り討ちという予想外の事態に対処したんだ」

「最初に廃屋を覗く役目を、取引現場監視班の捜査員ではなく警部補が果たすよう指示されたらどうするつもりだったんですか？」

「そうなる可能性もなくはない。だが、廃屋の前の道路は、廃屋から畑を隔てて二十メートルほど離れているから、廃屋の前に到着した車も、当然、廃屋からそれだけ離れていることになる。その中にいる警部補よりは、畑に身を伏せている取引現場監視班の捜査員の方が廃屋に近い。つまり、取引現場監視班の捜査員の方が、廃屋を覗くよう指示される可能性は高いはずだ。警部補はその可能性に賭けた」

「危険な賭けですね」

「ああ。だが、警部補はこうするしかなかったんだ」

「では、社長が殺そうとしていた相手――社長を返り討ちにした相手は誰なんです？」

「犯人はプリペイド携帯から『社長』の携帯に三本の電話をかけた。七時十分にＪＲ大森駅付近から、八時十分にＪＲ武蔵境駅付近から、八時二十分に武蔵野市の境南町付近から。つまり、犯人は大森駅からJRを乗り継いで武蔵境駅へ行き、それから駅の南側の境南町へ移動したと想定される。

先ほど述べたように、三本の電話をかけたのは中島社長だ。したがって、社長はこのように移動したことになる。大森駅は社長の自宅のある山王の最寄り駅だから、七時過ぎに自宅のガレージをこっそりと出た社長が、七時十分に大森駅付近で電話をかけたというのは時間的に符合する。

社長がこのように移動したのは、殺そうとしていた相手のところに向かうためだ。移動手段として電車を用いたのは、車だと停める場所に困るし、停めているのを目撃される恐れもあるからだろう。

八時二十分、社長が武蔵野市の境南町付近からかけた電話は、返り討ちに遭ったことを鳥井警部補に伝えるものだった。つまり、犯行現場は境南町付近にあるということだ。社長は犯行現場として相手の自宅を考えていたはずだ。とすれば、社長を返り討ちにした人物は境南町付近に自宅があるということになる。そして、事件関係者の中には、そのような人物が一人いた」

「安田俊一ですか、事件後に自宅の風呂で溺死した。社長を返り討ちにしたのは安田だったんですか」

「そうだ。社長は安田の自宅に上がるとすぐにナイフで襲いかかったが、返り討ちに遭ってしまう。社長は持っていたプリペイド携帯で、鳥井警部補に、自分が返り討ちに遭ったことを知らせて絶命した。先ほど述べたように、これが、犯人が八時二十分にかけてきたとされる電話だ。そのすぐあと、八時二十五分に専務の高木祐介が碁を打ちに安田を訪ねてきた」

「社長が安田を訪れるのがもう少し遅かったら、従弟と鉢合わせしていたかもしれないわけですね」

「ああ。社長も、毎週土曜日に従弟が碁を打ちに安田を訪れると知っていたら、この日に犯行に及んだりはしなかっただろう。社長と高木の仲が悪いので、高木と毎週、碁を打っていると社長が知ると機嫌を損ねるのではないかと恐れて、安田は社長に碁のことを言っていなかったのだと思う。

　安田は何気ない顔で高木を迎え、十一時過ぎまで一緒にいた。同じ家の中に社長の死体を置いたままなのだから、安田は内心、気が気でなかったに違いない。高木の話によると、事件当夜は調子がよくて連勝したそうだが、それは、殺人を犯した安田が動揺して勝負に身が入らなかったからだろう。だが、高木が訪ねてきたおかげで、安田にはアリバイが成立することになった」

　そうか。八時二十五分から十一時過ぎまで高木祐介は安田俊一とともに過ごしたため、高木にはアリバイが成立したが、アリバイは同時に安田にも成立していたのだ。

　緋色冴子が再捜査の際、聡に高木のところに行かせたのは、彼を犯人と疑っていたためではなく、高木がともに過ごした安田を犯人と疑っていたからなのだ。高木と安田のどちらが碁に勝ったかという質問は、安田が殺人を——しかも返り討ちという予期せぬかたちでの殺人を犯したなら、動揺が必ず勝負に反映すると考えてのことだったのだ。

「高木祐介が帰ったあとの深夜、安田は社長の死体を車に積み、荒川河川敷の江北橋緑地に捨てに行った。もしかしたら鳥井警部補は安田に電話して、あんたが社長を殺したことは知っていると脅し、死体を捨てる場所を具体的に指示したのかもしれない。警部補にとって、社長の死体がどこで発見されるかわからないというのは非常に不安だったはずだからだ。さらに、プリペイド携帯は社長の死体とは別に処分するようにとも言ったことだろう。プリペイド携帯が社長の死体と一緒に発見されたら、それで通話していたのは社長であること、つまり、セルシオを運転する『社長』の携帯に電話をかけてきた犯人は、他ならぬ社長であることがばれてしまうからだ。

ちなみに、犯人がなぜ、社長の携帯を持ち去ったのかが謎だったが、社長は自分に変装した鳥井警部補に携帯を渡していたので、返り討ちに遭ったときには持っていなかったのだ。犯人が持ち去ったわけではなかった。

それからおよそ一か月後、安田は泥酔状態で自宅の風呂に入って溺死した。死の直前、安田はノイローゼ状態で深酒をするようになっていたそうだが、それは事件の鎮静化のため営業部長として駆けずり回ったからではなく、社長を殺してしまったという罪の意識のためだったのだろう」

「しかし、わからないことがあります。社長はなぜ、安田俊一を殺そうとしたんですか？　鳥井警部補はなぜ、社長の犯行計画に加担したんですか？　社長や安田と鳥井警部補とのあいだには何の接点もなかったはずです」

「脅迫状が送られてくる前には、社長や安田と鳥井警部補とのあいだには接点はなかった。しかし、脅迫状が送られてきてからは、被害者企業の社長や営業部長と捜査員として接点ができた。ならば、社長と鳥井警部補が安田を殺そうとした理由は、脅迫状が送られてきてから生じた——と考えられる」

「確かにそうも考えられますが……ですが、殺害の理由が生じた時期はわかっても、どのような理由かはわかりませんね」

「ある程度は推測できる。安田は、社長を返り討ちにしたことを警察に明かさなかった。安田の行為は正当防衛が認められるか、仮に過剰防衛と見なされたとしても罪が減免されることには変わりはないから、警察に明かしてもよかったはずだ。ところが安田はそうしなかった。これは、社長が安田を殺そうとしたことが警察にばれたら、その理由も明かさなくてはならなくなるからではないだろうか。社長が自分を殺そうとした理由を、安田は絶対に明かしたくなかった」

「社長が安田を殺そうとした理由は、安田自身の後ろ暗いことに関わっていたということですか」

「そうだ。そして、安田自身の後ろ暗いことは、脅迫状が送られてきてから生じたと思われる。しかも、社長や鳥井警部補も関わっていると考えられる。とすると、こんな推測ができはしないだろうか——安田と社長と警部補の三人が一緒にいたときに、何らかの罪を犯してしまった。三人は黙っていることにしたが、安田が耐えられなくなり、明かすことを主張した。社長と警部補はそれを防ぐために安田を殺すことにした……。

ここで思い出すのが、安田が営業部長として、特殊犯捜査係の捜査員や社長とともに、針入りのパンが見つかったスーパーでの現場検証に立ち会ったという事実だ。現場検証の行き帰りには、当然ながら、捜査員の運転する警察車両に社長と安田を乗せたはずだ。その捜査員が鳥井警部補だったとしたら？　そして、その警察車両がひき逃げを起こしたとしたらどうだろうか？」

「——ひき逃げ？」

聡は、緋色冴子の机の上に置かれた「武蔵村山市三ツ木死亡ひき逃げ事件」の捜査書類に目をやった。

「大胆すぎる仮説かもしれない。だが、該当するひき逃げ事件が本当にあるかどうか、調べてみることにした。そのひき逃げ事件が満たすべき条件は二点ある。第一は、中島製パンの商品に針が入れられる事件が始まった二月一日以降、中島社長が死亡した二月二十一日までのあいだに起きた事件であること。第二は、針入りの商品が見つかったスーパーでの現場検証の行き帰りに起きた事件だとすれば、そうしたスーパー同士、またはスーパーと社長の自宅や中島製パンの本社を結ぶルート上で起きたはずであること。この二点を満たすひき逃げ事件を、ＣＣＲＳで探してみた。すると、この事件が浮かび上がった」

緋色冴子は、机の上の捜査書類を指差した。

「三ツ木には、針入りの商品が見つかった〈タニガワ〉というスーパーがある。中島製パン恐喝・社長殺害事件の捜査書類によると、二月十二日の午後五時台、中島社長と安田は、このスーパーでの現場検証に立会い、そのあと、鳥井警部補が二人を品川駅前の中島製パン本社まで送り届けている。このときに死亡ひき逃げ事件を起こしたと考えれば辻褄が合う。警部補は社長と安田に、事故のことは黙っているように言った。社長も安田も、自分が事故を起こしたのではないものの、今の大変な時期に事故が明るみに出れば、中島製パンのイメージがさらに悪化すると恐れて、黙っていることに同意した。こうして二人はひき逃げの事後従犯となった。

やがて、安田が、沈黙していることに耐えられなくなり、自首すると鳥井警部補と社長に言った。そんなことをされたら身の破滅だ。警部補と社長は相談の上、企業恐喝を利用したアリバイ工作を行い、安田を殺すことにした」

「鳥井警部補と中島社長は、取引現場に使った廃屋の存在をどうやって知ったんでしょう?」

「正直なところ、わからない。もしかしたら、中島製パンは以前、あの廃屋を含む一帯に工場を建てる計画を持っていたのかもしれない。三村不動産があの一帯にアウトレットモールを建てたのは、あそこには広い土地があり、しかも少し行けば幹線道路に出るからだ。これは、アウトレットモールと同様、工場にも打ってつけの立地だ。工場を建てる計画を持っていた頃、中島社長は視察に訪れたことがあり、それであの廃屋の存在を知ったのかもしれない。結局、工場を建てる計画は何らかの理由で放棄されたが、社長は廃屋のことは憶えていて、犯行に利用したのかもしれない。いずれにせよ、廃屋を取引現場に使ったアリバイ工作を二人は考案し、その第一歩として、二通目の脅迫状を出した」

「二通目の脅迫状？　一通目ではなく？」

「そうだ。君は先ほど、アリバイ工作のお膳立てとして自社の商品に針を混入するというのは、目的と手段のバランスが取れていないのではないかという疑問を呈したな。確かに、バランスが取れていない。ならば、商品に針を入れ、一通目の脅迫状を送ってきた犯人は、社長ではないと考えるべきだろう。鳥井警部補と社長は、中島製パンが巻き込まれている企業恐喝に便乗するかたちで、二通目の脅迫状を出したんだ。

一通目の脅迫状で使われた紙や封筒、プリンターがどんなものなのか、どのようなフォントやレイアウトで脅迫の文章が印字されたのか、捜査本部の一員である鳥井警部補は当然ながら知っている。だから、それらをそっくり真似て二通目の脅迫状を作ることができた。

一通目の脅迫状は一億円を払えというだけで、金の具体的な受け渡し方法はまったく書かれていない。二通目の脅迫状でようやく、具体的なことが書かれている。二通とも同一の犯人が出したのだとしたら、具体的なことを書くのを二通目にしたのは変だ。一通目に書けばいいはずだ。二通に分ける必要はどこにもない。とすれば、一通目と二通目は犯人が違う――二通目は便乗犯によるものだということになる。そして、二通目を一通目とそっくり同じ体裁にできるのは、捜査本部の人間だけだ」

「なるほど……」

「一通目の脅迫状の犯人は、金の具体的な受け渡し方法を書いていないところから考えて、単に嫌がらせで商品に針を入れたり脅迫状を出したりしただけで、実際に金を受け取るつもりはなかったのだろう。そして、二通目の脅迫状が届き、その三日後には社長が殺害されて、恐喝者が犯人だと目されているのをマスコミの報道で知り、怖くなって沈黙した。一通目の脅迫状の犯人、商品に針を入れた犯人が誰なのか、残念ながら今となってはもうわからないだろう……」

そこで緋色冴子は聡を見た。

「わたしの推理は以上だ。君はどう思う?」

「正しいと思います」

今の推理は、事件のあらゆる要素を矛盾なく説明している。聡が緋色冴子の能力に感じていた疑念は、いまや完全に吹き飛んでいた。たとえ捜査一課に所属していなくても、彼女は確かに優れた捜査官、天才的と言ってもいい捜査官だった。コミュニケーション能力にやや難があるので、訊き込みには向いていないかもしれないが……。

「館長はこれからどうするおつもりですか？」

「監察に知らせた上で、鳥井警部補に自首を促す」

「確かに、鳥井警部補がいる継続捜査班には知らせない方がいいかもしれませんね。彼らも、同僚が犯人だという話には聞く耳を持たないかもしれない。しかし、監察がこの推理を聞いてくれますか？」

「監察には知り合いがいる」

雪女に知り合いと呼べる存在がいるのが驚きだった。

聡は言った。

「鳥井警部補は、自分が継続捜査班に志願して捜査一課から品川署に移ったのは、犯人にむざむざと社長を殺させてしまったのが悔しかったからだと言っていました。しかし本当は、自分が犯人である事件の捜査で、万が一にも真相が暴かれないよう監視するためだったのかもしれませんね」

そうだろうな、と緋色冴子はうなずいた。

「だが、犯人への憤りを口にし、事件解決を誓う同僚たちの中で、秘密を抱えたまま毎日過ごすのは、大変な苦しみだっただろう。未解決の状態を終わらせたいと誰よりも願っているのは、もしかしたら鳥井警部補自身なのかもしれない……」

そこで聡は、自分が捜査書類を置き忘れた巡査部長だと警部補が気づいたときに口にした「誰にでも失敗はある」といういたわりの言葉を思い出した。あのとき彼は、おのれの失敗――警察車両で死亡ひき逃げ事件を起こしてしまったという失敗を念頭に置いていたのではないだろうか。

＊

それから二日後のことだった。

聡がいつものように助手室で証拠品のラベル貼りとデータ入力をしていると、突然、携帯が鳴り始めた。ディスプレイを見ると、今尾正行と表示されている。第三強行犯捜査第八係長。聡の以前の上司だ。いったい何の用だろう。少し緊張しながら電話に出た。

「はい、寺田です」

「今朝、鳥井警部補が辞表を出し、それから自首した」

今尾は何の前置きもなしに言った。

「え?」

「昨晩、鳥井が俺の家に来た。十五年前の中島製パン恐喝・社長殺害事件の犯人は自分だと言ってな」

鳥井警部補が、今尾は警察学校の同期で親しくしてきたと言っていたのを聡は思い出した。

「それは鳥井が担当した事件じゃないか。わけがわからなくて問いただすと、あいつは十五年前に何をしたかを詳しく話した。なぜ今頃になって言うんだ、と俺は訊いた。ずっと黙っておけばよかったじゃないか、と。すると、そちらの館長が鳥井に電話をして、犯人だと指摘したというんだ。完璧に見破られていたと鳥井は言っていた。館長は鳥井に、監察には話したが、二日以内に自首するなら監察も目をつぶると言って電話を切ったそうだ。それで、あいつは辞表を出してから自首することにしたと言っていた。辞表を出したのは、現職警察官の逮捕という事態を避けるためだ」

聡は黙って携帯を握りしめていた。何も言えなかった。

「鳥井のしたことはもちろん許されない。だが、あいつは本当に優秀な刑事だったんだ。俺と同期で、お互いにひたすら仕事に打ち込んできた。あいつは仕事熱心のあまり、家庭を顧みなくなって、奥さんに離婚されたぐらいだ。小さい娘がいたというのにな。もちろん親権は奥さんが持ち、鳥井は娘にも会えなくなった。あいつはひどく落ち込んでいた。ちょうど十五年前の事件の直前の頃だ。鳥井があんな事件を起こしたのは、そのせいかもしれない……」

聡はなおも黙っていた。

「鳥井は今も独り暮らしだ。成人した娘に会うこともできない。あいつの生きがいは、刑事であることだけだ。それを、お前のところの館長は奪った。鳥井がどれほど優秀だったかを知りもしない落ちこぼれキャリアが、暇潰しの探偵ごっこで鳥井を犯人だと暴いたんだ。それをお前は手伝った。俺はお前を絶対に許さない」

「……逆恨みだ」

今尾の乾いた笑い声が響いた。

「逆恨み？　そうかもしれない。だが、お前のことは絶対に許さない。お前はいつの日か捜査畑に戻るつもりだろうが、そんなことはさせやしない。〈赤い博物館〉でおとなしくしていれば、戻すことを考えてやらないでもなかったが、落ちこぼれキャリアの暇潰しに付き合ったのがお前の運の尽きだ。お前が捜査畑に戻ることは、絶対に阻止してやる」

「……あんたにそんな権限はないはずだ」

「俺を甘く見るな。お前は二度とそこから戻ることはできない。お前は退職する日まで、捜査畑に戻れないことに絶望しながらそこで生き腐れていくんだ」

電話は切れた。

聡は長いあいだ、携帯を握り締めていた。ふと携帯から目を上げると、いつの間にか隣の館長室との境のドアが開き、緋色冴子がじっとこちらを見つめていた。冷たいほどに整った顔は、いつも以上に白く、まるで青ざめているかのようだった。

「――すまなかった」

紅い唇が小さく動いた。今尾とのやり取りが聞こえていたようだった。

「いえ、館長が謝ることじゃありません。事件の真相がどうであろうと、それを明るみに出すことが警察官の使命なんですから」

「……そうだな」

「そうです」

「では……これからもわたしと一緒に働いてくれるか？」

「もちろんです」

聡はそのとき初めて、館長の顔に笑みが浮かぶのを見た。ぎこちないけれど、それは本物の笑みだった。

ありがとう、と彼女は言った。

復讐日記

1

九月一日
麻衣子《まいこ》が殺された。

午後二時、僕のアパートに一本の電話がかかってきた。

「あの、是枝《これえだ》麻衣子です。憶《おぼ》えていますか?」

おずおずとした小さな声が言った。半年ぶりに聞く懐かしい声、二度と聞けるとは思っていなかった声だった。僕は茫然として答えることもできず、受話器を握りしめていた。

「……ごめんなさい」

僕の沈黙を誤解したのか、電話を切ろうとする気配がした。

待って、と僕は呼び止めた。君を忘れるはずがないじゃないか——そう言いたかったが、実際に口から出たのは、ごく平凡な言葉だった。

「久しぶりだね。どうしたの?」

「――実は、お願いがあるんです」

「何？」

「こんなこと、あなたに頼めた義理じゃないけれど……今日の夕方五時に、会ってくれませんか」

「――会ってくれって？」

「ごめんなさい。勝手すぎますよね。わたしから別れようと言っておきながら、今になってこんなことを言うなんて……。でも、あなたにしか相談できないことなんです」

「もちろん会うよ。どこがいい？」

麻衣子はためらいがちに言った。

「わたしのマンションに来てもらってもいいですか」

「いいよ」

「じゃあ、またあとで。勝手なことを言って、ごめんなさい」

電話が切れたあとも、僕は受話器を握りしめていた。今の電話は本当に麻衣子からのものだったのだろうか。僕の願望が生み出した幻聴ではなかっただろうか。

いや、幻聴なんかじゃない。本当に彼女からだった。彼女の懐かしい声が確かに耳朶《じだ》に残っている。

それにしても、相談したいこととは何だろう、と僕は訝《いぶか》った。ひょっとして、相談したいことというのは口実で、よりを戻したいのだろうか。

うぬぼれるな、と自嘲した。お前はそんな魅力のある男じゃない。

半年前、麻衣子と別れたときのことが思い出された。

三月初め、春は名のみの肌寒い日のことだった。僕たちは東京都美術館に行ったあと、上野公園を散策しながら、展示品の感想を語り合っていた。美術館巡りが、僕たちのお決まりのデートだった。

その日、麻衣子の様子はおかしかった。いつものように屈託なく笑おうとするのだが、無理をしているのが明らかで、不意に涙ぐんだりする。おかしいといえば、その数週間前からおかしかったのだが、その日は特にひどかった。

歩き疲れた僕たちは、ベンチに腰を下ろした。麻衣子が不意に僕を見ると、「……ごめんなさい」と言った。

「ごめんなさいって、何が?」

「もう、あなたと付き合うことはできないの」

何を言われたのか理解できず、ぽかんとして彼女を見た。小鹿のような瞳に涙が溜まっていた。

「……どうして? 僕が何か悪いことをした?」

「いいえ、あなたは少しも悪くない。悪いのはわたし」

「どうして君が悪いんだ? きちんと説明してくれなきゃわからない」

だが、麻衣子は何を訊いても、もうあなたと付き合うことはできない、悪いのはわたしの一点張りだった。僕は心配し、やがて腹を立て、ベンチから立ち上がると、麻衣子を置き去りにした。ふと振り返ると、彼女はうつむいて、独りベンチに座っていた。その姿はひどく孤独で、僕は駆け戻りたくなったが、怒りに任せてその場を立ち去った。

翌日、僕は仲直りしようと電話をかけたが、麻衣子の思いは変わらなかった。そして、もう会うのはやめましょう、と言った。理由を訊いても、わたしが悪いのとしか答えなかった。

他に好きな人ができたんだな、と僕は問い詰めた。いくら僕が鈍くても、それぐらいは見当がつく。麻衣子は黙り込み、ごめんなさい、と呟《つぶや》いた。相手は誰なんだ、と僕は言った。しかし、麻衣子は詫びるばかりで答えなかった。僕は受話器を叩きつけた。

そうして、僕たちは別れたのだった。僕は法学部、麻衣子は教育学部だから、キャンパスで顔を合わせることは基本的にない。学食や生協で一、二度、見かけたことがあったが、そのたびに僕は、うずくような胸の痛みを抱えながらそっと立ち去った……。

彼女の相談事が気になって、扇風機しかない暑い部屋にいるのが耐えられなくなった。僕は自転車で大学に向かった。

奥村《おくむら》ゼミの研究室は、エアコンがよく効いて涼しかったが、まだ夏休み中とあって、いるのは修士課程二年の小早川《こばやかわ》さんだけだった。

「奥村先生はいらっしゃらないんですか」と僕は訊いた。

「朝の十時前に資料を取りに顔を出したけど、また自宅に戻られたよ。七日に学会発表があるけれど、全然準備ができていないので、今日から自宅にこもってしゃかりきで準備するって。奥村先生って、几帳面そうに見えて実はそうじゃないんだよな。A型のくせにおかしいよなあ」

「ゼミの慰労会のとき、先生自身がそのことを挙げて、血液型性格判断が当てにならない証拠だと言っていましたね」

「血液型性格判断は立派な科学だよ」

小早川さんは口を尖《とが》らせたが、

「そうそう、先生が『国際法学』の九〇年五月号を探していたよ。学会発表で資料のひとつに使いたいけど、ここにも自宅にも見当たらないってさ」

「九〇年五月号ですか。もしかしたら、僕が借りているかもしれません。帰ったら探してみます」

「もし持っている人がいたら、悪いけど自宅まで届けてくれないかって先生が言っていたよ」

「わかりました」

小早川さんは机の上に本とノートを開いていたが、勉強する気は失《う》せたらしく、僕を相手に世間話を始めた。僕も、五時までの落ち着かない時間を潰せるのは歓迎だった。二時半頃から三時半頃までそうして研究室で無駄話をして過ごしたが、やがて小早川さんが、「俺、勉強しなきゃ」と言って机に向かったので、僕は研究室を辞去した。

奥村先生が探している資料が自宅にあるかどうか確かめるためにアパートに戻った。探してみると、『国際法学』の九〇年五月号が見つかったので、僕は雑誌を鞄に入れ、大和田町《おおわだまち》にある先生のマンション、〈メゾン・ローレル〉に向かった。ここの六〇三号室が先生の自宅だった。

先生は書斎の机の上に資料やノートを広げて学会発表の準備の最中だった。僕が雑誌を渡すと、「助かったよ」と言って喜び、コーヒーを淹《い》れてくれた。

僕はコーヒーを飲みながらも、五時の麻衣子との約束を思うとそわそわしてきて、何度も腕時計を見てしまった。先生はそれに気がついたのか、「何か約束でもあるのかね？」と尋ねてきた。

「すみません。実は、五時から友人に会う約束があるもので……」

先生はにやりとした。

「行きたまえ　きみはその人のためにおくれ　その人のために全てのものより先にいそぐ……」

「は？」

「詩の一節さ。その友人というのは、女性じゃないかね」

僕は照れ笑いをしてうなずいた。

「そういえば、一年ほど前、大学近くの喫茶店で、君が女の子といるところに出くわして、挨拶してもらったことがあったね。もしかして、その女の子かな」

「はい」

先生は記憶を探るように目を閉じると、

「確か、珍しい名前だった。是枝さんといったかな」

「よく憶えていらっしゃいますね。是枝麻衣子といって、うちの大学の教育学部の三年生です」

「そうか。じゃあ、コーヒーを飲んで急いで行きたまえ」

僕はまた照れ笑いをすると、コーヒーを飲み干し、「失礼します」と言って先生の部屋を出た。

中野上町《なかのかみちょう》にある麻衣子のマンションに向かって僕は自転車を漕いだ。空はどこまでも青く澄み、強烈な日差しに全身から汗が噴き出してくる。腕時計を見ると、午後五時前。相談事は何なのだろう、と不思議に思いつつ、僕は少年のように心がときめくのを感じていた。

〈ハイツ永井〉は五階建てのマンションだった。近づくと、マンションの前に人だかりができ、制服警官が立っていた。不思議に思って、自転車を停めると、警官に訊いてみた。

「何かあったんですか?」

「四階の住人が、自分の部屋から裏庭に突き落とされたんだよ」

四階の住人？　僕は不吉な予感に駆られた。

「名前は？」

「是枝麻衣子とかいったかな」

気がつくと、警官を突き飛ばしてエントランスに駆け込んでいた。怒号を背後に聞きつつ、廊下を駆け抜ける。裏口のドアを開け、裏庭に飛び出した。

五十坪ほどの広さの裏庭。ところどころに花壇が設けられ、向日葵《ひまわり》が咲き誇っている。マンションの建物から一メートルほど離れた地面に、白いものが横たわっていた。

麻衣子だった。麻衣子が仰向《あおむ》けに倒れていた。白いワンピースを着て、足にはサンダルを履いていた。

駆け寄ろうとして、その場にいた刑事たちに取り押さえられた。右手を後ろにねじり上げられ、激痛が走った。

「誰だ、お前は！」

四十代の馬面《うまづら》の刑事が怒鳴った。

「麻衣子の、是枝麻衣子の知人です。午後五時に会う約束だったんです」

「――被害者の知人？」

「名前は？」

後ろにねじり上げられていた右手が放され、僕を押さえる手がゆるんだ。

「高見恭一《たかみきょういち》です」

僕は馬面の刑事に、午後二時の電話のことを話した。

「相談したいこと？　どんなことを相談したいと言っていた？」

「詳しいことは何も言いませんでした。それより、麻衣子のことを教えてください。何があったんですか」

「自室のベランダから突き落とされたんだ。午後四時半頃、このマンションの管理人が裏庭の花壇に日課の水やりをしようとして遺体に気がつき、一一〇番通報した」

そこで刑事は僕を見据えた。

「ところで、被害者の知人ということだが、恋人かね？　麻衣子と呼んでいたが」

「――昔の恋人です。半年前に別れました」

「昔の恋人？　被害者は、昔の恋人に相談事があったわけか」

刑事は、露骨に疑わしげな表情を浮かべた。

「今日の午後三時頃、どこで何をしていた？」

僕は頭が熱くなるのを感じた。

「――午後三時頃というのは何ですか。ひょっとして、麻衣子が突き落とされた時刻ですか」

「そうだ。検視官が見立てた、被害者の死亡推定時刻だ」

「僕がやったと疑っているんですか」

「形式的に訊いているだけだよ」

「午後三時頃だったら、大学の研究室にいました。院生の先輩が証人になってくれると思います」

「研究室にはいつ頃からいつ頃までいた？」

「二時半頃から三時半頃まで、一時間ほどです」

「疑うわけじゃないが、念のために調べさせてもらうよ。どこの大学の、何という研究室だ？」

「明央《めいおう》大学法学部の、国際法研究室です。奥村淳一郎《じゅんいちろう》先生が指導教官です」

馬面の刑事は立ち去り、僕はそのまま、暑い裏庭の片隅で待たされた。

雲ひとつなく青く透き通った空には、夕暮れの気配がわずかに忍び寄っていた。ときおり風が吹き、花壇の向日葵を揺らした。その向こうで、鑑識課員たちが裏庭のあちこちの写真を撮り、刑事たちが忙しく出入りするのが見えた。

麻衣子の亡骸《なきがら》はすでに検視が済んでいたのか、やがて担架に載せられ、運び出されていった。僕は茫然としてそれを眺めていた。

信じられなかった。ほんの三時間余り前、僕は彼女の懐かしい声を聞いたのだ。その声は今でも耳に残っている。だが、彼女はもう二度と喋ることはない。澄んだ優しい声を聞くことは永遠にない。

「君の証言の裏付けが取れた」

三十分ほどして現れた馬面の刑事が言った。

「確かに君は、二時半頃から三時半頃まで、研究室にいた。小早川という院生が証言してくれたよ」

「犯人は？」

「まだわからん。マンション内で訊き込みをしているが、目撃情報は得られていない。このマンションは学生や独身サラリーマンばかりで、世帯持ちがいないので、今の時間帯はほとんどの部屋が留守なんだ。それに、向かいのマンションは改装中で、養生《ようじょう》シートで全面を覆っているので、そちらからの目撃情報も期待できない」

僕は裏庭を見回した。〈ハイツ永井〉の建物と向かいのマンションに長い二辺を接し、短い二辺を二階建ての民家に接した長方形の空間だ。〈ハイツ永井〉の建物に面した一辺以外は高いコンクリート塀に囲まれているし、これでは確かに目撃情報は期待できないだろう。

「現場に犯人の指紋は？」

「あいにくない。犯人は玄関ドアのノブをきれいに拭いて、自分の指紋を消している。それから、被害者の部屋のテーブルに麦茶の入ったグラスがひとつあり、キッチンの水切り籠に洗われたグラスがひとつ置かれていた。どういうことかわかるかね」

「麻衣子が犯人を迎えて、自分と相手に麦茶を出したが、犯人は犯行後、自分のグラスに指紋が残っているのを恐れて、キッチンで洗って指紋を消したということですか」

「そうだ。犯人は真っ昼間にベランダから被害者を突き落とすように大胆な反面、用心証番号をメモすると、僕を解放した。

また何か訊くかもしれないので、と言って、馬面の刑事は僕の住所と電話番号、学生
「着衣にも、からだにも、犯人と争ったような形跡はなかった。おそらく犯人は、ベランダに並んで立ち、不意をついて被害者を突き落としたんだろう」

暴行された形跡がなかったかと、暗に尋ねたつもりだった。

「麻衣子は、亡くなる前に苦しんだんでしょうか？」

深くもある」


今、時計の針は八時五分を指している。辺りは夜のしじまに包まれ、聞こえるのは扇風機のかすかな回転音だけだ。

麻衣子のマンションからの帰り、僕は文房具屋でこのキャンパスノートを買った。そして、今日の出来事を記し始めた。

このノートに記しているのは、麻衣子を殺した犯人を突き止めるためだ。ノートに記すことで出来事を冷静に振り返り、そこから手がかりを見つけ出すためだ。

警察は当てにならない。あの馬面の刑事は、僕が麻衣子と半年前に別れたと聞いたとたん、彼女が僕に相談事があったというのは嘘だと言わんばかりの顔をし、あまつさえ僕が犯人ではないかと疑ってきた。そんな警察を頼ることはできない。

法学部生として、論理的に考える訓練は積んでいる。今こそそれを活かすときだ。

麻衣子は僕に何を相談したかったのだろう。彼女の相談内容は、彼女が殺されたことと関係あるはずだ。

必ず、麻衣子を殺した犯人を突き止めてみせる。

九月二日
朝九時過ぎに、麻衣子の母親の扶美子《ふみこ》さんから電話があった。

お久しぶりね、と扶美子さんは言った。無理に明るい声を出そうとしているようだった。

「ご存じだと思うけれど、昨日、麻衣子が亡くなったの」

はい、と僕は答えた。

「娘は何か相談事があって、あなたに会いたいと電話したそうね。あなたは娘のマンションに行って、事件のことを知ったって……。刑事さんが教えてくれたわ」

「そうですか……」

「警察はあなたに何か失礼なことも訊いたみたいで、ごめんなさいね」

「いえ、気にしていません」

「今日の午後、娘が病院から戻ってくるの。今晩はうちで通夜、明日の午後二時から斎場でお葬式。こんなことお願いするのはずうずうしいかもしれないけれど、よかったら来ていただけないかしら」

半年前に麻衣子と別れるまで、僕は何度か、清水市にある彼女の実家に遊びに行ったことがある。母親の扶美子さんは陽気で優しい人で、いつも僕を歓待してくれた。中学生のときに両親を交通事故で亡くし、遠い親戚に引き取られて疎《うと》まれながら育った僕にとって、麻衣子の実家は本当の我が家のようなものだった。

麻衣子と別れてつらかったのは、彼女と会えなくなったことともに、二度と彼女の実家に行き、扶美子さんのもてなしを受けられなくなったことだったかもしれない。

ありがとうございます、必ずうかがいます、と僕は答えた。

そのあと僕は、部屋から一歩も出ないまま、ひたすら考え続けた。九月に入っても日差しはいっこうに和らぐことなく、扇風機しかない室内は大変な暑さだったが、思考に没頭している僕はまったく気にならなかった。

麻衣子のからだには、犯人と争った跡はなかったという。だから犯人は、不意をついて突き落としたのだと考えられる。

たとえば、犯人がベランダに出て、裏庭を見下ろし、何か見つけたふりをして、見に来ないかと麻衣子を呼ぶ。麻衣子もベランダに出て、手すりに身を寄せて下をのぞき込む。そのとき、犯人はすばやくしゃがみ込み、麻衣子の両足を抱えて立ち上がる。すると、下をのぞき込んですでに前のめりになっていた麻衣子は大きくバランスを崩して落下する……。

では、犯人は男だったのだろうか、女だったのだろうか。体力的には男の犯行のようにも思えるが、だからといって女が犯人である可能性を除外するのは危険だ。論理的に考える必要がある。

僕が付き合っていた頃、麻衣子の部屋のベランダには、彼女の足に合う婦人用のサンダルしか置いていなかった。今もそうだと仮定しよう。もし犯人が女ならば、そのサンダルを履いただろうから、麻衣子をベランダに呼んだとき、麻衣子の履物がなかっただろう。だから、麻衣子はベランダに出るとき、玄関に行って自分の靴を取って来なければならなかっただろう。すると、麻衣子が落下したとき履いていたのは靴だったはずだ。

しかし、実際には、落下した麻衣子はサンダルを履いていた。つまり、麻衣子をベランダに呼んだとき、犯人の方はサンダル以外の履物を履いていたということだ。サンダル以外の履物とは、玄関に置かれた自分の靴だ。そして、初めからサンダルではなく自分の靴を履いてベランダに出たということは、犯人は、もともと麻衣子のサンダルを履けないほど足が大きかった――男だということだ。

もちろん、犯人が女でも、ベランダに出るとき、初めからサンダルではなく、玄関に置かれた自分の靴を履いて出たという可能性も考えられる。しかしその場合、ベランダにサンダルがあるのに、なぜわざわざ玄関に行って靴を取ってくるのかと、麻衣子に不審に思われる恐れがある。そのような不審を招くような行為を犯人が取るとは思えない。とすればやはり、犯人は男だったと考えていい。

犯人は男……。その可能性に、僕の心はざわめいた。その男は、麻衣子が部屋に入れて、ベランダまで見せるような親しい相手だったのだ。男友達――ひょっとしたら、恋人だったのかもしれない。

今は午後十時過ぎ。ついさっき、麻衣子の通夜から戻ってきたところだ。静岡駅前のビジネスホテルの一室でこの日記を書いている。

麻衣子が殺された理由がわかった。その理由は、僕にとってあまりに衝撃的だった。

僕が麻衣子の実家に着いたのは、午後七時過ぎだった。麻衣子に連れられてこの家に来たときのことが思い出された。あのときの彼女の笑顔と、弾むような足取り。つい半年前までのことなのに、はるかな昔のように感じられた。

玄関のチャイムを鳴らすと、ドアが開き、喪服姿の扶美子さんが顔を出した。麻衣子とよく似た顔立ちで、麻衣子より少し小柄だ。僕を見ると、やつれた顔に無理に笑みを浮かべた。

「――よく来てくれたわね。どうぞ入って」

棺は、一階のリビングに安置されていた。棺のそばには、五十過ぎの背広姿の男が、悄然《しょうぜん》として座っている。見たことのない男だった。

「――麻衣子の父親よ」

扶美子さんがそっと言った。

父親のことは、麻衣子から少しだけ聞いたことがあった。勤め先の事務員と浮気をして、麻衣子が高校生の頃に家を出て、浮気相手と同居しているという。八か月前、扶美子さんはついに夫と離婚し、麻衣子はそれまでの原田《はらだ》姓から、母親の是枝姓へと変わったのだった。

父親は僕に深々と頭を下げ、「原田弘明《ひろあき》といいます」と言った。僕も慌てて頭を下げて名乗った。

扶美子さんが、ためらいがちに口を開いた。

「あなたにとってはつらい話になると思うけれど、すべて知っておいてもらった方がいいと思うから、言うわね。刑事さんに聞いたのだけれど、司法解剖の結果、麻衣子は妊娠三か月だったことがわかったの。お腹の子は男の子だった」

「妊娠三か月……」

鋭利な刃物で心を切り裂かれたような気がした。半年前、麻衣子と別れたときから、彼女が別の男を好きになったことは悟っていたが、それを妊娠というかたちで裏付けられるのはつらかった。

「麻衣子が殺された理由はそれじゃないかって刑事さんは言っていた。犯人は麻衣子のお腹の子の父親で、麻衣子が妊娠したことで立場がまずくなるので殺したんじゃないかって」

ベランダのサンダルを巡る推理から、犯人は麻衣子と親しい男と僕は結論付けたが、この推理は正しかったようだった。

「……麻衣子さんの新しい恋人が誰なのか、わかっているんでしょうか？」

「刑事さんに娘の交際相手について訊かれたけれど、わたしも原田も知らなかった。麻衣子は一言も教えてくれなかったの。あなたと付き合っていたときは、よく電話をかけてきては楽しそうにあなたのことを報告してくれたものだったけれど……。刑事さんは、麻衣子のお友だちにも訊いてみたそうだけど、麻衣子はお友だちにも話していなかったって」

「麻衣子さんはどうして、お母さんにも友人にも話さなかったんでしょう」

扶美子さんは悲しそうに首を振った。

「わからない。あなたのことはよく話してくれた麻衣子が、どうして新しい相手のことは話してくれなかったのか……」

「失礼ですが、麻衣子さんのお腹の子の血液型は……」

「AB型だったそうよ」

麻衣子はB型だったから、お腹の子の父親はA型かAB型ということになる。僕はO型だ。血液型においてすら、お前は麻衣子とつながりを持つことができないのだと否定されたような気がした。

扶美子さんがぽつりと言った。

「ところで、麻衣子があなたに相談したかったことって何だったのかしら……」

「もしかして、お腹の子のことだったということはありませんか」

「それはないと思うわ。お腹の子のことを相談したいならば、母親のわたしに真っ先に相談するはずだもの」

「そうですね……」

ふと、とても嫌な想像をした。麻衣子は、お腹の子のことを僕に明かし、血の繫がっていないのを承知の上で認知してほしいと頼もうとしたのではないか……。

そう想像してから、自分の下劣さに嫌気が差した。麻衣子は決してそんなことをする女性ではない。彼女との交際は短かったかもしれないけれど、誠実な性格であることを知るには充分な長さだった。僕が一瞬でもこんな想像をしたことを知ったら、扶美子さんは僕に失望するだろう。

では、麻衣子が僕に相談したかったこととは何だったのだろう。『あなたにしか相談できないことなんです』と彼女は言った。僕にしか相談できないこととは、いったい何なのか？

ビジネスホテルの一室で、僕はひたすら考えている。

麻衣子の新しい恋人は誰だったのだろうか。麻衣子が僕よりも好きになったのは、どんな男だったのだろうか。

それを考えるのは、身を切られるように辛いことだ。だが、麻衣子を殺した犯人を突き止めるためには、どうしても考えなければならない。

まずは、血液型だ。

麻衣子のお腹の子の血液型と麻衣子の血液型から、新しい恋人の血液型はA型かAB型とわかる。これが、新しい恋人の第一の条件だ。

次に、年齢。

麻衣子はよく僕に、「あなたの大人びているところが好き」と言った。確かに僕は、他の学生に比べて大人びているかもしれない。同級生の大半より、三つか四つ年上だからだ。両親の死後、遠い親戚に引き取られた僕は、高校卒業と同時にそこを飛び出した。そして、鉄工所で四年間、住み込みで働き、学費を貯めて大学に入った。年齢だけでなく、社会人の経験があることも、他の学生に比べて大人びて見える理由だろう。

だが、別れる直前には、麻衣子は時折、「あなたは子供っぽい」と口にするようになった。もしかしたら、麻衣子は、新しく好きになった男と僕を比較していたのではないか。その男は、他の学生に比べて大人びている僕を子供っぽいと思わせるような、大人の男だったのだ。当然、学生ではないし、年齢も麻衣子よりずっと上だろう。これが、第二の条件だ。

さらに、もうひとつの条件を導き出すことができる。母親の扶美子さんの話によると、麻衣子は母親にも友人にも、新しい恋人のことを話していなかったという。ずっと秘密にしていたのだ。僕のことは母親にも友人にも話していたのに、新しい恋人のことはなぜそうしなかったのか。それは、新しい恋人が、交際がはばかられる相手だったからではないか。

交際がはばかられる相手――これが、第三の条件だ。

では、交際がはばかられる相手とは、具体的にはどんな人物だろうか。すぐに思いつくのは、妻がいる男だ。年齢が麻衣子よりずっと上という第二の条件にも当てはまる。麻衣子は不倫していたのではないか。

だが、麻衣子は不倫に批判的だった。父親の浮気に母親がさんざん苦しめられてきたのを、何年ものあいだ見てきたからだ。そんな彼女が、不倫していたとは考えられない。

それとも、麻衣子の新しい恋人は、ヤクザか何かだったのだろうか。そうした相手ならば、交際がはばかられるし、友人たちを怖がらせまいとして、彼らには話さなかったのもうなずける。

いや、これは馬鹿げた想像だ。麻衣子は、ヤクザに限らず、暴力の臭いのするものを嫌っていた。知的で穏やかなものが、彼女の好みだった。

わからない。交際がはばかられる相手とは、いったいどんな人物なのか？

九月三日
麻衣子の葬儀は、午後二時から清水市にある公営斎場で執り行われた。
僕が斎場に入ったのは一時四十分頃だった。会場には鯨幕《くじらまく》が張られ、パイプ椅子がずらりと並べられていた。椅子はすでに半分近くが埋まっていた。

三十人ほどいる若い男女は、麻衣子の友人たちやゼミ仲間だろう。女性の多くは目を赤く泣き腫《は》らしていた。彼らと時折言葉を交わしている年配の男女は、ゼミの指導教官か、小学校、中学校、高校時代の担任教師かもしれない。

麻衣子とはどう見ても関係がなさそうな、目つきの鋭い中年の男も三人、黒い背広を着て出席していた。そのうちの一人は、あの馬面の刑事だった。被害者の葬儀に犯人が出席することがあるので、刑事は葬儀に必ず顔を出すと聞いたことがある。三人はさりげないそぶりで会葬者たちを観察していた。

親族席には、扶美子さんと原田弘明氏が並んで座っていた。肩を落とし、背中を丸めたその姿は、ひどく年老いて見えた。

正面の祭壇には棺が安置され、麻衣子の遺影が飾られていた。屈託のない笑みを浮かべてこちらを見ている。自分の人生がある日突然断ち切られるとは疑いもしていない、幸せそうな笑顔だった。胸が締め付けられるような気がした。

その笑顔を見ていると、麻衣子と出会った日のことが脳裏に蘇った。

二年前の五月十九日の昼過ぎ、JR八王子駅の中央線上りホームでのことだった。僕は列車を待つ列の先頭に立っていた。

その頃、僕は鬱《うつ》状態に陥っていた。両親を亡くしてから大学に入るまで、僕はいつも不安と緊張に苛《さいな》まれていた。僕を引き取った親戚の前では、いつも本心を隠さなければならなかった。工員時代は、仕事で疲れ切った一日のあと、独り深夜まで受験勉強をした。きつかったが、生活のため、学費を稼ぐため、鉄工所を辞めるわけにはいかなかった。望み通り大学に入って研究者になれるのか、一生このままではないのか、毎日不安で押し潰されそうだった。その反動が大学に入って出たのだ。

心が鉛《なまり》のように重くなり、目の前の風景が灰色で塗りつぶされたように感じた。世界のすべてが無意味に思われた。自分がこれまで何のために努力してきたのか、それすらもわからなくなっていた。

相談できる相手はいなかった。サークル活動にいそしむクラスメートたちの中で、生活費を稼ぐために毎日アルバイトに明け暮れる僕は完全に浮いていた。

その日、アルバイトが休みだった僕は、狭い自室に嫌気が差してアパートを出た。海が見たくなり、東京湾の埠頭《ふとう》に行こうと思ったのだ。

列車がホームの端に姿を現したとき、不意に、線路に飛び込もうという衝動が湧き上がった。そうすれば、すべてを終わらせることができる。鉛のように重い心を持て余すことはないし、世界の無意味さに苦しめられることもない。僕は足を踏み出そうとした。

そのときだ。僕の肩が遠慮がちに叩かれた。

驚いて振り返ると、小柄な若い女性が、おずおずとした笑みを浮かべて立っていた。

「すみません。襟が立っているのに気づいていらっしゃらないみたいなので……」

着ていた半袖シャツの襟を探ってみると、確かに、立ったままだった。気がふさいで、襟を折ることすら忘れていたらしい。

どうもありがとう、と僕はぼそぼそと礼を言った。背後で列車がホームに滑り込む音が聞こえた。一瞬の衝動は消え、僕は自分がしようとしていたことに慄然《りつぜん》とした。

そして、目の前の女性をあらためて眺めた。髪をショートカットにした、色白で清楚な顔立ち。小鹿のような瞳。白いブラウスと、青のチェック柄のプリーツスカートを身に付けて、ハンドバッグを手にしている。彼女が肩を叩いてくれなかったら、僕は線路に飛び込んで轢死《れきし》していただろう。彼女が僕の命を救ってくれたのだった。そのとき、殺風景なホームの上で、彼女はスポットライトを浴びたように輝いて見えた。

列車のドアが開き、僕と彼女は車内に入った。隣り合った二席が空いていて、僕たちはそこに並んで腰を下ろした。

「あの、入学式のとき、新入生代表の挨拶をされた方ですよね」

彼女が話しかけてきたので、僕は驚いた。

「ええ、そうですが……」

入学式で新入生代表を務めた僕が、その後、鬱状態に陥るとはお笑い種《ぐさ》だった。

「実は、わたしも明央大学の一年生なんです。教育学部。原田麻衣子といいます」

「僕は法学部で、高見恭一といいます」

「新入生代表なんて、すごいですね。入試の成績がとてもよかったんですね」

「そんなことはないです。単に新入生の中で一番老けているから選ばれただけでしょう」

彼女はくすくす笑い、それから「すみません」と顔を赤らめた。

「いや、かまいませんよ。本当に老けているんですから。たぶん、他の人たちより三つか四つ年上です」

鉄工所で四年間、働いていたことを話すと、彼女は驚きに目を丸くした。

僕は彼女と話すことを楽しみ始めていた。鉛のように重い心がほぐされ、灰色に塗りつぶされていた光景が晴れていくような気がした。彼女が自分では意識せずに僕の命を救ってくれた瞬間、僕は彼女に恋していたのだ。

「今日はどちらに？」と僕は訊いた。

「上野の西洋美術館です。わたし、美術館巡りが趣味で、東京の大学に入ったのも、半分はそれが目的だったくらいなんです」

「美術館には一人で？」

「ええ。一緒に行く予定だった子に急用ができて……」

そのとき、僕はとても大胆な申し出をした。

「よかったら、一緒に行ってもかまいませんか？」

少しでも長く彼女といたい一心だった。言ってから、嫌われるかもしれないと後悔した。彼女の顔から笑みが消えるのを恐れとともに待ち受けた。

だが、彼女の顔から笑みが消えることはなかった。

「でも、高見さんも用事があるんじゃありません？」

「用事なんてないんです。暇なので電車に乗っただけだから」

「じゃあ、ご一緒しましょうか」

彼女は屈託なくそう言った。

その日の午後、僕は彼女と西洋美術館で過ごした。見終わると、喫茶店で紅茶とケーキを食べながら、展示品の感想を語り合った。八王子駅に戻り、お互いの電話番号を教え合い、次に僕のアルバイトが休みになる日にまた美術館巡りをすることを約束して別れた。

こうして、僕は命を救われ、恋する相手を見つけた。もはや世界は無意味ではなかった。

——それなのに、僕は麻衣子を救えなかった。麻衣子は僕を救ってくれたのに、彼女が一番苦しいとき、僕は何もしてあげることができなかったのだ。


葬儀が終わり、出棺の時刻となった。

「これが、最後のお別れになります」

そう言って、斎場の職員が棺の蓋を開けた。会葬者たちは一人一人、祭壇に飾られていた花を棺に入れていった。僕も百合の花を手に取ると、棺に近づいた。

きれいに化粧された麻衣子は、花に埋もれて、まるで眠っているように穏やかに目を閉じていた。顔のそばに、百合の花をそっと置いた。

さようなら、麻衣子、と胸の内で呟いた。君と出会って命を救われ、短いあいだだったけれど恋人でいられて、僕は心から幸せだった。

すべての会葬者が花を入れ終えると、職員が棺の蓋を閉じ、釘を打った。扶美子さんが両手で顔を覆い、会葬者たちからすすり泣きが漏れた。

会場の出入り口には、移動用の台車が用意されていた。祭壇からそこまで棺を運ぶのは誰だろう。ぼんやりと考えていると、扶美子さんが僕を手招きした。僕はそちらに近づいた。

「恭一さん、棺を運ぶのを、あなたにもお願いしたいの」

「……僕なんかでいいんですか？」

「もちろんよ」

原田弘明氏、扶美子さんの弟、麻衣子のゼミの教授、中学時代の担任教師、斎場の職員、そして僕の六人が棺を持ち上げ、台車へと運んだ。火葬場が併設されている斎場なので、棺は斎場内を移動するだけだ。斎場の職員が台車を火葬場に向かって押していき、そのあとを、遺影を持った弘明氏と扶美子さんを先頭に会葬者たちが続いた。

台車が火葬場の炉の前に着くと、職員が炉の扉を開けて、棺を中に滑り込ませた。扉が閉じられる音が無情に響き渡った。

閉じられた炉の扉を見つめながら、僕は自分がこれから何をすべきかを悟った。

初めて出会った日、麻衣子は僕の命を救ってくれたのに、僕は麻衣子の命を救うことができなかった。ならば、僕にできることはただひとつしかない。麻衣子を殺した犯人を殺すことだ。

犯人を突き止めて警察に通報しても、犯人は何年かのあいだ、刑務所に入るだけだ。刑期を勤め上げれば出所して、再び自由を享受することになる。麻衣子は永遠に命を奪われたというのに、あまりにも不公平だ。

麻衣子が命を奪われたならば、犯人も命を奪われなくてはならない。

僕が警察を頼らずに犯人を突き止めようと考えたのは、本当はこのためだったのだ。人を殺すという考えはあまりに恐ろしくて、僕はそれを無意識の底に沈めていた。そして、警察を頼らないのは、警察が当てにならないからだという理由をでっち上げていた。だが、そうではなかった。本当は、犯人を殺すためだったのだ。

犯人を殺せば、僕は警察から追われることになる。だが、それでもかまわない。

僕は麻衣子を守ることができなかった。彼女が僕を一番必要としているときにそばにいて、犯人から守ってやることができなかった。

そんな僕にできるのは、犯人に復讐することだけだ。

麻衣子の亡骸が灰に還るまでのあいだ、会葬者たちは斎場の控室で待った。

弘明氏は時折、扶美子さんを気遣うように優しく声をかけていた。皮肉なことに、麻衣子を失った悲しみが、二人を再び結び付けたようだった。こんなことなら、麻衣子の姓が原田から是枝に変わることもなかったのに……。

そう思ったときだった。不意に奇妙なことに気がついた。

一昨日、奥村先生に『国際法学』を届けたときのことだ。五時からの麻衣子との約束を思ってそわそわしている僕に気づいた先生は、僕が女性に会うのだと知ると、一年前に大学近くの喫茶店で僕と麻衣子がいるところに出くわしたことを思い出して、「確か、珍しい名前だった。是枝さんといったかな」と言った。

だが、奥村先生が麻衣子と会った一年前には、麻衣子の両親はまだ離婚しておらず、彼女は父親の原田姓を名乗っていたのだ。だから、もし憶えているとしても、奥村先生は麻衣子の姓が原田だと記憶しているはずだ。

それなのに、是枝と言った。

考えられることはひとつしかない。奥村先生は、八か月前に両親が離婚して是枝姓を名乗るようになってからの麻衣子に会っている。

にもかかわらず、そんなことはおくびにも出さなかった。先生は一年前に喫茶店で出くわしたあとも麻衣子に会っていたことを隠したかったのだ。

では、なぜ隠したかった？

僕の脳裏に、とんでもない可能性が浮かび上がった。

麻衣子の新たな恋人、麻衣子のお腹の子の父親は奥村先生なのではないか？

先生が、麻衣子の新たな恋人の条件三つをすべて満たしていることに僕は気がついた。

第一に、血液型がA型だ。ゼミの慰労会で血液型性格判断の話になったとき、それがいかに当てにならないかということを彼が力説し、その証拠として自分はA型だが、まったく几帳面ではないと言ったのを憶えている。麻衣子のお腹の子の父親はA型かAB型だから、条件を満たしている。

第二に、彼は五十二歳で、麻衣子よりずっと年上だ。知的で穏やかでもある。麻衣子の好みに合っている。

第三に、交際がはばかられる相手だ。麻衣子の方では、独身である教官、それも他学部の教官と交際することは何の問題もないと思ったかもしれないが、奥村先生の方は、大学当局に問題視されると恐れただろう。教官と学生の交際が不祥事を招いた例は過去にいくつもあり、大学当局は教官と学生が恋愛関係を持つことを嫌っている。麻衣子との交際が明るみに出たら、先生は大学当局から厳重な注意を受けるだろう。だから先生は麻衣子に、二人の交際を母親にも友人にも話さないよう口止めしたに違いない。

それに、先生は麻衣子が僕の恋人だったことを知っている。もし麻衣子の新しい恋人が先生であることが僕の耳に入れば、ゼミや研究室で僕と顔を合わせるのは、ひどく気まずいことになる。それを避けるためにも、先生は麻衣子に、二人の交際を口止めしたに違いない。麻衣子が新しい恋人のことを母親にも友人にも話さなかったのは、それが理由だ。

さらに、麻衣子が僕に相談したかったことが何かもわかったような気がした。

彼女が相談したかったのは、やはり自分の妊娠のことだったのだ。お腹の子の父親が奥村先生だったとすれば、麻衣子が僕に電話で『あなたにしか相談できないことなんです』と言ったのがなぜかわかる。僕は奥村先生のゼミに所属しているので、先生のことをよく知る立場にあると麻衣子は思ったのだろう。正直、先生は女子学生に人気がある。だから、先生がこれまで、自分と同じように女子学生と交際したことがあるかどうか、あるとすればその女子学生とはどのような別れ方をしたのか、妊娠した学生はいなかったのか、訊きたかったに違いない。

もちろん、僕はそんなことは知らない。しかし、麻衣子は自分のお腹に先生の子を宿してどうしたらよいのかわからず、藁《わら》にもすがる思いで僕に電話したのだ。元恋人の僕にそんなことを訊くのは、大変な勇気がいっただろう。麻衣子はそこまで追い詰められていたのだと思うと、あまりに哀れだった。

いずれにせよ、麻衣子が僕に相談しようとしたということも、奥村先生が麻衣子の新しい恋人だったという仮説を裏付ける。

僕は奥村先生を心から尊敬していた。その先生が麻衣子を殺した？　不意に訪れた恐ろしい疑惑に、僕は茫然とした。

そのとき、扶美子さんが近づいてくると、「お話ししたいことがあるの。来てくれないかしら」と囁いた。彼女に続いて控室を出ると、ロビーの長椅子に腰を下ろした。

扶美子さんは僕を見つめた。目と鼻が赤くなっていた。しばらくのあいだ、僕をじっと見ていたが、やがて静かに言った。

「心配しすぎだとは思うけれど……あなた、馬鹿なことは考えていないわよね？」

「馬鹿なことって何ですか？」

「よくはわからないけれど……命を絶ったり……あるいは……」

「あるいは、何です？」

「麻衣子を殺した犯人を突き止めて復讐しようとしたりすることよ」

ぎくりとしたが、無理に微笑してみせた。

「そんなことはしませんよ。犯人は憎いけれど、突き止めるような力はないから、警察に任せます。それに、僕は人を殺すことなんて考えるだけでも嫌ですよ」

扶美子さんは、自分を納得させるようにうなずいた。

「そうね、そうよね。ごめんなさい、変なことを言ってしまって」

「いえ、気にしていません」

「ただ……あなたの様子を見ていると、心配になってくるの」

「僕がどんな様子だと言うんです？」

「ひどく思い詰めたような感じで……何かとんでもないことを決意しているみたいに見えるの。何か取り返しのつかないこと、あなたの人生をきっと不幸にしてしまうことを決意しているみたいに……」

「大丈夫です、心配しないでください」

「その言葉、信じさせてね。わたしはあなたのことを、本当の息子みたいに思っているの。娘を失った上に、息子まで失わせないで。どうか自分を大切にしてちょうだい」

「ありがとうございます」

不意に涙がこぼれそうになり、僕は顔をそむけた。中学生のときに両親を亡くした僕にとって、扶美子さんの言葉はとても心に沁《し》みるものだった。一瞬、復讐する決意が揺らぎそうになった。だが、復讐をあきらめることはできない。これが、僕が麻衣子のためにできるただひとつのことなのだから。

今は午後九時過ぎだ。新幹線で東京に戻り、自室でノートにペンを走らせている。

どう考えても、麻衣子を殺した犯人は奥村先生だ。では、先生に復讐するのか。

先生はまがりなりにも恩師だ。殺すことができるだろうか。

それに、犯人が先生であることはわかっていても、それを裏付ける確たる証拠はない。麻衣子の姓を是枝と言った失言にしたところで、君の聞き違いだと言われればそれまでだ。

先生が麻衣子を殺したんですね、といきなり問うしかない。そのときの反応で、真実がわかるはずだ。

もし無実ならば、先生は何を言われたのかわからず、怪訝《けげん》な顔で僕を見るだろう。そのときには謝罪しよう。許してもらえるかどうかわからないが、心から謝ろう。しかし、もし犯人ならば、先生の顔には驚愕と狼狽《ろうばい》が浮かぶはずだ。そのときには、僕は先生に復讐する。

僕は今、麻衣子と出会った日に着ていた半袖シャツを着ている。襟が立ったままだと彼女が教えてくれた、思い出のシャツ。彼女が僕の命を救うきっかけとなり、知り合うきっかけとなったシャツ。このシャツが、僕に力を与えてくれるだろう。

すべては終わった。僕は奥村淳一郎を殺した。

大和田町にある〈メゾン・ローレル〉に着いたのは、午後九時半だった。

「夜分すみません。先生にどうしてもご相談したいことがあって……」

僕が言うと、奥村は不審そうな顔をしながらも、中に入れてくれた。

書斎に通されると、七日の学会発表の準備中だったらしく、机の上には資料やノートが並べられていた。奥村は僕にソファに腰を下ろすよう勧めると、言った。

「で、相談したいことというのは何だね？」

「先生が麻衣子を殺したんですね」

僕はいきなり言った。奥村の顔が見る見るうちに青ざめていった。

「――何を言い出すんだ。馬鹿なことを言うのはやめなさい」

奥村はそう言ったが、今の反応で、僕の推理が正しかったことははっきりとわかった。

僕は、ベランダのサンダルを巡る推理を述べて、麻衣子を殺したのは彼女とごく親しい男だと言った。そして、麻衣子が妊娠三か月であると明かし、恋人が彼女を殺したとしか考えられないと言った。

「――恋人が彼女を殺したとしか考えられないだって？　しかし、どうして私が彼女の恋人だということになるんだ？」

僕は、一昨日会ったときの奥村の失言を指摘した。奥村が一年前に麻衣子に出くわしたときは、彼女は原田姓だったのに、奥村は「是枝さんといったかな」と言ったこと。麻衣子のお腹の子の父親の血液型はA型かAB型であり、A型の奥村は条件を満たすこと。新しい恋人は麻衣子よりずっと年上であること。麻衣子が新しい恋人のことを母親にも友人にも話さなかったことから、相手は交際が明るみに出ては困る人物であること。

「私が是枝と言っただって？　それは君の聞き間違いだ。彼女の両親が離婚して、姓が原田から是枝に変わったなんて、今初めて知った」

思った通り、奥村は僕の聞き間違いだと言い出した。

「先生は、DNA型鑑定というのをご存じですか？」

「DNA型鑑定？」

「これを使えば、親子関係を確認することができます。麻衣子のお腹の子が先生の子であるかどうかがわかるんです。先生が否定されるのであれば、僕は警察に、DNA型鑑定をするよう求めるつもりです」

「しかし、DNA型鑑定を受けるかどうかは任意のはずだ。私は受けるつもりはまったくない」

「麻衣子のお腹の子が先生の子でないというのであれば、それを証明するためにもDNA型鑑定を受けるべきではないですか。どうして受けようとしないんです？」

奥村は唇をかみしめ、目を泳がせて黙り込んでいた。反論を考えていたのだろう。だが、ついにあきらめたように呟いた。

「――そうだ。私がやったんだ」

「どうして麻衣子と付き合うようになったんですか」

奥村はぽつりぽつりと語った。

一年前、大学近くの喫茶店で、僕と麻衣子が奥村と出くわし、僕が麻衣子を紹介したとき、奥村は麻衣子に惹かれるものを感じ、その後、偶然を装って彼女に会い、食事に誘った。その際、高見君が余計な気を回すといけないから、私と会ったことは黙っていてほしい、と口止めした。奥村はその後、美術展や映画鑑賞に彼女を誘い出しては、付き合いを徐々に深めていった。

麻衣子は次第に奥村に惹かれていき、それと反比例するように僕への想いは冷めていった。そのことに彼女はとても苦しんでいた。僕への想いが冷めたまま、付き合い続けるのは、僕に対して失礼だ――麻衣子は悩んだ末、半年前、僕に別れを告げた。その際、奥村に心惹かれたからであることは明かさなかった。麻衣子は僕が奥村を深く尊敬していることを知っており、自分が彼に心惹かれたことを明かしたら、僕をいっそう傷つけるのではないかと恐れたのだった。

僕と別れたことで、麻衣子は罪悪感に苛まれるようになった。それから逃れるように彼女は奥村との交際を深め、彼に抱かれた。彼女が妊娠に気がついたのは、その一か月後だった。麻衣子は悩んだ末、奥村に妊娠を告げ、結婚してほしいと言った。

「……私は結婚というかたちで束縛されるつもりはまったくなかった。何度も中絶するように言ったが、彼女は聞き入れなかった。一昨日も、午前十一時に彼女が電話をかけてきて、話し合いたいと言うので、私は午後三時前に彼女の自宅マンションを訪れた。そうしたら、彼女は、中絶するつもりはない、一人で産んで育てていくというんだ。そんなことをされたら、私はこの先、爆弾を抱え込んで生きるようなものだ。心底、彼女が疎ましくなった。外の空気が吸いたくなって、ベランダに出たくなった。だが、ベランダのサンダルは婦人用で私には履けなかったので、玄関の自分の靴を取ってくると、ベランダに出た。向かいのマンションの全面に養生シートがかけられているのが見えた。

そのときだ、突然、魔が差したように、今、ここで彼女を突き落としたら、という考えが浮かんだ。養生シートがあるから、向かいのマンションの住人に目撃される恐れはない……。私は『裏庭に変なものが落ちているから見てごらん』と言って、麻衣子をベランダに呼び寄せた。彼女がサンダルを履いてベランダに出ると、下を指差した。彼女が手すりにもたれて下をのぞき込んだので、私はすばやく身をかがめると、彼女の両足を抱えて立ち上がった。彼女は悲鳴を上げる間もなく裏庭に落ちていった……。下を見ると、麻衣子は仰向けに倒れ、ぴくりとも動かなかった。四階から落ちたのだから、間違いなく死んでいるだろう。不意に、途方もない恐怖に襲われた。室内に戻ると、自分が飲んだ麦茶のグラスを洗って指紋を消し、ドアノブの指紋を拭き消して、マンションを立ち去った。

ここに戻ってしばらくして、君が『国際法学』を持って訪ねてきた。君が女性と会う約束があるかのように時計を気にしているので、まさか麻衣子に会うつもりではと思って探りを入れてみると、その通りだった。動揺が表れないようにするのに必死だったよ。不審に思われるといけないので、早く行くよう君を促した……。一昨日以来、心が休まることはなかった。学会発表の準備も、ほとんど手がついていないありさまだ……」

話し終えた奥村は、虚脱したようにソファに座り込んでいた。

僕の心の中で、すべての想いがひとつの感情に凝縮していった。それは、氷よりも冷たい殺意だった。殺せる、と僕は思った。今なら、この男を殺すことができる。

「――君は、これからどうするつもりだね？　警察に話すか？」

「そんなことはしません」

「――そんなことはしない？　黙っていてくれるのかね？」

どこまで自己中心的な男なのだろう。僕は立ち上がると、机の上に置かれていたペーパーナイフを手に取った。それを見た奥村の顔が引きつった。

「まさか君は……」

僕が近づくと、奥村は立ち上がり、背中を向けて逃げようとした。僕はペーパーナイフを右手で握りしめ、その背中に突き立てた。奥村のからだが崩れ落ち、床にうつ伏せに倒れた。

脈を取ると、奥村は絶命していた。まったくの偶然で、ペーパーナイフが心臓を背中から貫いたらしい。僕が数時間前までは心から尊敬していた男、しかし今は怒りと軽蔑しか感じていない男は、驚愕を顔に貼り付かせて死んでいた。

腕時計を見ると、午後十時二分前だった。

ハンカチを取り出すと、僕の指紋が付いたと思われるところを拭いた。奥村の背中に突き立ったペーパーナイフの柄。僕が座ったソファ。ドアのノブ。拭き終えると、ハンカチを指に巻いて書斎のエアコンを止めた。それからダイニングに移動し、ノブをハンカチでくるんで回して玄関ドアを開け、廊下に出た。廊下側のノブやチャイムのボタンを拭く。これで、僕の指紋は完全に消えたはずだった。

廊下を歩き出したとき、階段の方から四十代初めの女性が歩いてくるのが目に入って、ぎくりとした。ハンドバッグを手にし、疲れた顔で歩いてくる。遅くまで残業した帰りなのだろう。僕は顔を合わせないようにして歩き続けた。背後でドアが閉まる音がした。奥村の隣人だったのだ。

奥村の部屋を出るところを見られたかもしれない。いや、大丈夫だ、と自分に言い聞かせた。隣室の女性が階段から廊下に姿を見せたのは、僕が玄関ドアを閉めたあとだった。だから、僕が奥村の部屋から出てきたとはわからないはずだ。

仮に奥村の部屋から出るところを見られたとしても、死体が発見されて警察が隣室の住人に訊き込みをするのは何日も先になるだろうから、その頃には彼女はどんな人間が奥村の部屋から出てきたのか、記憶が薄れているだろう。心配することはない。

そもそも、僕が奥村を殺したとわかったからといってどうだというのだ？　僕は一人っ子で、兄弟はいない。両親は僕が中学生のときに事故で亡くなった。僕は遠い親戚に引き取られたが、高校卒業と同時にそこを飛び出してからは、親戚と一度も会っていないし、連絡も取っていない。友人たちは僕の行為に驚き、悲しむだろうが、彼らのこれからの人生に悪い影響を与えることはないはずだ。

——どうか自分を大切にしてちょうだい。

麻衣子の葬儀での扶美子さんの言葉が脳裏に蘇る。

僕は彼女の信頼を裏切ってしまった。僕が奥村を殺したことを知ったら、扶美子さんは怒り、悲しむだろう。だが、僕にはこうするしかなかったのだ。

麻衣子。君は僕が仇を取ったことを喜んでくれるだろうか。

いや、喜んだりはしないだろう。

君はとても優しい心の持ち主だったから、たとえそれが自分を殺した人間の死であっても、望んだりはしないだろう。

まして、僕は別れた男だ。そんな男に仇を取ってもらったところで、うれしくも何ともないだろう。

それはよくわかっている。奥村を殺したことは、僕の自己満足にすぎないのだ。

だが、僕にはこうするしかなかったのだ。これが、僕が君にできるただひとつのことなのだ。君が一番苦しいときにそばにいることのできなかった僕の、君を守ることができなかった僕の、ただひとつの償いなのだ。

2

寺田聡は、古びたキャンパスノートをそっと閉じた。

助手室の薄汚れた作業台の上には、ノートの他に、凶器のペーパーナイフや被害者が着ていた服などが袋に入れられて載っている。二十年前、一九九三年九月に八王子市で起きた殺人事件の証拠品だ。

聡が読み終えたのは、死亡した被疑者が残したノートだった。最初は目を通すつもりなどなかった。証拠品を入れた袋ひとつひとつに事務的にQRコードのラベルを貼っていたのだが、ふと興味を惹かれて、ノートを袋から取り出すと、表紙を開いてみた。シャープペンで記された文字は書き急いだのかやや乱れていたが、激しい切迫感が伝わってきた。それを目で追ううちにいつの間にか引き込まれ、気がついたときには読み終えていた。

聡が、ここ、三鷹市にある警視庁付属犯罪資料館に配属されてから三か月が経つ。聡の主な仕事はラベル貼りだった。犯罪資料館では、証拠品を入れた袋にQRコードのラベルを貼り、スキャナを当てるとパソコンの画面に証拠品の基本情報が表示されるシステムを構築中だ。事件の捜査書類を読んだ館長がデータをまとめ、聡のパソコンにメールで送ってくるので、聡はそれとQRコードを紐付け、ラベルを証拠品に貼るのだ。

このシステムの構築を始めたのは、現在の館長だった。八年前、館長に就くとすぐに、警視庁のCCRS（刑事事件検索システム）をベースに作り始めたのだという。日付の新しい事件からさかのぼっているのだが、あいにく犯罪資料館には館長と助手一名しかいないため、作業は遅々として進まず、八年後の今、ようやく一九九三年の事件まで来たところだった。聡はここに来てからの三か月間ずっと、この年の事件の証拠品だけにラベルを貼り続けている。

今、ラベル貼りをしているのは、一九九三年九月に八王子市で起きた殺人事件の証拠品だった。

この事件では、三人の死者が出ている。発端となったのは、九月一日に起きた女子大生殺害事件だった。中野上町のマンション〈ハイツ永井〉に住む是枝麻衣子という女子大生が、四階の自室のベランダから突き落とされて殺害された。八王子市にキャンパスのある明央大学の教育学部三年生。死亡推定時刻は午後三時頃で、司法解剖の結果、妊娠三か月だったことが判明した。お腹の子の父親が犯人だと目されたが、それが誰なのか、両親も友人たちも知らなかった。

九月四日、元本郷町《もとほんごうちょう》の〈泉楽荘《せんらくそう》〉という学生アパートで、窃盗事件が発生した。住人が留守中だった一階の三部屋が、窓ガラスにガラス切りで穴を開け手を差し入れて開錠するという手口で侵入されたのだ。その三部屋の住人はいずれも大学生で、預金通帳、現金などが盗まれた。事情聴取した捜査員は、被害者の一人、高見恭一という明央大学の法学部三年生が、異様に動揺しているのを不審に思った。他の二人の被害者は、窃盗に遭ったことを単純に悔しがっているのに、高見は不安がっているように見えたのだ。だが、捜査員は不審には思ったものの、理由を追及しはしなかった。高見はあくまでも被害者だからだ。

高見恭一が動揺していた理由は、九月六日に思わぬかたちで判明した。この日の午前中、警視庁に一通の封書が届いた。そこにはキャンパスノートが一冊入っており、四日に盗みに入った先でこのノートを見つけたが、警察が内容に興味を持つと思うので送る、と記されたメモがクリップで止められていた。メモの字は、筆跡をごまかすため利き手でない手で書かれたらしく、指紋も残っていなかった。

捜査員はキャンパスノートに記された内容に驚愕した。それは、高見恭一の日記だった。高見は九月一日に殺害された是枝麻衣子の元恋人であり、麻衣子のお腹の子の父親、すなわち彼女を殺した犯人が、自分のゼミの指導教官の奥村淳一郎であることを独力で突き止め、葬儀のあった三日の夜、殺害したというのだ。

ただちに、大和田町にある奥村の自宅マンション〈メゾン・ローレル〉に捜査員が向かい、書斎で彼の他殺死体を発見した。日記にあった通り、ペーパーナイフで背中を刺されて死亡していた。即死だった。ペーパーナイフからは指紋が拭き消されていた。

ここに至り、四日の〈泉楽荘〉での窃盗事件で、被害者の高見恭一が異様に動揺していた理由が明らかになった。彼は日記を盗まれたことに気がついたのだ。そこには奥村の殺害が記されているのだから、異様に動揺したのも当然だった。窃盗犯は高見の部屋でノートを発見し、柄にもない公徳心を発揮して警視庁に送り付けたらしい。

捜査員が高見に事情を聴くため〈泉楽荘〉に向かうと、彼は出かけようとしているところだった。高見は捜査員を見るなり逃げ出した。追いすがる捜査員から逃れようと高見は角を曲がり——ちょうどそこに走ってきたトラックにはねられた。即死だった。

被疑者死亡で直接の供述が得られなくなったのは痛手だったが、警察は日記の裏付け作業を進めた。

〈メゾン・ローレル〉で奥村の死体が発見されたとき、現場の書斎はエアコンが止められ、うだるような暑さだった。高見の日記によれば、彼は犯行後、立ち去るときに書斎のエアコンを止めている。そのため、九月に入って間もない暑さの中で、閉め切った室内の気温は三十度前後まで上昇していた。その中で放置された死体は、死体現象がかなり進んでいた。状況を勘案した結果、奥村の死亡推定日時は死体が発見された九月六日をさかのぼること三日前——九月三日だと算出された。これは、九月三日午後十時前に奥村を殺害したとする日記の記述に合致する。

訊き込みの結果、九月三日の夜十時過ぎ、高見恭一らしき人物が、奥村の部屋の前の廊下を歩いているのが隣室の住人の女性に目撃されていた。これも、日記の記述に合致する。

奥村淳一郎と是枝麻衣子それぞれの電話の通話記録を調べた結果、二人のあいだで頻繁に電話がかけられていることが判明した。また、奥村と麻衣子それぞれの自宅マンションの部屋からは、お互いの潜在指紋がいくつも発見された。二人が交際していたことは間違いなかった。麻衣子のお腹の子の父親はA型かAB型で、奥村はA型である。さらに、DNA型鑑定の結果からも、麻衣子のお腹の子の父親は奥村であることが確認された。

奥村淳一郎は教授で、五十二歳。専門は国際法。四年前に離婚しており、事件当時は独身だった。長身と彫りの深い顔立ち、知的で穏やかな口調で、女子学生に人気があった。ただ、女癖が悪く、過去にも何度か、女子学生との交際が噂されている。離婚もそれが原因だと言われていた。

通話記録によると、九月一日の午前十一時、麻衣子は自室から奥村に電話をかけている。この電話で、奥村が午後に麻衣子の部屋を訪れることを取り決めたのだろう。奥村は麻衣子の部屋を訪れ、最後の話し合いをした。麻衣子は堕胎に同意せず、奥村は殺意を固めた。そして、午後三時頃、ベランダから麻衣子を突き落とした……。

一方、通話記録によると、麻衣子は午後二時に自室から今度は高見に電話をかけている。高見の日記によれば、このとき麻衣子は、相談事があるので今日の夕方五時に会ってほしいと頼んだという。高見が日記で推測しているように、その相談事とは奥村のことだったと思われる。奥村のこれまでの女子学生との交際歴について、また相手の女子学生がどうしたのかについて、訊きたかったのだろう。

高見は五時にかつての恋人の部屋に向かったが、そのときにはすでに麻衣子は殺害されていた。最初に高見と応対した捜査員の話だと、高見は彼女の死を聞いて、警官の制止を振り切って亡骸に駆け寄ろうとするなど、かなり取り乱していたという。これも、日記の記述通りだった。

警察は、麻衣子の両親にも話を聴いた。通夜のときも葬儀のときも、高見はひどく思い詰めた様子だったという。麻衣子の母親は、高見が何かとんでもないことをするのではないかと不安に駆られて、「馬鹿なことは考えていないわよね」と念を押したほどだった。だが、彼女の言葉も高見を止めることはできなかった。

妊娠した麻衣子に結婚を迫られた奥村が彼女を殺害、それを知った高見が奥村を殺害したのち交通事故に遭った——被疑者死亡で事件は終結した。

未解決の殺人事件の場合は、証拠品が犯罪資料館に収められるのは事件発生から十五年後だが、終結した事件の場合は、終結後数か月だ。この事件の場合も、高見の日記や凶器のペーパーナイフなど、事件のもろもろの証拠品は事件終結後まもなく犯罪資料館に収められ、その後二十年のあいだ、保管室でひっそりと眠り続けてきたのだった。

＊

尿意を催した聡は、白衣を脱いでトイレに向かった。犯罪資料館では、仕事中は白衣を着用することになっている。衣服に付着したさまざまな汚れで証拠品が汚染されるのを防ぐためだ。

トイレでは、清掃員の中川貴美子がモップで床を拭いている最中だった。五十過ぎで、パーマをかけた女性だ。

「寺田君、おはよう。今日は一段とハンサムやないの。飴ちゃんどうぞ」

腰に付けたポシェットから、いつものように飴を取り出して勧めてくれる。手にはゴム手袋をはめたままだ。聡はいつものようにありがたく断ると、訊いてみた。

「一九九三年九月に八王子市で起きた事件で、大学教授が交際していた女子学生を殺害し、その女子学生の元恋人の男子学生が、教授が犯人であることを突き止めて復讐した――という事件を憶えていますか？　女子学生は妊娠三か月で、お腹の子の父親は教授でした」

「一九九三年？　二十年も前やないの。あたしが三十四さ……いや、十四歳のときやわ。えーと、ちょっと待ってな」

恐ろしく大胆にさばをよんだ中川貴美子は目を閉じると、記憶を探っているようだったが、

「――思い出した。ワイドショーや週刊誌でえらい騒がれとったわ。大学のセンセと女子学生の交際、妊娠、殺人、元彼の男子学生の復讐って、燃える要素ばかり揃うとるやろ。しかも、そのセンセがロマンスグレーのなかなかのイケメンやねん。再現ドラマまで作られとった」

「そうだったんですか」

一九九三年には、聡はまだ十歳だった。発足したばかりのJリーグや漫画に夢中で、現実の殺人事件には何の興味もなかったから、当然ながら事件のことは憶えていない。

「その事件がどないしたの?」

「今、その事件の証拠品にQRコードのラベルを貼っているんです。証拠品の日記にすっかり引き込まれてしまったので、事件のことが気になって」

「ああ、元彼の男子学生が犯人を突き止めて復讐するところを日記に綴《つづ》ってたんやてね。日記そのものは公開されへんかったけど、ワイドショーでコメンテーターがあれこれ想像をたくましくしとったよ。それにしても、元彼に仇を取ってもらえるなんて最高やな。あたしもこれまで男はいっぱいおったけど、どいつもこいつもあかんたれで、もしあたしが殺されても犯人を突き止めて仇を取ってくれるような甲斐性のあるやつは一人もおらへんかった。寺田君、あたしが殺されたら仇を取ってくれる?」

いきなり言われて聡は面食らった。

「は？　何でそこで僕が出てくるんですか。僕は中川さんの元彼じゃありません」

「今彼でもええよ」

「わけのわからないことを言わないでください」

「ま、あたしみたいなのじゃあかんかもしれへんけど、館長さんみたいな美人さんやったら、元彼も仇を取ってくれるかもしれへんね」

「――そうでしょうか」

館長の緋色冴子警視の容姿が脳裏に浮かぶ。あの館長と復讐という組み合わせは、冷凍庫と溶鉱炉の組み合わせ以上に想像が困難だった。そもそも、あの館長に今彼はおろか、元彼がいるとは思えない。

小用を足して助手室に戻ると、噂をすれば影とやらで、隣の館長室との境のドアが開き、当の館長が助手室に入ってきたので、聡はぎくりとした。

ほっそりとしたからだつきに、着ている白衣にも負けないほど白い肌。肩まで伸ばした艶やかな黒髪。年齢不詳の、人形のように冷たく整った顔立ち。長い睫毛に彩られた二重瞼の大きな瞳。雪女が現実に存在したならばこうもあろうかという雰囲気だ。

「一九九三年九月の八王子市の事件だが、ラベル貼りの作業はどうなっている？」

フレームレスの眼鏡を軽く押し上げると、緋色冴子は低い声で訊いてきた。

「今、ちょうど貼っているところです。館長の方は、事件の基本情報はまとめてくださいましたか」

「実は、中断している。事件の基本情報をまとめようとして被疑者の日記を読んだら、おかしな点に気がついた」

「――おかしな点？　どこがおかしいんですか」

「被疑者の日記は読んだか？」

「先ほど読みました」

「読んでいておかしな点に気がつかなかったか」

「特に何も……」

聡は日記の記述を思い返してみた。別におかしい点はなかったように思う。どこがおかしいのか話してくれるのかと思いきや、緋色冴子は無表情に「再捜査を行う」と続けた。聡は驚いて問い返した。

「――再捜査？　まさか、事件の真相は別にあるとでも？」

「そうだ」

館長はあっさりと言った。

今年の二月、緋色冴子は一件の迷宮入り事件を解決した。一九九八年二月に起きた中島製パン恐喝・社長殺害事件だ。殺人事件が未解決の場合、その事件の証拠品は事件発生から十五年後に犯罪資料館に収められるのだが、緋色冴子はそうして収められた証拠品のひとつを見て、大胆極まりない推理をし、解決に導いたのだった。そのとき、コミュニケーション能力に欠けるため訊き込みには不向きな彼女の代わりに情報を入手したのが聡だった。

しかし、いくらなんでも、八王子市の事件の真相が別にあるということはありえないだろう。事件の事実関係は当時の捜査班によってきちんと裏付けが取られているし、高見恭一の日記にしても、別におかしな点はない。

「日記のどこがおかしいというんですか」

再度訊いてみたが、緋色冴子は答えなかった。

秘密主義もたいがいにしろ、こっちは元捜査一課員なんだ、捜査経験はあんたよりはるかに豊富なんだぞ——胸の内でそう毒づいたが、彼女が天才的といってもいい推理能力の持ち主であることは、中島製パン恐喝・社長殺害事件でよく承知している。

聡はため息をついた。

「——わかりました。具体的には、何を調べたらいいんです?」

3

犯罪資料館に保管された捜査書類には、是枝麻衣子の実家の住所と電話番号が記されていた。麻衣子の母親の扶美子は今もここに住んでいるかもしれない。その番号に電話してみると、年配の女性の声が「原田です」と言った。聡は「間違えました」と言って切りそうになったが、原田というのが、麻衣子の父親の姓であることを思い出した。

原田扶美子さんでいらっしゃいますか、と尋ねると、相手はそうですと答えた。扶美子は事件の八か月前に離婚して旧姓の是枝に戻ったはずだが、もう一度、夫の姓に戻ったらしい。

聡は警視庁犯罪資料館の者ですと名乗り、二十年前のお嬢さんの事件についてデータベースを構築中ですが、何点か形式的な事項の記載漏れがあり、それを埋めるためにうかがいたいのです、と適当な口実を並べ立て、翌日、会う約束を取り付けた。

原田家は、静岡市清水区八千代町《やちよちょう》にある、築三十年ほどに見える二階建ての建て売り住宅だった。事件が起きた一九九三年当時は清水市だったが、二〇〇三年に静岡市と合併し、現在は静岡市清水区となっている。

麻衣子の実家は本当の我が家のようなものだった——高見恭一の日記の記述が脳裏に蘇った。ごく平凡な家に見えるが、両親を中学生のときに亡くした高見にとっては、かけがえのない場所だったのかもしれない。聡は、今から二十年前のこの家の姿を想像してみようとした。

玄関ドアを開けたのは、六十代後半の女性だった。

「警視庁付属犯罪資料館の寺田聡と申します。お時間を割いていただき、どうもありがとうございます」

聡は頭を下げた。

「原田扶美子です」

と女性が言う。髪に白いものの混じった、上品な顔立ちの女性だった。

「是枝というお名前だと思っていたんですが、以前のご主人の姓に戻られたんでしょうか」

「はい。あの事件の一年後に、夫と入籍しました。もう一度、夫とやり直すことにしたんです。それが、亡くなった娘が一番望んでいることのように思えたので……」

「そうですか。では、今、ご主人もこちらに？」

「はい。いらっしゃるのをお待ちしています」

リビングに通されると、そこには七十代初めの男がテーブルを前にして座っていた。

「原田弘明です」

背が高く、がっしりとしたからだつきの男だった。髪はほぼ真っ白だが、若い頃はさぞかし異性に騒がれただろうと思わせる、端整な顔立ちをしている。

「失礼ですが、犯罪資料館という施設は初めて聞きました。昨日、妻から話を聞いたとき、初めは悪質な悪戯《いたずら》か詐欺ではないかと思ったくらいです。警視庁に電話して、そのような施設が実在することを確認してようやく本当だと信じましたが」

「ご存じない方は多いですね。過去の事件の証拠品を分析して今後の捜査に活かすという重要な役目を果たしていますので、もっとPRしていかなければならないと思っていますが」

聡は自分でも信じていないことをもっともらしく言った。実態はただの大型保管庫ですとは口が裂けても言えない。まるで三流の広告マンになったような気分だ。

「娘さんが亡くなったあとの高見恭一さんの様子はいかがでしたか」

扶美子が答えた。

「通夜のときも葬儀のときも、高見さんはひどく思い詰めた様子でした。何か取り返しのつかないこと、自分の人生をきっと不幸にしてしまうことを決意しているみたいに……。わたしの知っていた、大人びて落ち着きのある彼とは別人のようでした。馬鹿なことはしないと言ってくれたので、わたしはその言葉を信じたんですけれど、それはわたしを安心させるための嘘だった。彼は、娘のために復讐をしてしまったんです。高見さんはあのあとすぐに交通事故で亡くなりましたけれど、もしそうでなくても、その後の人生はきっと台無しになってしまっていたでしょう。どうして葬儀のとき、もっと強く言って、高見さんを止めることができなかったのか……。あの事件以来毎日、わたしはそのことを後悔しています」

君のせいではないというように、弘明が扶美子の肩に手を置く。妻は感謝するように夫を見上げた。

弘明が言った。

「私は、お恥ずかしい話ですが、娘が高校生の頃から数年間、浮気相手の家で暮らしていたので、高見君がこのうちを訪ねてくれた時分にはおらず、彼に会うのは通夜のときが初めてでした。妻の言うように、ひどく思い詰めた様子だった……」

「高見さんに会われたのは、葬儀のときが最後ですか」

はい、と扶美子が答えた。

「あのときが最後でした。次に会ったとき、高見さんは交通事故で物言わぬからだにな っていましたから……。ご両親は高見さんが中学生のときに亡くなり、親戚とも疎遠に なっていたということで、高見さんのお葬式はわたしたちが出したんです。寂しいお葬式でした。理由はどうあれ、あの男——奥村を殺した殺人者ということで、親戚はもちろん、高見さんのお友だちもほとんど来ませんでしたから。麻衣子と別れてからも、高見さんのことは息子のように思っていましたから、娘に続いて息子も失ったようで、とてもつらかった……」

当時を思い出したのか、扶美子は涙ぐんだ。

そろそろ、緋色冴子に指示された質問をしなければならない。

「すみません、これは形式的な質問ですので、気を悪くしないでいただきたいのですが……奥村淳一郎が殺害された九月三日の午後十時頃、どこで何をしていたか憶えていらっしゃいますか？」

「おい、なんてことを訊くんだ。まさか、私たちが奥村を殺したと思っているのか」

原田弘明が睨みつけてきた。

「いえ、あくまでも形式的な質問ですので……」

聡はそう弁明しつつ、緋色冴子を恨めしく思った。あの雪女め、なんてことを訊かせるんだ。こんなことを訊かれれば、怒るに決まっているじゃないか。だいたい、なぜ、麻衣子の両親のアリバイを訊くのだ。高見恭一の日記にはおかしな点があると緋色冴子は言っていたが、そのおかしな点から、麻衣子の両親が奥村を殺害したと疑うに至ったのだろうか。

なおも文句を言おうとする夫の腕に、扶美子はなだめるように手を置いた。

「――わかりました。お話しします。もう二十年も前のことですけれど、あの日は娘のお葬式でしたから、今でもはっきりと憶えています。午後五時頃に斎場を出て、ここに戻ったのが五時半頃でした。そのあとは、簡単な夕食を取って、十二時前に寝るまでずっとここにおりました」

「ご主人とご一緒だったんですか？」

「当たり前だ」

弘明が憤然として口を挟んだが、扶美子は夫に向かってたしなめるように微笑すると、

「あなた、隠しごとはしない方がいいわ。――いいえ、一緒ではありませんでした。あの当時、わたしたちは離婚状態で、夫は別居していたので、そちらに戻ったんです。ですから、あの日、帰宅してからは、わたしは寝るまでずっと独りでした」

「ご主人はいかがです？」

弘明がいやいやながら、といった様子で答えた。

「私も午後六時頃、当時同居していた浮気相手の家に帰りました。妻のそばにいてやりたかったので、本当はここに泊まりたかったのだが、浮気相手がそれを嫌がったので……。まったく、ひどい夫、ひどい父親だった」

「帰宅されてからは、当時の同居人の方とずっと一緒だったのですね？」

「いえ、そうではないんです。帰宅してすぐに、娘の葬式に出たことで浮気相手に嫌味を言われたので、かっとして喧嘩になり、家を飛び出して、繁華街をうろついていたんです。娘の葬式があった日だというのに、飲み歩いていたんですよ。午後十時頃には、どこかの居酒屋で飲んでいたと思います。もう名前も場所も思い出せないが……。そして、零時過ぎにタクシーで家に帰り着きました」

弘明は自嘲するような笑みを浮かべた。

「そのときの喧嘩で目が覚めて、浮気相手とはきっぱりと手を切りました。そうしたら、妻が、もう一度やり直しましょうと声をかけてくれたんです。それが、麻衣子が一番望んでいることだと……。その通りだと思いました。そして、妻と再婚したんです。妻には本当に感謝しています」

「感謝だなんて……。お互い様ですよ」

扶美子が微笑みながら言う。

「ただ……娘が亡くなる前にこうしていればよかった、いや、そもそも離婚などしなければよかったと悔やまれるんです。私たちの離婚に、娘はどれほど心を痛めたでしょう。

それを思うと、悔やんでも悔やみきれない……」

ひょっとしたら、麻衣子が奥村に惹かれたのは、不在の父親に代わるものを無意識のうちに求めたからではないか、と聡は思った。俗流心理学的すぎる考えかもしれないが……。

聡は二人に礼を言うと、原田家を辞去した。老いた夫婦は玄関に立ち、聡を見送ってくれた。その姿は穏やかだったが、同時に孤独の影も強く感じさせた。二人の老い先が安らかならんことを祈った。

4

犯罪資料館に戻った寺田聡は、館長室で緋色冴子に報告した。

「——というわけで、奥村淳一郎が殺害された九月三日は、原田扶美子は斎場を出た午後五時以降、弘明は同居人と喧嘩して家を飛び出した六時過ぎ以降、それぞれ独りで行動しているので、アリバイがありません。静岡駅から新幹線で新横浜に向かい、そこからJR横浜線で八王子に行き、駅前でタクシーを拾って奥村の自宅マンションに着くのに、二時間半あれば充分でしょう。二人とも、午後十時頃に奥村を殺害することは可能だったんです」

「ご苦労だった」

緋色冴子は無表情に言った。

「館長は、二人のどちらかが奥村を殺害したと疑っていらっしゃるんですか」

聡は尋ねたが、返事はなかった。

「そろそろ話していただけませんか。高見恭一の日記のおかしな点とは何だったんです?」

緋色冴子の紅い唇がようやく動いた。

「二点ある。第一の疑問点——奥村は自宅の書斎のペーパーナイフで刺殺されている。高見が犯人ならば、奥村宅に向かった時点で復讐を計画していたのだから、凶器を持参したはずだ。なぜ、その場にあったペーパーナイフを凶器に用いたのだろうか」

「いざ復讐しようとすると、気が動転して、持参した凶器を使うのを忘れてしまったんじゃないですか」

「その可能性もある。しかし、日記には、凶器を持参する描写はおろか、凶器を何にするか考える描写もないんだ。計画殺人ならば当然、凶器を何にするか考えるはずなのに」

言われてみれば、もっともな疑問だった。

「第二の疑問点は?」

「第二の疑問点——九月三日の記述によれば、高見は奥村の殺害後、部屋を出るとき、エアコンを止めている。なぜ、こんなことをしたのか。普通は、犯行現場のエアコンのことなど、犯人は気にかけないものだ。それなのに、高見は、まるで自宅を留守にする人間のように、エアコンに気を配っている。この行為はひどく不自然だ」

「外出するときの習慣がつい出て、無意識のうちにエアコンを止めたんじゃないですか」

「無意識のうちに止めたのなら、そもそもその行為を認識していないのだから、日記には書けないはずだ」

「……そうですね」

「仮に、無意識のうちに止めたことにあとから気がついたのだとしても、その行為を日記に書く際、『外出するときの習慣がつい出て』といった理由付けをするはずだ。あるいは、『なぜなのかはわからないが』といった言葉を付け加えるはずだ。犯行現場のエアコンを止める行為がおかしいのは、高見も書きながら気がついたはずだ。その行為に対する理由付けをしないまま、あるいはその行為に対する疑問を呈さないまま、行為だけを記すのは変だ。日記に記すことで、人は自分の行為ひとつひとつの意味をあらためて点検することになる。人は、無意味であることに耐えられない生き物だ。自分の行為が無意味であることに気づいたら、その行為に意味付けをしようとするか、その行為の意味のなさに疑問を抱くだろう。無意味にしか思えない行為を、無意味なままに記すようなことはしないはずだ」

「確かに……。じゃあ、館長は、そのふたつの疑問点をどうお考えなんです？」

「第一の疑問点——高見恭一は、奥村宅に向かった時点で復讐を計画していたのに、なぜ、凶器を持参せず、現場にあったペーパーナイフを用いたのか。また、手記には凶器を持参する描写はおろか、凶器を何にするか考える描写もないのはなぜなのか。

考えられることはひとつしかない。高見が現場に着いたとき、奥村はすでに別の人物によってペーパーナイフで殺害されていたんだ。その人物は、計画的にではなく衝動的に奥村を殺害したので、その場にあったペーパーナイフを用いたのだろう。高見は真犯人をかばうことにし、日記には自分が奥村を殺したかのように記した。そのため、計画的な犯行のはずなのに、現場のペーパーナイフを凶器として用いるという矛盾が生じてしまった。高見自身もこの矛盾には気づいていただろう。しかし、計画的な犯行において現場の物を凶器として用いるメリットとして、日記の読み手を納得させられるだけの説得力のある説を考え出すことができなかったので、凶器についての描写は最低限に留め、読み手が凶器に関する矛盾にできるだけ気がつかないようにしようとした」

「それで、奥村を殺した犯人は別にいると考えたわけですね……。ところで今、『日記の読み手』とおっしゃいましたが、高見は、日記が読まれることを想定していたんですか」

「そうだ、警察にな。高見は警察に日記を読ませ、自分が犯人だと思わせて、真犯人をかばおうとしたんだ」

「すると、高見は最初から、警察に読ませるつもりで日記を書いていたんでしょうか」

「九月三日に奥村を殺しに行って真犯人が先んじていることに気づき、真犯人をかばおうとしたのだとすれば、高見は九月三日の時点で初めて、警察に日記を読ませることにしたことになる。当初は犯人を推理するためのメモ代わりに日記を書いていたのだろうが、九月三日の途中で、日記の目的は、警察に読ませて真犯人をかばうことへ変わったのだと考えられる」

「なるほど……。すると、真犯人は誰だとお考えですか」

「真犯人は、高見がかばおうと考える人物だ。麻衣子のために復讐しようと考えるほど、彼女を愛していた人物だ。麻衣子を殺したのが奥村だと知っていた人物だ」

「麻衣子のために復讐しようと考えるほど、彼女を愛していた人物――麻衣子の母親の扶美子ですか」

「今挙げた真犯人の条件から導き出される人物は、扶美子だ。彼女は、警察や高見には、娘の新しい恋人が誰かわからないと言ったが、実際には、娘の言動や遺品から、新しい恋人が奥村淳一郎という大学教授だと知っていたのかもしれない。麻衣子が妊娠三か月だったと聞いたとき、扶美子は、娘を殺したのが奥村だと悟った。九月三日、娘の葬儀のあと、彼女は奥村の自宅マンションを訪れ、彼を問い質した。それは口論に発展し、扶美子は衝動的にペーパーナイフで奥村を殺害し、その場を立ち去ったのかもしれない。

　そのあと、奥村を殺害するために高見が現場を訪れ、死体を発見した。おそらく高見は、現場を立ち去る扶美子を目撃していたのだろう。扶美子が奥村を殺害したと悟った高見は、彼女をかばうことにし、九月三日の記述では、自分が奥村を殺したかのように記した。しかしそのため、計画的な復讐のはずなのに、現場にあったペーパーナイフを凶器として用いるという矛盾が生じてしまった。

麻衣子のために復讐しようと考えるほど、彼女を愛していた人物という条件は、麻衣子の父親の原田弘明にも当てはまるかもしれないが、彼が奥村を殺害したのだったら、高見はかばおうとは考えなかっただろう。一方、日記を読めばわかるように、高見は母親の扶美子には好意を抱いている。『麻衣子と別れてつらかったのは、彼女と会えなくなったこととともに、二度と彼女の実家に行き、扶美子さんのもてなしを受けられなくなったことだったかもしれない』と書いているくらいだ。高見がかばうのであれば、それは扶美子をおいて他にない」

だから、緋色冴子は扶美子の九月三日夜十時頃のアリバイを尋ねさせたのだ。彼女が犯人だったのか……。

「さて、ここで、日記の第二の疑問点について検討してみよう。九月三日の記述によれば、高見恭一は奥村淳一郎の殺害後、部屋を出るとき、エアコンを止めている。なぜ、こんなことをしたのか。普通は、犯行現場のエアコンのことなど、犯人は気にかけないものだ。それなのに、高見は、まるで自宅を留守にする人間のように、エアコンに気を配っている。この行為はひどく不自然だ。高見も書きながら不自然であることに気がついたはずだが、その行為に対する理由付けをいっさい記していない」

「日記に理由付けを記していないということは、高見にはエアコンを止めなければならない理由があったが、その理由を明かすことはできなかったということですか」

「理由を明かしたくないならば、そもそも、エアコンを止めたと日記に書かなければいいはずだ。そうすれば、そうした行為の不自然さに気づかれる恐れもなくなる」

「──そうですね」

「だから、考えられるのはこういうことだ──高見にはエアコンを止めたと日記に記さなければならない理由があったが、その理由を明かすことはできなかった」

「──日記に記さなければならない理由？」

「日記にそう記した結果、どうなっただろうか。警察は、エアコンが止められたのは九月三日の午後十時頃だと判断した。そして、奥村の死体が発見された九月六日までの三日間、現場はエアコンが止められ暑い状態だったと見なされた。奥村の死体の死体現象は、その暑い状態で進行したと想定され、この想定に基づいて司法解剖が行われて、死亡推定日時が九月三日だと算出された。しかし、エアコンが九月三日午後十時頃に止められたというのは、日記に記されているだけで、他には裏付ける根拠はない。仮にそれが嘘で、実際にはもっとあとに止められたのだとしたら──九月三日午後十時以降も室内はエアコンで冷やされていたとしたらどうだろうか」

「──もっとあとまで冷やされていた？」

「例えば、奥村の死体が発見された九月六日当日までだ。日記の記述により、エアコンは九月三日午後十時頃に止められ、その後六日まで、死体は閉め切った室内で、気温三十度前後の暑い状態に置かれていたと見なされた。奥村の死体の死体現象が進行しているのは、そうした高温下に置かれていたからだと見なされ、それを勘案して、死亡推定日時が九月三日だと算出された。しかし、エアコンが九月六日まで稼働しており、室内はエアコンで設定可能な最低温度である十六度前後で冷やされていたとしたら？　奥村の死体現象が進行しているのは、暑い状態に置かれたからではなく、もっと前、九月三日以前に死亡したからだということになる。逆に言えば、九月三日午後十時頃にエアコンを止めたと思わせることで、死亡日時を実際より後ろにずらせるということだ」

聡ははっとした。

「高見は日記にエアコンを止めたと嘘を記し、実際にはエアコンを最低温度に設定して稼働させ続けることで、死亡日時を後ろにずらして真犯人にアリバイを与えたということですか」

「そうだ。したがって、真犯人は、高見が奥村を殺したと日記に書いている、九月三日午後十時頃にアリバイがある人物だ。しかし、扶美子はこの時刻にアリバイがない。奥村の死亡日時を九月三日午後十時頃にずらしても、彼女にはアリバイが成立しないのだ。とすれば、扶美子は真犯人ではないことになる」

聡は思わず耳を疑った。

「――扶美子は真犯人ではない？　そんな馬鹿な。真犯人は、麻衣子のために復讐しようと考えるほど、彼女を愛していた人物であり、麻衣子を殺したのが奥村だと知っていた人物であり、高見がかばおうと考える人物です。それに該当するのは、扶美子しかいません」

「確かに、真犯人たる条件を満たすのは、扶美子しかいない。しかし、アリバイの点から、扶美子は真犯人たりえない。とすれば、考えられることはただひとつ。真犯人たる条件が間違っているんだ」

「――真犯人たる条件が間違っている?」

聡は呆気に取られた。これまでの推理をひっくり返すようなことを言い出すとは、緋色冴子はいったい何を考えているのか。

「真犯人たる条件は、これまで四つ挙げられた。

第一に、高見恭一がかばおうと考える人物である。

第二に、麻衣子のために復讐しようと考えるほど、彼女を愛していた人物である。

第三に、麻衣子を殺したのが奥村だと知っていた人物である。

第四に、九月三日午後十時頃にアリバイがある人物である。

このうち、第一の条件は、確かな事実だと考えていい。高見の日記によれば、奥村殺害は計画的な犯行のはずなのに、用いられたのは現場にあったペーパーナイフだった。ここから、奥村殺害は衝動的な犯行だと考えられる。それを計画的な犯行であるかのように記す高見の日記は、真犯人をかばおうとする目的で書かれたと考えられる。

また、第四の条件も、確かな事実だと考えていい。奥村の部屋のエアコンを止めたという不自然な記述は、奥村の死亡日時を後ろにずらすためだとしか考えられない。逆に言えば、真犯人は九月三日午後十時頃にアリバイがある人物だということになる。

だが、第二の条件と第三の条件は、よく考えると何の根拠もない。そして、第二の条件と第三の条件とが、真犯人候補として扶美子を導き出し、その扶美子が第四の条件によって否定されるとすれば、第二の条件と第三の条件は間違いだったことになる」

「第二の条件と第三の条件が間違いだった？　しかし、麻衣子のために復讐しようと考えるほど、彼女を愛していた人物でなければ、奥村を殺害しないでしょう。そして、麻衣子を殺したのが奥村だと知らなければ、彼を殺害できないでしょう」

聡は、緋色冴子が何を考えているのかさっぱりわからなかった。これまでの推理の土台を突き崩すようなことをして、いったいどんな結論を導こうとしているのだろう。

「第二の条件と第三の条件を抜きにして、第一の条件と第四の条件だけで真犯人を絞り込んでみよう。結局、真犯人たる条件はふたつ――高見がかばおうと考える人物であることと、奥村の死亡日時を後ろにずらすことでアリバイが成立する人物であることだ」

「そんな人物がいますか？」

「ただ一人いる――麻衣子だ」

5

聡は、緋色冴子の気が狂ったのかと思った。

「麻衣子が真犯人ならば、高見はどんな犠牲を払ってでもかばおうと考えるだろう。そして、奥村が死んだ本当の日にちが、麻衣子の死んだ九月一日だったならば、死亡日時を後ろにずらすことで、麻衣子は〈死〉という絶対のアリバイによって守られることになる」

「しかし、奥村が麻衣子を殺したんですよ。どうやったら麻衣子が奥村を殺せるというんです」

「奥村が麻衣子を殺したというのは、確かだろうか?」

「高見は日記で、麻衣子の部屋のベランダのサンダルを巡る推理から、麻衣子を突き落としたのは彼女と親しい男だと結論付けています。高見の日記は信頼できないかもしれませんが、この推理だけは間違いないと思います。ベランダから落下した麻衣子がサンダルを履いていたという客観的事実に基づいているからです。

また、麻衣子は妊娠三か月で、もしお腹の子の父親――彼女の恋人が結婚を望んでいなかったとすれば、恋人には彼女を殺す有力な動機がありました。そして、麻衣子の恋人が奥村だったのは、電話の通話記録、二人の部屋の潜在指紋、胎児の血液型、DNA型鑑定から間違いありません。とすれば、奥村が麻衣子を殺したのは確かな事実だと考えていいでしょう」

「麻衣子の恋人が奥村だったのは間違いない。それはわたしも認める。しかし、麻衣子が妊娠三か月で、奥村が結婚を望んでいなかったとしても、それは必ずしも奥村が彼女を殺す有力な動機になるとは限らない。奥村が結婚を望んでいないこと、あまつさえ自分を捨てようとしていることを知った麻衣子が、怒りと悲しみのあまり衝動的に奥村を殺害した可能性もある。凶器がペーパーナイフである点から、奥村の殺害が衝動的な犯行だと考えられることを思い出してほしい」

聡ははっとした。

「確かに、そうも考えられますが……。では、麻衣子の死はどうなるんです？」

「飛び降り自殺だ。麻衣子が突き落とされた場合、突き落とした犯人が彼女と親しい男だという推理は妥当だろう。しかし、飛び降り自殺だったならば、犯人そのものが消滅する。そもそも麻衣子の死が他殺だと見なされたのは、彼女の部屋の玄関ドアのノブから指紋が拭き消されていたり、キッチンの水切り籠にひとつだけ洗ったグラスがあったりしたからだが、それが、麻衣子の死を他殺に見せかけるための偽装だったとしたらどうだ？」

「確かに、偽装も可能ですね……」

「高見の日記は、真犯人をかばうためのものだ。とすれば、日記に記されていた、麻衣子を殺した奥村に対する復讐という構図そのものが、真犯人をかばうためのフィクションだという可能性を考えてみるべきだ。第二の条件──『真犯人は、麻衣子のために復讐しようと考えるほど、彼女を愛していた人物である』と、第三の条件──『真犯人は、麻衣子を殺したのが奥村だと知っていた人物である』は、復讐というフィクションに基づいて導き出された偽りの条件だったのだ」

復讐殺人という構図そのものが消滅してしまったことに、聡は茫然とした。

「では、事件を再構成してみよう。電話の通話記録によれば、九月一日の午前十一時に、麻衣子は奥村の自宅に電話をかけている。このときの電話で、麻衣子は奥村の自宅で会う約束を取り付けたのだろう。麻衣子は奥村の自宅で、これまでの妊娠と結婚の話を繰り返したが、奥村は拒否し、あまつさえ彼女と別れようとした。麻衣子は怒りと悲しみのあまり、衝動的に彼を殺害してしまう。そして、茫然として自宅マンションに戻った。

このあとどうしたらよいのだろう、と彼女は考えた。もし自分が警察に捕まったら、お腹の子は殺人者の子の汚名を着せられることになる。父や母にも迷惑がかかる。何より、人を殺した罪悪感が重くのしかかる。麻衣子は自殺を決意した。

そして、死ぬ前に、かつての恋人――高見恭一に電話をかけたのだ。彼こそが、麻衣子がこの世から去る前に言葉を交わしたいと思った唯一の相手だったのだろう。そこで何が話されたのかはわからない。話の内容は重要ではなく、彼の声を聞くことこそが重要だったのかもしれない。

これが、午後二時の電話だ。高見の日記によれば、彼は午後二時の電話で、麻衣子から五時に会って相談したいことがあると言われたことになっているが、実際には、死ぬ前に彼と言葉を交わそうとする電話だった。

麻衣子はそのあと、午後三時頃にベランダから飛び降りて自殺した。一方、高見は、二時半頃から三時半頃まで、大学の奥村ゼミの研究室で過ごしていたが、麻衣子の電話がおかしかったことに不安を感じ始めた。不安の念を抑えられなくなった彼は、三時半頃、研究室を出ると、麻衣子のマンションの部屋を訪れた。日記では、アパートに戻って資料を探し、奥村の自宅に届けたことになっているが、もちろんこれは嘘だ。麻衣子の部屋には鍵がかかっておらず、高見は部屋に上がり込んだ。麻衣子はおそらく遺書を残していたに違いない。そこには、奥村と関係を持っていたこと、妊娠三か月であること、結婚を断られ、別れを切り出されて衝動的に奥村を殺害してしまったことが書かれていたのだろう。高見はそれを読んで、すべてを知った。ベランダから下をのぞくと、裏庭に麻衣子が倒れている。高見は裏庭に出て、彼女の遺体に駆け寄った。

高見は警察に通報しようとして、思い止まった。まず、奥村が本当に死んでいるかどうか確かめなければならない。高見は麻衣子の遺書を手にすると、〈メゾン・ローレル〉の奥村の部屋を訪れ、彼が本当に殺されていることを知った。

もし、このまま奥村の他殺死体と麻衣子の自殺死体が発見されたらどうなるだろうか。警察は、奥村と麻衣子の電話の通話記録を調べることで、二人のあいだに関係があったことを突き止めるだろう。そして、麻衣子が妊娠三か月だったこと、奥村が殺され麻衣子が自殺していることから、奥村に結婚を断られ、捨てられそうになった麻衣子が奥村を殺害し自殺したのだと、正しく結論付けるだろう。

このままでは、麻衣子は殺人者として世間に記憶されることになる。それは、高見にとって耐えられないことだった。かつての恋人をかばうため、彼は大胆極まりない計画を考え出した。

それは、奥村の死亡日時を後ろにずらし、麻衣子を〈死〉という絶対のアリバイによって守ることだった。さらに、麻衣子が奥村を殺したのではなく、奥村が麻衣子を殺したと見せかけて、犯人と被害者を逆転させることだった。

では、犯人と被害者を逆転させるにはどうしたらよいか。奥村は背中をペーパーナイフで刺されており、どう見ても他殺だ。だから、麻衣子を殺した奥村が自殺したと見せかけることはできない。奥村を殺す犯人が別に必要だ。そこで、麻衣子が奥村に殺されたという事実を突き止めた人間が、奥村に復讐した——と見せかけることにした。復讐という構図を取り入れることで、奥村の死亡日時を麻衣子よりあとにずらすこともできる。大学はまだ夏休み中だし、奥村は七日の学会発表の準備のため自宅にこもることになっていたので、数日間、研究室に顔を見せなくても不審には思われない。彼の死亡はすぐには気づかれないだろう。では、復讐者には誰がなったらよいか？　もちろん、高見自身だ。

高見はわずかの時間でこれだけのことを考え出すと、さっそく実行に移した。まず、奥村の書斎のエアコンを最低温度に設定して死体を冷やし、死体現象の進行をできるだけ遅らせる。

次いで、麻衣子の死を他殺に見せかけるために、彼女のマンションに戻った。玄関のドアノブを拭いて犯人が指紋を消したように見せかけ、グラスをふたつ出してひとつに麦茶を注いでテーブルに置き、もうひとつを洗ってキッチンの水切り籠に置いて、麻衣子が犯人に麦茶を出し、犯行後、犯人が自分の指紋の付いたグラスを洗ったかのように見せかけた。もちろん、グラスを扱うときは、麻衣子のマンションに戻る途中で調達した手袋をはめたことは言うまでもない。麦茶を注いだグラスには麻衣子の指紋が残っていなければならないが、それは、麻衣子が前回、そのグラスを食器棚に戻したときの指紋で代用できる。

高見は半年前に別れるまで、麻衣子のマンションに何度も来たことがあっただろうから、管理人が毎日、午後四時半頃に裏庭の花壇に水やりをしていることを知っていただろう。だから、そのときに麻衣子の遺体が発見されることを予測できただろう。

高見は午後四時半頃までに麻衣子の部屋での偽装工作を済ませると、いったんマンションを離れ、五時、麻衣子に呼ばれたふりをして、マンションを訪れた。彼女の死を聞き、取り乱して亡骸に駆け寄ろうとしたのはもちろん演技だ。そして、捜査員の言葉から、自分の計画が思い通りにスタートしたことを確認した。

高見の計画を成立させる最大の小道具は、復讐の過程を書き綴った日記だった。

九月一日の記述で、午後三時半頃に研究室を出たあと、『国際法学』という雑誌の九〇年五月号を奥村の自宅に届けに行き、言葉を交わした場面はフィクションだ。この場面は、麻衣子の死亡時刻である午後三時以降も奥村が生きていたと見せかけるためのものだし、奥村の失言は、のちに奥村を麻衣子殺しの犯人だと特定するために高見が考え出したものだ。

『国際法学』の九〇年五月号を奥村が探していたこと、その号を高見が借りて自室に置いていたことは事実だろう。高見は麻衣子をかばう計画をスタートさせたあと、日記の九月一日の記述で奥村が生きている姿を描く必要を感じたが、奥村の自宅を訪れる口実として『国際法学』が打ってつけだと気づいて利用したのだ。

日記の九月三日の記述で、奥村を殺害したというのももちろんフィクションだ。この日の午後十時前後、高見は奥村の部屋の前の廊下でわざと隣室の住人に目撃されて、自分が奥村に復讐したというフィクションを補強しようとした。おそらく、高見は奥村の部屋の前の廊下で、同じ階の住人がやって来るのをずっと待っていたのだろう。たまたま十時前後に隣室の住人が帰宅して、高見を目撃した。そこで、この時刻に奥村を殺害したということにしたのだ。奥村が死ぬ前に語った、麻衣子との交際の経緯は、麻衣子の遺書に書いてあったものを、高見が奥村の視点から書き直したものだろう。

奥村は一日に死んだから、七日の学会発表の準備はほとんどできていない。したがって、三日夜まで生きていたと見せかけると、それにしては準備の量が少なすぎると不審に思われる恐れがある。そこで高見は、三日の記述で奥村に『一昨日以来、心が休まることはなかった。学会発表の準備も、ほとんど手がついていないありさまだ』と言わせ、準備の量が少ないのは犯行後の良心の呵責《かしやく》のためだと思わせることにした」

「日記が高見の計画の小道具だとしたら、日記を警視庁に送り付けたのは高見自身だったんですね」

「そうだ。高見はまず警察に日記を入手させ、そのあとで奥村の死体を発見させて、麻衣子と奥村の死に復讐という偽りの構図を重ねさせようとした。そして、警察に日記を入手させるための伏線として、自分の住んでいる〈泉楽荘〉で四日に窃盗事件を起こしたのだ。高見の部屋に盗みに入った窃盗犯がノートを発見し、柄にもない公徳心を発揮して警視庁に送り付けた――そう見せかけるためだ。他の部屋にも盗みに入ったのは、真の目的をカモフラージュするためだし、高見が窃盗事件の捜査員の前で異様に動揺していたのは、ノートを盗まれたというフィクションを補強するための演技だった。

翌五日、彼は都内のどこかで、ノートを警視庁に発送した。ノートは六日に警視庁に届き、それを読んだ捜査員は、奥村のマンションに急行するはずだ。そこで高見は、一日以来ずっと最低温度に設定して稼働させ続けてきた奥村の書斎のエアコンを、おそらくは六日の朝にいったん止め、今度は暖房にして室内を暖めて、それまで室内がずっと冷やされていたことをわからなくした。適当なところで止めると、また冷房にしてすぐに止める。そして、ノートを読んだ捜査員が到着する前に、現場を立ち去った。捜査員が到着する頃には、奥村の書斎は、エアコンが止められたのち、九月初旬の暑さで室温が三十度前後にまでなった――と見える状態になっている」

「奥村の死体が発見されたあと、捜査員が高見のところに向かったとき、彼が逃走したのは……」

「もちろんそれも演技だ。いかにもそれらしく逃走したあとで捜査員に捕まり、奥村殺害を自供してみせるつもりだったのだろう。だが、逃走の演技の途中、角を曲がったところでトラックにはねられて亡くなった……」

——これが、僕が君にできるただひとつのことなのだ。君が一番苦しいときにそばにいることのできなかった僕の、君を守ることができなかった僕の、ただひとつの償いなのだ。

日記の最後の記述が聡の脳裏に蘇った。日記の内容は偽りだったが、あの記述は、高見恭一が本心を書いたものだろう。「僕が君にできるただひとつのこと」——それは、奥村淳一郎に復讐することではなく、麻衣子が奥村を殺したことを隠すために、彼の死亡日時を後ろにずらし、麻衣子を〈死〉という絶対のアリバイによって守ることだったのだ。

その高見もまた、不慮の事故に遭い、司法の手が絶対に届くことのない〈死〉という聖域へと逃れ去ったのだった。

死が共犯者を別つまで

1

それは一瞬の出来事だった。

百メートルほど前方のゆるやかなカーブ。対向車線を走る大型トラックが、カーブを曲がらずセンターラインを越えるのが見えた。そのまま速度をゆるめることなく、こちらの車線に入ってくる。寺田聡はとっさにブレーキを強く踏み込んだ。大型トラックが前の乗用車に正面からぶつかるのが、スローモーション映像のように聡の目に映った。すさまじい衝突音が響き、二台の車の動きが一瞬で止まる。

聡の車はブレーキ音の悲鳴を上げつつ乗用車の手前で停まった。背後でも次々とブレーキ音が響く。聡はシートベルトを外すと、車から飛び出し乗用車に駆け寄った。

乗用車のボンネットがトラックのバンパーの下に潜り込んでいた。運転席のエアバッグが膨らんでおり、そこに初老の男が目を閉じてぐったりともたれている。トラックの方に目をやると、窓ガラス越しに、運転手がのろのろした動きでシートベルトを外そうとしているのが見えた。さすがに大型トラックだけあって、この衝突でも運転手にはさほどダメージがなかったようだ。

聡は携帯電話を取り出すと、一一九番通報した。それから、乗用車の運転席のドアに手をかける。幸いなことにドアは開いた。男の右手の脈を探ると、弱々しいがまだ動きがある。

そのときだった。

男が不意に目を開き、切れ切れに言った。

「これは……俺が犯した罪に対する罰だ……」

「救急車を呼びました。病院に着くまで、何も喋らないでください。体力を消耗してしまう」

「いや、俺はもう助からない。言い残しておかなければ……」

「何を言い残したいんです？」

「二十五年前の九月、俺は罪を犯した……交換殺人をしたんだ……」

「――交換殺人？」

聡は愕然とした。いったい何を言い出すのだ。

「俺にも共犯者にも殺したい相手がいた……だが、動機があまりに明らかだから、殺せばすぐにばれてしまう……だから、俺と共犯者は殺す相手を交換した……。まず俺が……という男を殺し、一週間後、共犯者に……を殺してもらった……」

肝心のところがかすれて聞こえない。共犯者に殺してもらった相手の名前の方が、自分が殺した相手の名前よりずっと短いようだったが、何と言ったのかわからない。

「どこの誰を殺したというんです？」

「東京に住む……という男だ」

その声はかすれてよく聞き取れなかった。

「もう一度言ってください」

聡は、つい先ほど「何も喋らないでください」と言ったことも忘れて問いかけた。

「……という男だ」

やはり聞き取れない。聡は歯噛みしたくなった。

「……警察は、俺と共犯者のことを疑ったが、殺したい相手が死んだ時間帯には、俺も共犯者も完璧なアリバイがあったから、どうしようもなかった……」

男の声は次第に小さくなっていき、今にも消え入りそうだった。

「それだけじゃない。俺は……」

最後まで言う前に、男のからだに痙攣《けいれん》が走った。男は一瞬宙を見つめた。その瞳から光が失われ、瞼《まぶた》がゆっくりと閉じていく。そのからだから急速に力が抜けていくのがわかった。

聡は慌てて男の脈を探った。すでに脈はなかった。告白の肝心な部分を明らかにしないまま、男はこの世を去ったのだった。

聡は途方に暮れて辺りを見回した。山梨県との県境に近い、檜原《ひのはら》街道だ。道路は緑の山林を縫うようにして走っていた。人家はほとんどなく、鬱蒼《うつそう》とした木々が生い茂っている。ガードレールのすぐ向こうに立てられた太陽光発電所建設予定地という看板がひどく場違いに見える。西の空が赤く染まり始めた、暑く穏やかな八月の日曜日の夕刻だった。今聞いた告白はそうした穏やかさとはあまりに不似合いで、ひょっとしたら幻聴だったのではないかとすら思えた。

だが、幻聴ではない。この男は確かに交換殺人を告白したのだ。

2

大型トラックから降りてきた運転手は、ボンネットが潰れた乗用車を見ると、頭を抱えて道路に座り込んでしまった。

「仕事続きで疲れていたんだ。うとうととして、気が付いたらこんなことに……」と呟いている。

五分後、救急車が到着したが、男がすでに死亡していたので搬送は行わず、五日市署の交通警備課の到着を待って引き継ぎを行い、そのまま消防署に戻っていった。

交通警備課の捜査員は六名だった。聡はそちらに近づき、自分が目撃者だと告げ、身分を名乗った。交通警備課の捜査員たちは、聡が警察官だと知って、一様にほっとしたような表情を浮かべた。目撃証言が取りやすいと思ったのだろう。一番年長の三十代半ばの男が近藤《こんどう》巡査部長と名乗り、「所属はどちらです?」と訊いてきた。

「三鷹の犯罪資料館です」

近藤巡査部長の目に、好奇と憐憫《れんびん》と優越感の混じった複雑な色が浮かんだ。よくある反応だ。

「今日はお仕事で？」

「いえ、非番です。気晴らしにドライブしていたら、すぐ前の車に居眠り運転のトラックが突っ込んだんです」

聡は自分が見聞きしたことを伝えた。男の告白内容を聞いて、近藤は困惑したような表情を浮かべた。

「二十五年前の交換殺人ですか……。事故で頭部を強打して譫妄《せんもう》状態に陥っていた可能性もありますね」

「譫妄状態にしては内容が具体的すぎた。本当のことを話していたと思います」

「ただ、仮に本当だったとしても、すでに時効が成立している」

二〇〇四年の刑事訴訟法改正により殺人罪の公訴時効は十五年から二十五年に延長され、さらに二〇一〇年の改正刑事訴訟法により殺人罪の公訴時効そのものが廃止されたが、事件が起きたのが二十五年前の一九八八年だったのなら、時効成立は二〇〇三年だから、こうした法改正は適用されない。

交通警備課の捜査員たちが現場検証を開始した。聡は邪魔にならない場所に立ち、それを見学した。交通畑と刑事畑の違いはあれ、現場で働く捜査員たちは生き生きとしていた。聡は抑えがたい羨望の念を感じた。

捜査員がまず乗用車のエアバッグを取り外した。次に、死んだ男のシートベルトを外す。そして、遺体を道路に敷いたシートの上に横たえた。この作業を、別の捜査員が写真に撮っている。

「エアバッグが膨らんでも亡くなることがあるんですね」

聡が言うと、近藤がうなずいた。

「衝突時の速度変化が大きく、強い外力を受けた場合は、エアバッグが展開しても死亡することがあります。衝撃で大動脈損傷を起こすんです」

男の左胸のポケットにはスマートフォンが入っていたが、衝突の衝撃で液晶画面が破損していた。どちらの腕にも時計をしていないが、これはスマートフォンを時計代わりにしていたからだろう。

ズボンの臀部《でんぶ》側の左ポケットには財布が入っており、そこから運転免許証とホテルのカードキーが見つかった。運転免許証を手にした若い捜査員が読み上げる。

「記載された名前は友部《ともべ》義男《よしお》。昭和二十五年七月八日生まれとあるから、現在六十三歳ですね。住所は奄美大島のもの。ほう、これは珍しい」

「どうした？」と近藤が訊く。

「免許の取得年月日が平成二十四年八月二十九日と記されているから、わずか一年前に初めて免許を取ったってことですよ。六十過ぎて初めて免許を取るなんて珍しくありませんか」

それを聞いて聡は意外に思った。事故に遭うまで、彼の車は聡の車の前をしばらく走っていたが、その走りっぷりは安定していて、初心者めいたところはまったくなかったからだ。わずか一年前に免許を取得してあれだけ走れたのなら、もともと運転の才能があったのだろう。

近藤が言った。

「六十の手習いだな。ま、何かの必要に迫られたんだろう。それより、これは都内のナンバーだな。ナンバープレートのひらがなも『わ』だし、レンタカーだろう。財布の中に領収書はないか？」

「ありました。ゼフィルスレンタカーというところです」

「ホテルのカードキーはどこのものだ？」

「新宿パトリシアホテル、１１０５号室と印字されています」

「そこに電話して訊いてみろ」

若い捜査員が携帯電話でパトリシアホテルに連絡し、しばらくやり取りを交わしていたが、やがて通話を終えると、近藤に報告した。

「フロント係に訊いたところ、１１０５号室には友部義男・真紀子《まきこ》という年配の夫婦が昨日から一週間の予定で滞在しているそうです。レジスターカードに書かれた夫の年齢は六十三歳、住所は奄美大島だそうですから、この男が友部義男と見て間違いありません。幸い、奥さんが部屋にいたので電話に出てもらい、事故を伝えました。夫が散歩に行くと言って出かけたきり帰ってこないので、心配していたそうです。警察が迎えに行くので、それまでホテルから出ないように伝えてあります」

近藤が聡に言った。

「これからパトリシアホテルに行って、遺体が搬送される予定の病院に奥さんを連れていきます。そのときに奥さんに状況を説明するので、目撃者のあなたにも来てもらいたいのですが」

「わかりました。ところで、友部義男が口にした交換殺人の話ですが、本当にそれに該当する事件が二十五年前にあったかどうか、奥さんにそれとなく確認してもいいですか？」

交換殺人の告白が事実ならば、二十五年前、一九八八年の九月に、友部義男の周囲で殺人事件が起きているはずだ。彼はその殺人事件で利益を得、なおかつその事件の起きた時間帯に完璧なアリバイを持っているはずだ。

近藤はためらいを見せた。若い捜査員が眉をひそめて言う。

「奥さんはひどく動揺しているようでした。今、そんな話を持ち出すのは……」

「交換殺人を告白したと明かすつもりはありません。二十五年前に友部義男の身辺で本当に殺人事件があったのか、それとなく訊くだけです」

近藤は不承不承、うなずいた。

「――わかりました。いいでしょう。しかし、あくまでもさりげなくですよ」

＊

新宿のパトリシアホテルに着いた近藤巡査部長と聡は、フロントに言って友部義男の妻を呼び出してもらった。

間もなくロビーのエレベーターのドアが開き、六十前後の女が出てくると、重い足取りでフロントにまっすぐ近づいてきた。

「友部義男さんの奥さまですか」

近藤が声をかけると、女は小さくうなずいて、「友部真紀子です」と答えた。勝気な性格を思わせる華やかな容貌だが、今はすっかり青ざめている。女にしては大柄で、若い頃からスポーツでもしていたのか、筋肉質のからだつきをしていた。

「ご愁傷様です。五日市署の交通警備課の近藤といいます。ご主人の運ばれた病院でご遺体を確認していただきますので、ご同行願えますか」

「――はい」

三人はパトカーに乗り、遺体が搬送されたあきる野市立病院に向かった。近藤がステアリングを握り、聡と真紀子が後部座席に座る。聡は非番の警察官であることを明かし、自分が目撃した事故の状況を説明した。真紀子は伏し目がちで、身じろぎもせずに聞いていた。

病院に着くと、霊安室に案内された。遺体と対面した真紀子は、「主人です」と言って泣き崩れた。

ロビーに移動し、真紀子が泣き止むのを待って、近藤が尋ねた。

「このようなときに恐縮ですが、いくつかうかがわせていただけますか。ご主人のお仕事は？」

「二年前まで、東京の板橋区で健康器具販売会社を経営していました。業績が思わしくないので、会社を畳みましたけれど……」

「ご主人の免許証を拝見しましたが、奄美大島にお住まいなんですね」

「はい。会社を畳んだあと、二人で移り住んだんです」

「今回、上京されたのは何の目的で？」

「観光です。東京で暮らしていた頃は、地元ということもあって名所旧跡には一度も行ったことがなかったので、いろいろ行ってみようと主人と相談して、昨日から一週間の予定で上京したんです」

「今日、ご主人が出かけたのは何時頃ですか」

「午後二時頃です。散歩をしてくると言ってホテルを出たんですけれど、いつまで経っても戻ってこないので、心配になってきて……。主人の携帯に電話しようとした矢先、そちらからお電話をいただいたんです」

「ゼフィルスレンタカーというレンタカーショップの新宿店で、ご主人が二時十五分に車を借りられたことが判明しています。散歩と言いつつ車を借りられたわけですが、ご主人がどこに向かわれるつもりだったのか、お心当たりはありますか」

わかりません、と真紀子は首を振った。それから心配そうに、

「あの、主人の遭った事故に、何か不審な点でもあるのでしょうか」

「いえ、今のところ不審な点はありません。目撃者の寺田巡査部長の証言からも、現場検証の結果からも、今回の件は純然たる事故で、事件性はない模様です」

「そうですか……」

聡は近藤にちらりと目をやった。そろそろ、例の件についてさりげなく訊いてみる頃合だ。近藤は聡の言いたいことがわかったのか、しぶしぶといった様子でうなずいてみせた。

「ちょっとうかがいたいんですが、二十五年前、一九八八年に、ご主人の身辺でどなたかお亡くなりになっていませんか」

真紀子は目を見開いて聡を見つめた。その目には恐怖といっていいほどの感情が浮かんでいた。

「――亡くなっています。九月十九日に、主人の伯父が強盗に殺されたんです。どうしてそのことを……」

「その方にはお子さんは？」

「いませんでした。主人の父の兄なんですけれど、一生独身でしたから」

「当時、ご主人のお父様はご存命でしたか？」

「いえ、病気で早くに亡くなっていました」

「なるほど。ご主人のお父様の他にご兄弟は？」

「いませんでした。二人兄弟です」

「失礼ですが、その方は資産家でしたか」

「はい」

「ご主人はそのときどちらに？」

「わたしと、アメリカ旅行をしていました」

「アメリカのどちらです？」

「ニューヨークです」

そこで真紀子はきっと聡を睨みつけた。

「いったい何をおっしゃりたいんですか。主人が遺産目当てに伯父を殺したとでも？」

「いえ、とんでもない。ご主人はそのときアメリカ旅行をしていたというアリバイをお持ちなのですから」

「こんなときに二十五年前のことを持ち出すなんて、どういうおつもりなんですか。そもそも、どうして二十五年前のことをご存じなんですか」

「実は、ご主人が亡くなる直前に、『二十五年前……』とだけ言い残されましてね」

例の告白を、この場でこれ以上明かすのはまずい。もう少し調べてから、あらためて真紀子にぶつけてみるべきだ。聡はそう判断してごまかした。

だが、大きな収穫があった。二十五年前、友部義男の身辺では実際に殺人事件が起きていた。資産家の伯父が被害者で、なおかつその弟である義男の父がすでに亡くなっていたとなると、義男は多額の遺産を相続したはずで、動機があった。しかも、アメリカ旅行中という鉄壁のアリバイまであった。動機があり、アリバイがある――交換殺人の条件を満たしているのだ。

そして、気がついた。先ほどの交換殺人の告白では、共犯者に殺してもらった相手の名前の方が、自分が殺した相手の名前よりもずっと短いようだった。あれだけ短かったのは、名前ではなく、「伯父」と言ったからだったのだ。あのときの言葉は、「共犯者に伯父を殺してもらった」だったのだ。

3

翌月曜日、聡は、三鷹市にある勤務先の警視庁付属犯罪資料館に出勤した。

館長室のドアをノックすると、「どうぞ」と無感情な声が応えた。ドアを開けると、白衣を着た雪女が机に向かって書類を読んでいた。

緋色冴子警視だ。ほっそりとしたからだつきに、青ざめて見えるほど白い肌。肩まで伸ばした艶やかな黒髪。年齢不詳の、人形のように冷たく整った顔立ち。長い睫毛に縁取られた二重瞼の大きな瞳。雪女が現実に存在したならばこうもあろうかという雰囲気である。いちおうキャリアだが、閑職である犯罪資料館の館長を八年も務めていることが、エリートコースからは完全に外れていることを物語っている。

おはようございます、と聡が挨拶しても、緋色冴子は目を上げることさえせずに無言で書類を読み続けていた。慣れっこになっているので腹も立たない。別にこちらを軽視しているわけではなく、他人とコミュニケーションを取ろうという意思が根本的に欠けているだけだ。

黙々と書類を読み続ける館長に向かって、昨日の事故と、死に際の告白を報告する。

「――交換殺人？」

ようやく彼女が顔を上げた。あいかわらず無表情だが、大きな瞳がわずかに細められている。興味を惹かれたしるしだ。

「はい。友部義男の妻に訊いたところ、ちょうど二十五年前、一九八八年の九月十九日に、夫の伯父が強盗に殺害されるという事件が起きたそうです。伯父は資産家で、友部義男はかなりの額の遺産を相続しました。夫婦はアメリカ旅行中で、友部義男には完璧なアリバイがあったそうですが、共犯者に伯父を殺してもらったならば、アリバイは何の意味もなくなります。これで、一週間前の十二日に、無関係にしか見えない殺人事件が起きていて、犯行の時間帯に友部にアリバイがなければ、友部が告白した交換殺人にぴたりと当てはまります。そこで、十二日に殺人事件が起きていないか、ＣＣＲＳで調べてみたいのですが……」

「わかった。調べてみよう」

CCRSとは、Criminal Case Retrieval System——刑事事件検索システムの略で、戦後、警視庁の管内で起きたすべての刑事事件が登録されたデータベースである。警視庁管内の各警察署や法医学・鑑識関係の研究機関に置かれている端末からアクセスすることができる。

緋色冴子が、自分のパソコンの画面にCCRSのページを表示させた。聡は彼女の背後に立って画面をのぞき込んだ。

CCRSには刑事事件として認知された事件しか登録されておらず、事故死や自殺まては網羅していない。だが、それは別にかまわない。昨日の交換殺人の告白によれば、警察は友部義男と共犯者を疑ったそうだから、犯行は明らかに殺人とわかるもので、事故死や自殺の偽装はされていなかったと考えていい。

「友部真紀子は、伯父が強盗に殺されたのは九月十九日と言ったそうだが、日付を間違って記憶している可能性もあるから、九月に起きたすべての死亡事件を調べることにしよう」

緋色冴子が言って、事件発生日時の欄に「一九八八年九月」と、「事件の種類」の欄に「死亡事件」と入力する。画面に六件の事件が表示された。事件名、発生日時、発生場所、被害者名、犯行方法、犯人名といった基本情報だ。事件名は、捜査本部で掲げられた「戒名」を用いている。

九月十二日、調布市医師死亡ひき逃げ事件。発生場所は調布市つつじヶ丘。被害者は滝井弘［タキイヒロシ］、三十四歳。ひき逃げされて死亡。犯人不明。

十二日、赤羽不動産会社社長殺害事件。発生場所は北区赤羽。被害者は杉山早雄［スギヤマハヤオ］、三十五歳。ナイフで刺殺。犯人不明。

十五日、桜上水OL首吊り殺害事件。発生場所は世田谷区桜上水。被害者は小山静江［コヤマシズエ］、二十六歳。首吊りに見せかけて絞殺。犯人は元恋人。

十九日、国分寺市資産家殺害事件。発生場所は国分寺市富士本。被害者は友部政義［トモベマサヨシ］、六十七歳。撲殺。犯人不明。

二十二日、西蒲田商店主溺死殺害事件。発生場所は大田区西蒲田。被害者は三上晋平［ミカミシンペイ］、五十歳。風呂で沈められて溺死。犯人は同じ商店街の商店主。

二十六日、品川駅主婦殺害事件。発生場所はJR品川駅京浜東北線上りホーム。被害者は斉藤千秋［サイトウチアキ］、三十四歳。ホームから突き落とされ電車にはねられて死亡。犯人不明。

「九月十九日の資産家殺害事件が、友部義男の伯父が殺害された事件だろう。友部真紀子が記憶していた日付で間違いないようだ」

「友部義男の告白によれば、まず彼が殺人を犯し、その一週間後に共犯者が犯行に及んだということでした。伯父の友部政義が殺されたのは九月十九日ですから、友部義男自身が殺人を犯したのはそれよりも一週間前——九月十二日だったことになります」

まさにその日、殺人事件が起きていた。それも二件。調布市医師死亡ひき逃げ事件と、赤羽不動産会社社長殺害事件だ。どちらも被害者は男なので、この点も告白内容に合致している。昨日の告白が嘘ではない可能性がこれで高まった。

問題は、この二件のどちらが、友部義男の起こした事件なのかということだった。

「館長は、友部義男の犯行は二件のうちどちらだとお考えですか？」

「まだわからない。再捜査を行う必要がある」

再捜査——その言葉が緋色冴子の口から飛び出した。

聡が今年の一月に犯罪資料館に配属されてからこれまでに、彼女は二件の事件を再捜査して解決している。一九九八年に起きて迷宮入りしていた中島製パン恐喝・社長殺害事件と、一九九三年に起きて被疑者死亡で処理されていた八王子市女子大生・大学教授殺害事件だ。緋色冴子は、いずれのときも、〈赤い博物館〉に収められた証拠品を元にして大胆極まりない推理をした。その際、コミュニケーション能力に欠けるため訊き込みには向かない彼女の代わりに再捜査を行ったのが聡だった。

「了解しました」

「友部義男の告白には、もう一点、気にかかるところがある。彼は最後に、『それだけじゃない。俺は……』と言って息絶えたそうだな。彼は、俺は何だと言おうとしたのだろう？」

「すみません、よく聞き取れなかったので……。ところで、友部義男の告白ですが、これは捜査一課にも報告しておこうと思いますが……」

「何のためにだ？　もし交換殺人が行われたとしても、とうの昔に時効が成立している。捜査一課は時効の成立した事件は捜査しない。時効が成立した事件の犯人を突き止めたところで、刑事罰には問えないのだから、捜査一課にとっては意味がない」

どうやら、緋色冴子は、あの告白の内容を捜査一課に知らせずに、再捜査を行うつもりらしい。

「確かに、今さら交換殺人だったと知らされたところで、捜査一課は動けないでしょうが、だからといってあんな重要な内容を知らせずにおくのはまずいと思います。知りえたことは必ず報告するのが警察組織の鉄則のはずです」

だが、緋色冴子には、他人と情報を共有するという発想が根本的にないようだった。

「再捜査を行ったあとに、その結果と併せて知らせればいいことだ」

「そんなことをしたら、捜査一課の機嫌を損ねると思いますが……」

「なぜだ？　捜査一課はこの件の再捜査を行わないのだから、機嫌を損ねるも何もないだろう」

自分たちの縄張りを、自分たちの知らない情報に基づいて荒らされたら機嫌を損ねるでしょう——聡はそう言おうとしてあきらめた。緋色冴子の辞書には、面子《メンツ》や縄張りや気配りといった言葉がまったく載っていない。

聡はそこで、ふと気になって尋ねた。

「ところで、館長は、私が友部義男の告白を聞き間違えたとか、記憶を改竄《かいざん》してしまったという可能性は考えないんですか？」

「君は自分が聞き間違えたか記憶を改竄したと思っているのか？」

「いえ」

「ならば、君自身が思っていないことをわたしが思っているなどと考えるな。わたしは少なくとも君の観察力と記憶力は信頼している」

4

犯罪資料館では、証拠品の他に、捜査書類も保管している。聡は、捜査書類の保管室から、国分寺市資産家殺害事件、調布市医師死亡ひき逃げ事件、赤羽不動産会社社長殺害事件それぞれの捜査書類を取ってきた。

今度こそ緋色冴子より先に自分が真相に到達してやる、と聡は心に誓っていた。彼女は捜査経験などないキャリアだが、捜査官としての能力は天才的だ。それは認める。だが、自分だって七か月前までは捜査一課員だったのだ。刑事畑の多くの者が憧れる花形部署に在籍していたのだ。その意地を少しでも見せなければならない。

それに、友部義男の最後の言葉を聞き、二十五年前の交換殺人を掘り起こしたのは自分だ。自分にはそれを解決する責任がある。

これまでの二件の事件では、緋色冴子は、捜査書類を読んだ時点ですでに真相を把握しており、聡が命じられた訊き込みは、真相の裏付けを取るためのものだった。今回の事件でも、彼女は捜査書類を読んだだけで真相をつかむ可能性がある。彼女に対抗するためには、自分も、捜査書類だけから真相に到達する覚悟で読まなければならない。

三件の捜査書類を、緋色冴子と回し読みする。同じ部屋で雪女と一緒に黙々と捜査書類を読んでいると、氷点下の雪山にいる気分になってきた。

まずは、国分寺市資産家殺害事件。

被害者の友部政義は事件当時六十七歳。独身。株取引で築いたかなりの資産を持っていた。九月二十日の午前十時過ぎ、国分寺市富士本の自宅で、通いの家政婦が死体を発見した。友部政義は金庫に足を向けるように倒れて絶命していた。死亡推定時刻は前日十九日の午後十時から十二時のあいだ。左後頭部に殴打の跡があり、凶器のゴルフクラブが傍らに転がっていた。そのゴルフクラブは友部政義自身のもので、磨くのに使う布が落ちていた。金庫の扉が開いており、中は空になっていた。

状況を勘案すると、彼がゴルフクラブを磨いているところに強盗がやって来て、脅して金庫を開けさせたが、彼が隙を見て逃げ出そうとしたので、手近にあったゴルフクラブで背後から殴りつけたと思われた。そして、左後頭部を殴打していることから、犯人は左利きと推定された。

当時、友部義男は、経営する健康器具販売会社の資金繰りに苦しんでいた。当然ながら警察に疑われたが、妻とともにアメリカ旅行をしていたという完璧なアリバイがあった。また、犯人は左利きだと思われるが、友部は右利きだった。犯人ではないと見せかけようとして利き手を偽装した可能性もあるので、友部の昔からの知人に訊き込みをしたが、彼が右利きであることは間違いなかった。

続いて、調布市医師死亡ひき逃げ事件。

被害者の滝井弘は病院に勤務する内科医で、事件当時三十四歳。九月十二日の午後十時頃、帰宅途中に自宅近くの調布市つつじヶ丘付近でひき逃げに遭って死亡。すぐに有力な容疑者が浮上した。東京都水道局職員の君原信《きみはらまこと》。君原には史子《ふみこ》という十歳下の妹がいて、滝井の勤務する病院で看護婦をしていた。彼女は滝井と交際していたが、彼に病院の理事長の娘との縁談が持ち上がったため、振られたのだ。しかもそれは、今はまだ結婚には早いという彼の言葉を信じて妊娠中絶した直後のことだった。精神的に不安定になった史子は、医療用の強力な睡眠薬を過量摂取して自殺した。君原は年の離れた妹をとても可愛がっており、彼女が自殺したことで、滝井をひどく恨んでいた。だが、君原にはアリバイがあった。十二日午後六時から翌日の午前三時まで水道局の夜勤の勤務についていたのだ。何人もの同僚が、彼とともに働いていたことを証言した。

そして、赤羽不動産会社社長殺害事件。

杉山早雄は杉山不動産の社長で、事件当時三十五歳。十二日の午後九時頃、北区赤羽にある会社を出た直後に刺殺されて死亡。すぐに有力な容疑者が浮上した。三歳下の弟の慶介《けいすけ》。彼は同じ会社の専務だったが、経営方針を巡ってたびたび社長の兄と衝突していたのだ。だが、慶介にはアリバイがあった。会社の帰りにJR埼京線で池袋まで出て散策していたところ、たまたま高校時代の友人と出くわし、午後九時頃には池袋駅前の居酒屋でその友人と飲んでいたのだ。その友人だけでなく、慶介の顔を憶えていた店員も、彼のアリバイを証言した。

＊

その日一日、二人は三件の捜査書類を読み続けた。中断したのは昼食のときだけ。午前中に一度、清掃係の中川貴美子が館長室に顔を出したが、黙々と読み続ける二人を見ると、呆れたように首を振って何も言わずに出ていった。

聡が三件目の赤羽不動産会社社長殺害事件の捜査書類を読み終えたときには、すでに午後八時を回っていた。酷使したせいで目が痛む。いつもは午後五時半の退勤時刻になると、残業はせずにさっさと帰るのだが、この事件は緋色冴子に先んじて解決してやると意気込んでいるせいで、時間が経つのも忘れていた。

緋色冴子に目をやると、彼女も捜査書類を読み終えたようだった。調布市医師死亡ひき逃げ事件の捜査書類を机の上に置いて、何か考え込んでいる。

「医師死亡ひき逃げ事件では君原信、不動産会社社長殺害事件では弟の慶介と、それぞれ有力な容疑者がいましたね。しかも、二人とも、完璧なアリバイで守られていた。動機があるにもかかわらず、完璧なアリバイがある――君原信も杉山慶介も、交換殺人の共犯者の条件を満たしています。どちらの事件でもそうした人物がいるので、どちらの事件も交換殺人のもう一方である可能性がありますね」

館長はうなずいた。

「どちらの事件がそうだと思います？」

聡が訊くと、緋色冴子は「まだわからない」と答えた。さすがの彼女も、これまでとは違って、捜査書類を読んだだけで真相を見破るのは無理なようだ。

「共犯者が満たすべき条件は三つあると思います。第一に、友部政義が殺害された九月十九日のアリバイがないこと。第二に、友部政義の受けた傷の部位から考えて、左利きの可能性が高いこと。第三に、友部義男と何らかの接点があること」

「友部義男と何らかの接点があること？」

「フィクションで描かれる交換殺人では、見知らぬ者同士が偶然に出会い、話をしているうちに互いに殺したい相手がいることを知り、交換殺人の約束を交わす――という展開をするようですが、現実問題として、見知らぬ者同士が殺人の話にまで至るというのは考えにくいと思います。現在は交流がないように見えるが、もともと知り合いだった者同士が再会し、あれこれ話しているうちに殺人の話に至った――と考えるのが妥当です。つまり、友部義男と君原信か杉山慶介のどちらかとはもともと知り合いだったと考えられます」

「もっともだ。しかし、捜査書類を読んだ限りでは、友部義男と君原信または杉山慶介とのあいだには、何の共通点も見つからなかった。通っていた学校は違う。職業も違う。趣味も違う。共通の知人もいない。知り合う土台は何もない」

「接点があるという前提に立って捜査しなかったからです。だから、接点を見逃してしまった。接点があるという前提に立って捜査すれば、必ず見つかると思います」

「とりあえず、再捜査として、友部真紀子にもう一度、話を聞くとともに、君原信と杉山慶介に会ってもらいたい」

5

翌火曜日の午前九時過ぎ、聡が友部真紀子の携帯に連絡すると、彼女はまだ新宿のパトリシアホテルにいた。聡は、犯罪資料館の最寄りのJR三鷹駅から中央線に乗って新宿に向かった。

昨日、あきる野市立病院から遺体が戻されたので、お骨にしました、と真紀子は言った。

「葬儀は後日、奄美大島に戻ってからする予定です。わたしたち夫婦は、東京にはいい思い出がないので、葬儀はここではしたくないんです。一昨日お話ししたように、主人が経営していた会社を、二年前に業績不振で畳んだのですけれど、そのときにいろいろ嫌な思いをしたので……」

「そうですか……」

「ところで、今日は何のご用件なのでしょうか」

「一昨日の、ご主人が亡くなる間際の告白についてなんです。一昨日は、ご主人は『二十五年前……』とだけ言い残した、と言いましたが、実はあれは不正確なんです。ご主人はもっと重大な告白をなさったんですよ」

「――重大な告白？　主人が何を告白したというんですか」

聡が交換殺人の告白を明かすと、真紀子は血相を変えた。

「あなたの聞き間違えじゃありません？」

「いいえ。ご主人は間違いなくそう告白したんです。事実、ご主人の告白通りの事件が一九八八年の九月十二日に二件、起きています」

調布市医師死亡ひき逃げ事件と赤羽不動産会社社長殺害事件のことを聞いた真紀子の顔に、驚愕の色が浮かんだ。

「でも、主人は伯父と仲がよかったんですよ。命を奪うだなんて恐ろしいこと、するはずありません」

「ご主人は当時、経営する会社の資金繰りに苦しんでおられたそうですね」

「何をおっしゃりたいんですか。主人には伯父を手にかける動機があるとでも？」

「失礼ですが、そういうことです。九月十二日のご主人の行動を憶えておられますか？」

「二十五年も前のことを憶えているわけないでしょう」

その通りだった。伯父が殺された九月十九日のことは、その後の捜査で何度も訊かれたから、アメリカ旅行に行っていたことが彼女の脳裏に深く刻まれただろうが、それ以外の日のことは、記憶に残る理由がない。今回の再捜査の最大のネックはそこだった。

「伯父様が亡くなったあと、ご主人はどんな様子でしたか？」

「もちろん、ひどく悲しんでいました。わたしたちがアメリカ旅行から戻ったのが二十日の夕方なんですけれど、帰宅早々警察の方が電話をかけてこられて、伯父が殺されたと……。主人が子供のように泣き出したのを、今でもはっきりと憶えています。悪いことは重なるもので、主人は翌日から盲腸で一週間も入院することになって、葬儀の喪主を務めることもできず、わたしが代わりをしたんです。主人はそのこともののち気に病んでいました」

友部義男と真紀子の夫婦仲は冷えていたのか、彼女は夫が死んだことに衝撃を受けているものの、悲しみの色は濃くはなかった。彼女が、夫が交換殺人の告白をしたという聡の証言に血相を変えたのは、夫を愛しているからというよりもむしろ、夫が殺人者だったということになったら、自分の肩身が狭くなると考えたからであるように見えた。

6

〈ハイツ野口〉は、東村山市野口町にある五階建てのマンションだった。築三十年以上経つようで、かなり古びている。

三〇四号室の玄関のブザーを鳴らすと、ドアが開き、端整な顔立ちをした白髪の男が顔を出した。まだ五十代のはずだが、髪のせいでずっと年配に見える。髪の白さが、男がたどってきた人生の過酷さを想像させた。

君原信さんですね、と聡が言うと、男は黙ってうなずいた。

「お電話しました警視庁付属犯罪資料館の寺田聡です。このたびは会っていただき、どうもありがとうございます」

調布市医師死亡ひき逃げ事件の捜査書類には、有力容疑者だった君原信の住所と電話番号が記されていた。それは二十五年前の事件当時に君原が住んでいたマンションのものだった。もう引っ越していてもおかしくないと聡は思ったが、その電話番号にかけてみると、「君原です」と沈んだ男の声が答えた。確認してみると、本人に間違いなかった。警視庁付属犯罪資料館の者で、事件のデータベースを構築中だが、滝井弘が殺害された事件の記録に何点か形式的な事項の記載漏れがあったので、それを直すためにうかがわせていただきたい、と言って、会う約束を取り付けたのだった。

「どうぞ入ってください」

君原は言って、聡をダイニングキッチンに通した。きちんと掃除されていたが、家具類はほとんどなく、どこか寒々としている。聡は名刺を取り出すと、君原に渡した。彼はそれを右手で受け取ると、ちらりと見ただけで興味なさそうにテーブルの上に置いた。

君原の利き手は右手のようだ。この点、友部政義殺害事件の犯人像には合わない。だが、あの事件で犯人が左利きだと推定されていると知って、その後の二十五年間に、左利きを右利きに変えたのかもしれない。二十五年もあれば、生まれつき右利きである人間同様になれるだろう。

「形式的な事項の記載漏れとは何です？」

君原が言う。聡は捜査書類を思い出しながら、事件の細部について適当な質問をした。君原はぼそぼそとそれに答えた。その声には覇気というものがまったく感じられなかった。君原は妹をとても可愛がっていたという。おそらく、二十五年前に妹が死んだとき、彼の時間は止まってしまったのだろう。

しばらく質問すると、聡は「ありがとうございました。これで記載漏れはなくなりました」と礼を言った。

聡は、壁に写真が掲げられているのに気がついた。まだ若い君原と、二十歳くらいに見えるきれいな娘が写っている。二人は学校の正門を背にして、屈託なく笑っていた。

「……妹です」

聡の視線をたどったのか、君原がぽつりと言った。

「看護学校を卒業したときの写真です。両親が早くに亡くなったので、私が親代わりに卒業式に出ましてね」

「そうですか……」

「妹が何かに悩んでいることには気づいていたのに、何で悩んでいるのか、きちんと聞いてやることができなかった。私がきちんと聞いてやっていれば、妹が自殺することはなかったかもしれない……」

聡は訊くのがつらくなってきたが、心を鬼にした。

「滝井弘さんが殺されたのを知ったとき、どう思われましたか？」

「犯人が誰なのか知らないが、礼を言いたくなりましたよ。同時に、どうして自分が殺さなかったのだろうと後悔しました」

警察官に向かって、恐ろしく大胆なことを言う。

「滝井さんが殺されてから一週間後の九月十九日は何をしていたか、憶えておられますか？」

「――九月十九日？　憶えていませんよ。なぜその日のことをお訊きになるんですか」

「実は、滝井さんを殺したという人物が現れましてね」

君原の無感動な表情がかすかに変化した。

「――滝井を殺したという人物が現れた？」

「はい」

「それが、九月十九日と何の関係があるんですか？　話の筋がよくわからないのですが……」

「その人物は、交換殺人をしたと言っているんです。滝井さんを殺す代わりに、九月十九日にその人物の殺してほしかった伯父を殺してもらったと言っているんですよ」

君原はあいかわらず無表情だった。交換殺人の共犯者が自分を裏切ったと知ったなら見せるだろう狼狽や焦りの色は表れていない。

「なるほど、それで私が交換殺人に加担したと疑っているわけですか。その人物は、共犯者として、私の名前を挙げているんですか」

「いや、あなたの名前を挙げてはいません。ただ、交換殺人で滝井さんを殺したと言っているだけなんです」

「私なら、交換殺人はしませんよ。私は滝井を殺してやりたいほど憎んでいた。それほど憎い相手を殺すのは、自分でやります。他人に任せたら、憎しみを鎮めることができないでしょう」

それは一種の詭弁だったが、にもかかわらず説得力があった。聡が警察官でなかったら、信じていたかもしれない。

しかし、これ以上攻める材料がないのも事実だった。それを見て取ったかのように君原が言った。

「もうお帰りいただいてもいいですか。そろそろ仕事に行く時間なので……」

7

北区赤羽にある杉山不動産は、真新しい六階建ての建物だった。二十五年前の事件当時の自社ビルを、最近建て替えたのだろう。この不況下でも業績は好調のようだった。

六階の社長室に案内されると、五十代後半のでっぷり太った精力的な容貌の男が、デスクの向こうから立ち上がり、にこやかな笑みを浮かべながら聡に握手を求めてきた。恐ろしく力が強い。彼が、二十五年前の不動産会社社長殺害事件の有力容疑者であり、現社長である杉山慶介だった。

「警視庁付属犯罪資料館の寺田聡です」と言いながら名刺を渡す。杉山は左手で受け取った。どうやら左利きのようだ。

「犯罪資料館といいますと、どんなお仕事を?」

聡は業務をひとくさり説明すると、

「二十五年前のお兄さんの事件で、形式的な事項の記載漏れがあったので、確認のためにうかがったのです」

君原信のときと同様、聡は捜査書類の内容を思い浮かべながら、事件の細部について適当な質問をした。

杉山は当時を思い出すように目を閉じると、

「あの日は、高校時代の友人と酒を飲んで帰ってきて、風呂に入ってすぐに寝たんですが、真夜中に警察から電話がかかってきて、兄貴が会社の近くで殺されているのが見つかったと……。心臓が止まるほど驚きました。誰かが告げ口でもしたらしくて、兄貴を殺したのはお前じゃないかって警察に疑われて往生しましたよ。そりゃ確かに、会社の経営方針を巡って兄貴と対立することもありましたけど、何と言っても子供の頃から一緒に育った兄弟なんですから、ひとたび会社を離れればとても仲はよかったんです。幸い、友人と池袋駅前で酒を飲んでいたんでアリバイは成立しましたが、もしそうじゃなかったらどうなっていたか……」

「事件のあとは、お兄さんの葬儀や会社のことでいろいろお忙しかったでしょうね」

「そりゃもう、目が回るような忙しさでした」

「事件から一週間後の九月十九日は何をしていたか、憶えておられますか？」

「九月十九日？　無茶なこと訊きますなあ。そんなの憶えているわけないでしょう。会社のことでいろいろ忙しくしていたとは思うけど、詳しくは憶えていませんよ」

予想通りの反応だった。

「九月十九日がどうかしたんですか？」

「実は、お兄さんを殺したという人物が現れましてね」

杉山慶介は目を見張った。

「――兄貴を殺したという人物？　誰です、そいつは」

「すみませんが、今の段階ではまだ申し上げられません」

「どうしてです。私は唯一の弟なんだ。兄貴を殺したのが誰なのか知る権利がある」

「申し訳ないですが、今の段階ではまだできません。その人物の証言が本当なのか、裏付けを取っている最中です」

杉山慶介はなおも文句を言おうとし、ふと気がついたように、

「よくわからんのだが、兄貴を殺したという人物が現れたことと、私が九月十九日に何をしていたか訊くことのあいだにどんな関係があるんですか」

「その人物は、交換殺人をしたと言っているんです。十二日にお兄さんを殺す代わりに、十九日にその人物の殺してほしかった伯父を殺してもらったと言っているんですよ」

杉山慶介の顔に怒りの色が浮かんだ。

「――なるほど、私がその男の伯父を殺したと疑っているわけか」

「どうして男だとご存じなんです？」

「言葉尻を捕らえたつもりだろうが、まともに考えれば誰でもわかる。女に兄貴を殺せたはずがないでしょう。男に決まっている。で、その男が、交換殺人の共犯者は私だと言っているわけですか。いったいどこの誰なんです、その嘘つきは」

「交換殺人の共犯者があなただとまでは言っていません。ただ、交換殺人でお兄さんを殺したと言っているだけなんです」

その人物はもう死んでいるとは言わないでおく。交換殺人の共犯者がこれからどこまで喋るのだろうか、と不安に思わせるのだ。

「その嘘つきと会わせてください。面《つら》の皮をひんむいてやる」

杉山は純粋に腹を立てているように見えた。交換殺人の共犯者が自分を裏切ったと知ったなら見せるだろう狼狽や焦りの色は表れていない。だが、杉山は必死で虚勢を張っているのかもしれない。あるいは、友部義男が事故死したことをテレビニュースか新聞記事ですでに知っていて、警察が彼と会わせることは絶対にないとわかっているのかもしれない。

「すみませんが、会わせることはできません。本当にその人物がお兄さんを殺したのか、現在、調べている最中ですので」

「さっきも言ったが、ひとたび会社を離れれば、兄貴と私はとても仲がよかったんだ。警察はいまだに私のことを疑っているんですか。いい加減にしてくれ」

「疑っているわけではなく、あなたを容疑者から除外するために、質問させていただいているんです」

「とにかく、その男と会わせてくれ。そうしたら、私がやっていないことがすぐわかる」

「申し訳ないですが、会わせることはできません。いずれにせよ、九月十九日に何をしていたのか、憶えていらっしゃらないのですね？」

「当たり前だ。憶えているわけがない」

＊

結局、君原信と杉山慶介が九月十九日に何をしていたのかはわからずじまいだった。両者ともに、交換殺人の共犯者が交換殺人の事実を告白したと聞かされたときも、犯人ならば見せるだろう狼狽や焦りの色はまったく表さなかった。君原信の方は右利きのようだが、二十五年もあれば左利きを右利きに直すことぐらい簡単にできる。二人のどちらかが犯人なのは間違いないが、どちらなのかを決める材料がまったく不足している。

交換殺人の共犯者になるとはどのようなものなのだろう。帰りのJR埼京線の電車の中で聡は思った。交換殺人の共犯者たちは、お互いの信頼関係に基づいた運命共同体という点で、夫婦に似ている。いや、夫婦以上に固い絆で結ばれていると言えるかもしれない。夫婦なら、お互いの信頼がなくなれば離婚できるが、交換殺人の共犯者たちは別れることはできない。別れること、つまり相手を裏切ることは、即、罪の発覚を意味するからだ。死が二人を別つまで――結婚式で口にされるその言葉は、夫婦よりもむしろ、交換殺人の共犯者たちにこそ似合う。

だが、夫婦と違うのは、交換殺人の共犯者たちはほとんど接触することができないという点だ。犯行前はもちろん、犯行後も共犯者たちの接触は極力避けるのが交換殺人のセオリーだ。不用意に接触して、互いの存在を警察に知られたら、交換殺人のメリットがなくなってしまう。どこまでも見知らぬ他人のふりをしなければならない。

交換殺人の共犯者たちは、夫婦以上に固い絆で結ばれていながら、年に一度しか会えない織姫と彦星のように、その接触が禁じられているのだ。

友部義男と共犯者も、犯行後、おそらく直接は接触せず、電話や手紙での連絡に留めておいたはずだ。彼らは犯行後二十五年間、定期的に連絡を取っていたのだろうか。それとも、やがて連絡を絶ったのだろうか。

いや、連絡を絶つことはしなかったはずだ。もしかしたら相手が裏切るかもしれないという不安は、お互いに常に抱いていたはずだ。その不安を和らげるために、目立たないかたちではあれ、連絡を取り続けたに違いない。

もし連絡が電話で行われていたならば、友部義男の固定電話と携帯電話の通話記録を調べることで、共犯者を特定することができるかもしれない。

だが、すぐに無理だと考え直した。友部義男のスマートフォンは、あの事故で破損してしまい、画面を操作して通話記録を調べることはできない。電話会社に残されている通話記録を調べるには捜査令状が必要だが、とうの昔に時効が成立した殺人事件の捜査のために、裁判所が捜査令状を発行してくれるとは思えない。緋色冴子と聡がやっているのは、名目上はあくまでも研究活動であり、捜査ではないのだ。

共犯者たちの連絡が、他に記録として残っていないだろうか？　聡は頭を捻ったが、いくら考えても思いつかなかった。

そのときだった。不意に、脳裏に閃くものがあった。

連絡が記録に残っているかどうかは重要ではない。連絡が行われたという事実こそが重要なのだ。

聡は、君原信と杉山慶介のどちらが共犯者なのか、わかったと思った。

8

聡は犯罪資料館に戻ると、館長室で、友部真紀子、君原信、杉山慶介への訊き込みの内容を報告した。

「ご苦労だった」

「館長は、何かお考えは？」

「ひとつ、考えていることがある。利き手に関することなんだが……」

利き手？　利き手がどうしたというのだろう。一見したところ、君原信は右利き、杉山慶介は左利きのようだった。聡の推理では利き手は重要ではなかったので、不安になったが、その不安を押し殺して言った。

「実は、訊き込みをした結果、君原信と杉山慶介のどちらが友部義男の共犯者なのか、わかったように思うのですが……」

「聞かせてくれ」

「友部義男と共犯者は、交換殺人の実行後、どうしたでしょうか。警察の目を恐れて、大っぴらに接触することはしなかったでしょうが、密かに連絡は取り続けたと思います。共犯者たちはひょっとしたら相手が裏切るのではないかという不安を抱くはずで、そうした不安を和らげるためには、連絡を取り続けるしかありません。

友部義男は二年前、経営していた健康器具販売会社を業績不振のため畳んだそうです。一方、杉山慶介の会社は、六階建ての自社ビルを建て替えられるほど業績がよいようでした。もし共犯者が杉山慶介だったら、友部は羽振りのいい杉山を見てどう思ったでしょうか。殺人を犯して得た金を注ぎ込んだ自分の会社が結局はだめになったのに、殺人の代償で会社を得た杉山は成功している……。

交換殺人の共犯者たちの犯行動機がどちらも金だった場合、両者ともに金があるあいだはいいですが、一方が金を失うと、不満が生じるはずです。自分は金を失ってしまったのに、なぜあいつはうまくやっているのかという不満です。片や金目当て、片や復讐のように、動機が異なるならばそうした不満は生じないかもしれませんが、どちらも金目当てだった場合、金を失った方が必ず不満を抱くでしょう。そして、金を失った方が、金を持っている方に、金を寄こせと脅迫するのではないでしょうか。共犯者たちはともに殺人という同じ罪を犯していますが、失うものが少ない方が、失うものが多い方を、自分たちの犯行をばらすと言って脅迫することができるのです。

友部も、自分の会社の業績が不振だったならば、杉山を脅迫して、自分の会社に資金援助させることができたはずです。何しろ、杉山の会社は業績好調なのですから。ところが友部はそうせず、会社を畳んでいる。とすれば、共犯者は杉山ではなく、君原だったことになります。君原には金がありませんから、友部も脅迫するわけにはいかなかったでしょうし、そもそも君原の動機は友部と違って復讐ですから、金を失った友部も君原に対して『なぜあいつはうまくやっているのか』という不満は抱かなかったでしょう」

「共犯者が杉山慶介だったならば、友部義男は必ず杉山を脅迫したはずだ——というのが君の主張だが、友部は実際には共犯者を脅迫しようとするほど悪辣《あくらつ》な人間ではなかったのかもしれない」

「残念ながら、そうは思えません。遺産目当てで伯父を殺してもらう見返りに、何の恨みもない相手を殺すような人間に、高い道徳心があったとは思えない。友部義男は、自分が金に困るようになったのに杉山が金を持っているならば、杉山を脅迫した可能性が高いと思われます。一歩譲って友部が杉山を脅迫しようとするほど悪辣な人間ではなかったとしても、かつての共犯者が会社を潰しかねない状況にあるのを知ったら、杉山の方だって不安になったでしょう。友部が自棄《やけ》を起こして警察に目をつけられるようなことをして、そこから交換殺人がばれてしまう可能性を恐れて、積極的に友部の会社に資金援助の申し出さえしたかもしれない。そう考えると、杉山が共犯者だったならば、友部は会社を畳まずに済んだ可能性が高いといえます。

とすれば、君原信の方が共犯者だということになります。彼は見たところ右利きですが、本当は左利きなのではないでしょうか。交換殺人がばれて自分に友部政義殺害の容疑がかけられていると悟って、私の前で一時的に右利きのふりをしたのかもしれない。あるいは、友部政義の殺害後、報道で犯人が左利きだと推定されていると知って、その後の二十五年間に、左利きを右利きに変えたのかもしれない。二十五年もあれば、生まれつき右利きである人間同様になれるでしょう。――また、アリバイの点からも、杉山は犯人ではないと考えられます」

「アリバイの点?」

「杉山のアリバイは、兄が殺害された時刻、高校時代の友人と池袋駅前の居酒屋で酒を飲んでいたというものですが、この友人には、会社帰りに池袋まで出て散策していてたまたま出くわしたということでした。しかし、杉山が犯人ならば、共犯者が犯行を行う時刻には、あらかじめアリバイを用意しておくはずです。たまたま街で出くわした友人に頼るようなアリバイにはしなかったでしょう。逆に言えば、偶然できたアリバイを持つ杉山は犯人ではないことになります」

「そうとは限らない。杉山は池袋で何らかのアリバイを作るつもりだったが、その前にたまたま友人と出くわして、彼と過ごした方がより自然なアリバイになると考えて、臨機応変にそちらに乗り換えたのかもしれない」

「確かにそうとも考えられますが……では、館長は杉山慶介が犯人だと？」

「いや、そうは言っていない」

聡は緋色冴子が何を考えているのかわからなくなった。共犯者は君原信か杉山慶介のどちらかでしかありえない。いったいどちらが共犯者だと考えているのか？

＊

「実は、君が訊き込みに行ってくれているあいだに、友部義男の利き手を巡る食い違いに気がついたんだ」

「――利き手を巡る食い違い？」

「捜査書類によれば、友部義男は右利きだ。逃げようとして背を向けた友部政義の左後頭部に打撲傷を与えていることから、犯人は左利きだと推定されたが、友部義男は右利きで、それが、アリバイの存在とともに、彼が嫌疑を免れた理由のひとつだった。ところが、君の報告によれば、交通事故で死んだ友部義男はズボンの臀部側の左ポケットに財布を入れていたという。ここからわかるのは、彼が左利きだということだ。左利きの人間は、左ポケットの方が出し入れしやすいからだ。とすると、二十五年前の時点で友部義男は右利きだったのに、一昨日死んだ時点では左利きになっていたことになる。これはどういうことだろうか？」

聡ははっとした。

「まず考えられるのは、二十五年のあいだに、右利きを左利きに変えたということだ。その理由として考えられるのは、右手が何らかの原因で不自由になったということだろう。これが左利きを右利きに変えたというのなら、社会生活を送る上で右利きの方が便利だからという理由が考えられるが、右利きから左利きへの変更ではかえって不便になるから、そうした理由は考えられない。とすれば、右手が不自由になったことが原因だと考えられる。

だが、友部義男はレンタカーを普通に運転できたのだから、右手が不自由だったとは考えられない。右手が不自由だったならば、そもそもまともなステアリング操作ができなかったはずだ。とすると、右利きを左利きに変える理由がなくなる。つまり、右利きを左利きに変えたという想定そのものが疑わしくなる。

残る可能性はただひとつ。利き手が違う以上、二十五年前の友部義男と、一昨日、交通事故で死んだ男は別人だということだ」

「別人……？」

聡は茫然とした。

「そう、別人だ。別人が友部義男に成りすましていたんだ」

「しかし、そんなことがありえますか？　妻の真紀子が病院で遺体を確認しているんですよ」

「真紀子は何らかの理由で意図的に嘘をついたのかもしれない」

「いったいいつ入れ替わったんですか？　なぜ入れ替わったんですか？　友部義男のふりをしていたのは誰なんですか？　本物はどうなったんですか？」

「それらを検討するのは後回しだ。とりあえず、友部義男に成りすましていた人物をXと呼ぶことにしよう。まず検討すべきなのは、Xの死に際の言葉だ。あの言葉は、友部義男として発せられたものなのか、それともX自身として発せられたものなのか？

友部義男として発せられたものだと仮定してみよう。その場合、Xはそもそも何のために、交換殺人を告白したのだろうか。義男本人だったら、死を前にして贖罪意識に駆られたと考えられるが、Xが義男として贖罪意識に駆られるはずがない。では、義男の罪をあばくつもりで告白したのだろうか。しかしその場合、義男のふりを続ける意味がない。死を前にしてもはや何も気にする必要はないのだから、本来のXに戻って義男の罪を告発する方が、よほど喋りやすかったはずだ。そう考えると、あの言葉はX自身として発せられたものだと見なすのが妥当だ」

「そうですね。あのときのXは自分が間もなく死ぬと自覚していた。死を目前にしてまで嘘をつくとは思えません」

「とすれば、Xの死に際の言葉は、これまでとは異なるように解釈する必要がある」

――二十五年前の九月、俺は罪を犯した……交換殺人をしたんだ……

――まず俺が……という男を殺し、一週間後、共犯者に……を殺してもらった……

聡の脳裏に、死を目前にした男の言葉が生々しくよみがえった。

「一九八八年九月十二日に滝井弘および杉山早雄が殺害され、一週間後の十九日に友部政義が殺害された。死に際のあの告白は、まず友部義男が共犯者のターゲットである滝井弘または杉山早雄を殺害し、それから一週間後に共犯者が友部義男のターゲットである友部政義を殺害したことを述べている――これまでわたしたちはそう解釈してきた。

だが、あの告白をしたのは、友部義男ではなく別人Xだ。Xは、『俺にも共犯者にも殺したい相手がいた』が『動機があまりに明らかだから、殺せばすぐにばれてしまう』と言った。友部政義が殺害されたとき、誰の目にも明らかな動機とは、遺産相続だろう。Xの言葉は、友部政義は遺産相続という動機で殺害されたことを示している。

しかし、甥の友部義男ではなく、友部政義と何の血縁関係もないXが、政義の死で遺産を相続できるわけがない。つまり、Xには友部政義の死を願う理由がない。

とすれば、友部政義はXのターゲットではなかった――Xが共犯者に殺してもらったのは友部政義ではなかったことになる。そして、共犯者の犯行が九月十九日の友部政義殺害事件ではなかったならば、Xの犯行も、それより一週間前の十二日の滝井弘殺害事件または杉山早雄殺害事件ではなかったことになる」

「Xが殺したのは滝井弘でも杉山早雄でもなかった……?」

では、これまで自分は、まったく的外れなところから交換殺人の被害者を探し出そうとしていたのか?

「じゃあ、Xが殺したのは誰だったんです？　Xの犯行と共犯者の犯行はどの事件とどの事件だったんですか？」

「Xの犯行と共犯者の犯行は一週間の間隔がある。そして、一九八八年九月に東京で起きた六件の死亡事件のうち、一週間の間隔がある組み合わせは、滝井弘殺害事件または杉山早雄殺害事件と友部政義殺害事件との組み合わせの他に、もう二つ考えられる」

「――もう二つ？」

緋色冴子が、パソコンの画面に、一九八八年九月に起きた六件の事件を呼び出した。

九月十二日、調布市医師死亡ひき逃げ事件。発生場所は調布市つつじヶ丘。被害者は滝井弘［タキイヒロシ］、三十四歳。ひき逃げされて死亡。犯人不明。

十二日、赤羽不動産会社社長殺害事件。発生場所は北区赤羽。被害者は杉山早雄［スギヤマハヤオ］、三十五歳。ナイフで刺殺。犯人不明。

十五日、桜上水ＯＬ首吊り殺害事件。発生場所は世田谷区桜上水。被害者は小山静江［コヤマシズエ］、二十六歳。首吊りに見せかけて絞殺。犯人は元恋人。

十九日、国分寺市資産家殺害事件。発生場所は国分寺市富士本。被害者は友部政義［トモベマサヨシ］、六十七歳。撲殺。犯人不明。

二十二日、西蒲田商店主溺死殺害事件。発生場所は大田区西蒲田。被害者は三上晋平［ミカミシンペイ］、五十歳。風呂で沈められて溺死。犯人は同じ商店街の商店主。

二十六日、品川駅主婦殺害事件。発生場所はＪＲ品川駅京浜東北線上りホーム。被害者は斉藤千秋［サイトウチアキ］、三十四歳。ホームから突き落とされ電車にはねられて死亡。犯人不明。

「……一番目の組み合わせは、十五日の桜上水OL首吊り殺害事件と、二十二日の西蒲田商店主溺死殺害事件ですね。そして二番目の組み合わせは、十九日の友部政義殺害事件と、二十六日の品川駅主婦殺害事件」

「そうだ。では、どちらの組み合わせが、Xの犯行と共犯者の犯行なのか。Xの告白によれば、最初に犯行を行ったXが殺したのは男だったという。つまり、最初の被害者が女である一番目の組み合わせは条件を満たさない。とすれば、二番目の組み合わせ——十九日の友部政義殺害事件と二十六日の品川駅主婦殺害事件こそが、Xと共犯者の犯した交換殺人だったことになる。Xが友部政義を殺し、共犯者が主婦の斉藤千秋を殺害したんだ」

——まず俺が……という男を殺し、一週間後、共犯者に……を殺してもらった……

Xの死に際の言葉がよみがえる。聡は、共犯者が殺したのが友部政義だと思っていたが、実際にはXが殺した相手こそがそうだったのだ。

「そういえば、友部政義殺害の犯人は左利きだと推定されましたが、X も左利きで、条件を満たしていますね」

「ああ。では、Xは誰なのか。『俺にも共犯者にも殺したい相手がいた』が『動機があまりに明らかだから、殺せばすぐにばれてしまう』とXは言った。つまり、斉藤千秋を殺害する明白な動機を持ち、しかもアリバイのある者がXだ」

「品川駅主婦殺害事件の捜査書類を取ってきます」

聡が立ち上がろうとすると、緋色冴子は「もう用意してある」と言って、机の抽斗《ひきだし》から捜査書類を取り出した。

「この事件では、被害者の斉藤千秋を殺害する有力な動機があったにもかかわらず、鉄壁のアリバイがあったために容疑を免れた人物が一人いる。千秋の夫だ。彼は妻と不仲で、離婚を求めていたが、千秋は頑として応じていなかった。彼女が殺害された時刻、夫は、行きつけの散髪屋で髪を切ってもらっており、動かしがたいアリバイがあった。事件当時、夫は三十七歳。二十五年後の現在は六十二歳だ。君が最後の言葉を聞いた男の年齢にほぼ当てはまる。夫の名前は斉藤明彦《あきひこ》。この男こそがXだと考えていい」

X——斉藤明彦は、死に際の告白で、「共犯者に伯父を殺してもらった」ではなく、「共犯者に妻を殺してもらった」と言ったのだ。

「では、共犯者は誰なんでしょう？　友部政義を殺害する明白な動機のある者は、甥の義男だけですから、やはり彼ですか？」

「いや、義男には斉藤千秋を殺すことはできなかった。真紀子の話によれば、九月二十日にアメリカから帰国したが、義男はその翌日から盲腸で一週間入院したという。千秋が殺された二十六日は義男は入院中だったから、犯行は無理だ」

「じゃあ、誰が……」

「友部政義の死で利益を得る人物、彼が殺されたとき鉄壁のアリバイがあった人物はもう一人いる」

「誰ですか？」

「真紀子だ」

「ああ、そうか……」

「友部政義が死ねば、夫が遺産を相続するから、真紀子も利益を得ることになる。また、友部政義が殺されたとき、義男は妻とアメリカ旅行をしていてアリバイがあったが、それは同時に、真紀子にもアリバイがあったということだ。彼女は、交換殺人のために、アメリカ旅行でアリバイを作っておいたんだ」

「斉藤明彦が真紀子の義理の伯父の友部政義を殺害し、真紀子が明彦の妻の千秋を殺害したんですね……」

「ターゲットが女性の千秋ならば、真紀子にも犯行は体力的に充分可能だっただろう」

聡は真紀子の姿を思い浮かべた。女性にしては大柄で、筋肉質のからだつきをしていた。確かに彼女ならば、犯行は可能だっただろう。

「彼女は病院で明彦の遺体を見て、夫だと証言しましたが、彼女が明彦の共犯者だったことを考えると、間違えたのではなく、意図的に嘘をついたということですか」

「そうだ。ここで、君が先ほど挙げた四つの疑問に戻ろう。四つの疑問のうち、友部義男のふりをしていたのは誰かという疑問はすでに解けた。残りは、友部義男と斉藤明彦はいつ入れ替わったのか、なぜ入れ替わったのか、本物の友部義男はどうなったのかの三点だ。

真紀子は三日前に、夫とともに上京した。このときの夫は本物だったのか、それとも斉藤明彦だったのか。

友部義男と真紀子は二年前に奄美大島に移住している。この移住はあまりに唐突だ。大胆な想像だが、義男と明彦はこのとき入れ替わったのではないだろうか。というより、入れ替わったからこそ、それを知られないために、東京を遠く離れ知人に会う心配のない奄美大島に移住したのではないだろうか。

そして、二年ものあいだ、斉藤明彦を夫に見せかけていたことを考えると、友部義男はすでに死んでおり、それを隠すために明彦が義男のふりをしたと考えるのが妥当だ。

義男がなぜ死んだのかはわからない。病死か事故死か自殺なのかもしれないし、真紀子が義理の伯父殺しを夫に知られて、口を封じたのかもしれない。ただ、病死か事故死か自殺ならば死を隠す必要はないから、口を封じたというのが真相だろう。

事後処理に困った真紀子は、かつての交換殺人の共犯者だった明彦に連絡を取った。交換殺人の共犯者たちは、犯行前はもちろん、犯行後も極力接触しないのがセオリーだ。共犯者の存在を警察に知られたら、交換殺人のメリットがなくなってしまうからだ。

だが、このセオリーが当てはまるのは、警察の捜査が行われている期間だけだ。時効が成立して警察の捜査が終了し、その監視の目もない状態となったならば、もはやこのセオリーを守る必要はない。共犯者たちは接触してかまわないのだ。もちろん世間の目があるから慎重にする必要はあるが、警察の監視はもはやないのだから、基本的には自由にできる。

明彦に接触した真紀子は、彼に夫の死体の処分を手伝ってもらい、さらに夫に成りすましてもらうことにした。そうすると、明彦は周囲から失踪したかのように思われてしまうだろうが、事件の時効はとうに成立し、捜査員が訪ねてくることもなくなっていたので、明彦が失踪しても警察の不審を招くことはない」

「明彦の最後の言葉は、『それだけじゃない。俺は……』でしたが、あれは、『俺は友部義男に成りすました』と言おうとしたんですね」

「おそらくそうだろう。ただし、以前の知人と会っては困るので、東京から遠く離れた奄美大島で暮らすことにした。そして、二人は夫婦のふりを続けた。これは、双方にとってメリットがあった。真紀子も明彦も、お互いが裏切るのではないかと恐れている。そばにいるならば、裏切らないようにお互いに監視することができる。

明彦は奄美大島に移ったあと、友部義男として車の運転免許証を取得した。取得年月日が昨年の八月二十九日で、一年しか経っていないのに、君の前を走っていた彼の運転が安定して初心者離れしていたのは、明彦が長年の経験のあるベテランドライバーだったからだろう」

免許の取得年月日がわずか一年前なのに運転が安定していたことも、あの「友部義男」が偽者であることを示す手がかりだったのだ。

「三日前、友部真紀子と斉藤明彦は上京した。真紀子は観光のためと言っていたが、知人に会う恐れのある東京に来たら、明彦が友部義男に成りすましていることがばれる危険性があるのだから、そんな目的で来るのはおかしい。二人が上京したのには別の目的があるはずだ。

明彦のレンタカーが事故に遭った檜原街道付近の山林は、太陽光発電所の建設予定地になっているそうだな。おそらく、その山林に友部義男の死体を埋めていたのだろう。太陽光発電所の建設工事が進めば、山林は造成され、そこに埋められた死体が見つかる恐れがある。そうなる前に、死体を別の場所に移そうと考えたのだろう。

まず明彦が独りでレンタカーを借り、その山林を見に行った。その途中で彼は事故に遭い、瀕死の重傷を負った。そのとき、明彦は友部義男としてではなく、明彦自身として、二十五年前の罪を告白した。ところが、それが友部義男の言葉だと勘違いされたため、事件が複雑化した。

斉藤明彦の死を知らされたとき、友部真紀子が青ざめて衝撃を受けた様子だったのは、夫を失った悲しみのためではなく、共犯者が思いもよらぬかたちで死んで、本当は友部義男ではないことがばれてしまうのではないかと恐れたからだろう。夫の事故死に不審な点があるのかと不安そうな様子だったのも、同じ理由だ。

夫の葬儀は東京ではしたくないと真紀子は言ったそうだが、それは、友部義男の遺影を君に見られないためだ。もし葬儀を東京でしたら、君は出席しようとするかもしれない。斉藤明彦の顔を見ている君が本物の遺影を見たら、事故に遭った『友部義男』は偽者だと気づいてしまう。かといって、斉藤明彦の遺影を掲げれば、今度は友部義男の昔の知人がそれを見て偽者だと気づいてしまう。とすれば、葬儀を行わないのが一番いい」

＊

友部真紀子は、二年前の友部義男の殺害・死体遺棄容疑で逮捕された。

斉藤明彦は二十三歳のとき、傷害罪を犯しており、警察に指紋を採取され、警察庁の指紋センターのデータベースにそれが残っていた。一方、交通事故で死んだ「友部義男」の方も、遺体は骨にされていたが、ホテルのレジスターカードやレンタカーショップの申し込みカードに指紋が残っていた。両者を比較した結果、同一であることが確認された。この事実を突きつけられた真紀子は観念し、二年前の夫殺しと、二十五年前の交換殺人を自供したのだった。それに基づいて捜索した結果、檜原街道付近の山林から、白骨化した友部義男の死体が発見された。頭部には鈍器で殴打された跡があった。

彼女と斉藤明彦は小学校の同級生だった。二人は一九八七年十二月に開かれた同窓会で再会。そのときはお互いの境遇を話しただけで別れたが、それをきっかけに二人だけで会うようになった。ただし、恋愛感情が生まれたわけではなく、それぞれの現在の境遇から逃避させてくれるものを相手に求めただけだという。真紀子は夫の経営する会社の資金繰りがうまくいかずに倒産の危機に怯えていたし、明彦は妻との不仲に苦しんでいた。

二人は、それぞれの夫や妻に知られることを恐れて、人目につかないようにすることを心掛けた。そうしてお互いの境遇の愚痴を言い合ううちに、どちらからともなく交換殺人の話が持ち上がったのだった。交換殺人の共犯者たちはつながりを知られないことが重要だが、小学校の同級生が共犯者だとは警察も疑わないだろうし、二人が会うとき人目を避けていたことが、ここに来て役に立った。

二人は交換殺人の計画の概略を作り上げると、その後は二度と会わないようにし、電話だけで連絡を取り合った。

交換殺人の実行後も、定期的に電話で連絡を取り合うだけに留めた。そうして十五年が過ぎ、時効が成立。警察の捜査は打ち切られ、もはや警察の目を気にする必要はなくなったが、それでも二人は会わなかった。お互いに声だけの存在でいることに慣れ切っていたのだ。

二年前、友部義男はついに、経営する健康器具販売会社を業績不振で畳むことになった。現金なもので、それまでの友人たちは波が引くように去っていった。義男はふさぎ込み、自宅に逼塞《ひっそく》するようになった。悠々自適といえば聞こえはいいが、世間から相手にされなくなったというのが正しい。彼は家の中で妻に付きまとうようになり、ある日、妻が一九八八年九月に伯父を殺したことを知ってしまった。問い詰められた真紀子は、手近にあったアイロンで衝動的に夫を撲殺。事後処理に困った末、斉藤明彦に連絡を取った。二人で死体を檜原街道近くの山林に埋め、明彦に夫に成りすましてもらうことにしたのだ。

交換殺人のパートナーは運命共同体であり、ある意味で、人生のパートナーである配偶者以上に重要な存在だ。その交換殺人のパートナーは、たとえ偽装であれ、最後にはともに暮らす人生のパートナーともなったのだった——死が二人を別つまで。

炎

1

わたしはそのとき五歳だった。

わたしは、大好きな人たちに囲まれていた。優しい母とスマートな父。あと何か月かしたら生まれるという弟か妹。よくお土産を持ってきては遊んでくれる叔母。はきはきした幼稚園の先生。仲のよいお友達。

そして、大好きなものたちに囲まれていた。大きなクマの縫いぐるみ。母が紡いだ刺繡。庭に植えたチューリップ。

だけど、そのほとんどはある日、消えてなくなった。わたしから取り上げられ、二度と帰ってくることはなかった。


七月のその日の朝、八時四十分過ぎ、わたしはいつものように母と手をつないで、幼稚園へと歩いた。

その日は幼稚園のお泊り保育で、わたしを含めた年長組は全員、バスに乗り、海辺の町のレクリエーション施設で一晩、親元を離れて過ごすことになっていた。

わたしの心の中では、母や父と離れて一晩過ごさなければならないことへの不安と、こんなことができるほどお姉さんになったのだという誇らしい気持ちとが同居していた。

お姉さん……そう、事実、わたしはもうすぐ姉になるはずだった。母はその頃、妊娠三か月で、翌年二月にはわたしの弟か妹が生まれる予定だったのだ。

母は夜、わたしとお風呂に入るときいつも、自分のおなかをなでさせてくれ、「ここに赤ちゃんがいるのよ」と微笑んだ。今はまだほとんど目立たない母のおなかの中に小さな命がいて、それがどんどん大きくなるのだと思うと、とても不思議な気がした。

赤ちゃんは男の子かな、女の子かな？　どんな名前を付けてあげようか？　わたしと母はいつも、お風呂でそんなことを話していた。

お絵描きするときはいつも、母とわたしに手を引かれた、小さな赤ちゃんの絵を描いたものだった。

その日は、お泊り保育に加えて、もうひとつどきどきすることがあった。叔母が遊びに来て、何日か泊まってくれるというのだ。その日の晩は、わたしはお泊り保育なので叔母には会えないが、次の日、幼稚園から戻ったら、叔母がいっぱい遊んでくれるという。アメリカ留学経験もある、賢くて快活な叔母がわたしは大好きだった。

幼稚園に着くと、わたしは園庭のお友達に加わった。

「英美里《えみり》ちゃん、夏風邪引いてたんだって？　元気になってよかったね」

先生がにこにこして言い、「お泊りに行きたかったから、がんばって治したよ」とわたしは答えた。病弱なわたしは夏でもよく熱を出して母を心配させ、このときも前日、風邪で休んだのだった。もしこの日も休んでいたら、わたしの運命は変わっていただろう。

出発時刻になり、園児たちはバスに乗り込み、それぞれの母親や父親と手を振り合った。わたしの母も笑顔でこちらに手を振っていた。

それが、わたしが最後に見た母の姿となった。

翌日、年長組はバスに乗って正午に幼稚園に戻ってきた。

お友達は、母親や父親に次々と迎えに来てもらっては、「よくがんばったね」「えらかったね」と声をかけてもらい、お泊り保育中の出来事を誇らしげに報告しながら帰っていく。

だけど、母はいつまで経っても現れなかった。

どうしたのだろう……。心の中で、不安が頭をもたげた。

やがて、わたしだけ、園長先生の部屋に呼ばれた。白髪の園長先生は、優しい顔で、「お母さんとお父さんはちょっと用事があって来られなくなったので、英美里ちゃんは先生たちともう少し遊んでいようね」と言った。

「叔母さんは？」とわたしは尋ねた。「叔母さんがおうちに遊びに来てるんだよ。叔母さんも用事があって来られなくなったの？」

うん、そうだよ、と園長先生はうなずいた。

三人とも来られなくなる用事っていったい何なのだろう……不思議に思ったが、先生と遊んでいるうちに、その疑問も消えてしまった。いつもは何人もの園児を相手にしている先生を独占できて、わたしはご機嫌だった。

幼稚園でお昼ご飯を食べ、午後になったとき、見知らぬ女性二人が現れた。二人はわたしに、「お母さんとお父さんは今日は用事があるので、おばちゃんたちのところへおいで」と笑顔で言った。「お友達もいっぱいいるし、楽しいおもちゃもいっぱいあるよ」

さすがに不安になり、わたしはしくしくと泣き始めた。女性二人と先生はわたしをなだめすかし、車に乗せた。

女性二人は、児童養護施設の職員だった。わたしはそのまま、そこへ入所することになった。

わたしは毎日、職員さんたちに、「お母さんやお父さんはいつ迎えに来てくれるの?」と尋ねた。そのたびに、職員さんたちは優しく、「もうすぐよ」と答えるのだった。

わたしは、母や父や叔母がいなくて泣いた。母たちはどうしたのだろうと思った。お気に入りのクマの縫いぐるみがそばにいなくて泣いた。母たちはどうしたのだろうと思った。用事があるというのは嘘で、わたしは捨てられたのだろうか。捨てられるような悪いことをしたのだろうか。

わたしは、絵本で読んだ神様に向けて祈った。母と父と叔母が早く迎えに来てくれますように。早くおうちに帰れますように。

けれど、その祈りが聞き入れられることはなかった。

わたしはやがて、「お母さんやお父さんはいつ迎えに来てくれるの？」と訊くのをやめてしまった。幼いなりに、母たちが亡くなったことを悟ったのかもしれない。

そして、小学三年になったとき、職員さんがわたしに、「英美里ちゃんはもうしっかりしたお姉ちゃんだから、話しておくわね」と前置きして、母と父と叔母に何が起きたのかを語ってくれたのだった。

叔母はその頃、かつて付き合っていた男性に復縁をしつこく迫られ、困っていた。そのことをわたしの母に相談したところ、母は、自分たち夫婦も交えて話を付けてあげるから、連れていらっしゃいと言った。

そこで、わたしが幼稚園のお泊り保育で家を離れた日の午後、叔母と元恋人が、家を訪れたのだった。だが、話し合いは決裂し、叔母の元恋人は、母と父と叔母の紅茶に青酸カリを入れて殺害し、ガソリンを撒いて、家に火を放った。

すべてが燃えた。父も、母も、叔母も、クマの縫いぐるみも、母の紡いだ刺繡も、庭に植えたチューリップも、すべて。

叔母の元恋人が誰だったのかはわからない。だから、犯人はいまだに捕まっていない。

わたしはその話を聞いたあと、気を失い、高熱を出して寝込んだという。職員さんたちは必死に看病をしてくれた。

高熱でうなされているあいだ、わたしは夢を見た。

懐かしいわたしの家。季節は春だろうか、柔らかな陽光が降り注いでいる。リビングの掃き出し窓が開かれ、いくつもの笑い声が聞こえてくる。

夢の中のわたしは、その笑い声に惹かれ、掃き出し窓に近づいて、そっと覗き込む。

そこには母がいた。父がいた。叔母がいた。そして、小さなわたしがいた。四人は微笑みながら、ベビーベッドを見下ろしていた。そこには赤ちゃんが寝かされ、さかんに手足を動かしていた。

ああ、母は無事、赤ちゃんを産んだんだ。男の子だろうか、女の子だろうか。なんていう名前にしたんだろう。

母も、父も、叔母も、わたしも、赤ちゃんも、みんないる。わたしが長いあいだずっと、怖い夢を見ていただけなんだ。よかった――。

わたしが昏睡状態から目を覚ましたとき、職員さんたちは泣いて喜んでくれた。

ぼんやりとした頭で、わたしはもう一度、あの光景を見たいと思った。ありえたかもしれない、あの光景をもう一度。

わたしはやがて高校生になり、中古のデジタルカメラを手に入れた。そのとき、思ったのだった。このカメラのファインダーの向こうに、もう一度、あの光景を見ることができるのではないか、と。

だから、わたしはカメラを手にして街をさ迷い歩き、家々をあてもなく撮った。撮り溜めた写真を見た職員さんがほめてくれ、施設のパソコンを使ってネットにアップしてみたら？と勧めてくれた。

そうしてアップした写真が評判を呼んだ。おかげで、わたしは高校卒業後、未熟ながらも写真家として出発することができた。

わたしの写真を見た人はみな、「平凡だけど懐かしい」と言ってくれる。それはきっと、わたしがファインダーの向こうに、あの夢の光景を探しているからだ。母と父と叔母とわたしと赤ちゃんがいる、あの懐かしい家を探しているからだ。

2

十月七日の朝九時前、寺田聡はいつものように、三鷹市にある犯罪資料館に出勤した。館長室のドアをノックする。返事がないことは承知しているので、そのままドアを開ける。

いつものように、緋色冴子はすでに机に向かって書類を読んでいた。

ほっそりとしたからだつきに、着ている白衣にも負けないほど白い肌。肩まで伸ばした艶やかな黒髪。年齢不詳の、人形のように冷たく整った顔立ち。長い睫毛に彩られた二重瞼の大きな瞳。雪女が現実に存在したならばこうもあろうかという雰囲気だ。フレームレスの眼鏡をかけているので、現代版の雪女というべきか。

階級は警視。いわゆるキャリアだが、閑職である犯罪資料館の館長を八年も務めていることからわかるように、エリートコースからは完全に外れている。

おはようございます、と聡は挨拶し、これまた返事がないことは承知しているので、そのまま館長室を出ようとした。

「ちょっと待ってくれ。読んでもらいたいものがある」

珍しく、緋色冴子が声をかけてきた。

「何でしょう？」

振り向くと、館長はコピーを渡してきた。

雑誌のコピーだった。「ファインダーの向こうに」というタイトルで、筆者は本田英《ほんだ》美里。ごく短い分量だ。

「昨日、美容院に行って、暇潰しに『シュヴー』という女性誌のページをめくっていたら、たまたまこのエッセイが目に入った」

休日に美容院で雪女が女性誌を読む？　ありえないような光景だった。

「すぐに読めるから、ここで目を通してくれ」

そう言われて、聡はコピーを読み始め、すぐにはっとした。

「……これは、先週、ＱＲコードを貼った事件じゃないですか」

「そうだ。あの事件で唯一、難を逃れた子供が書いたものだ。現在は、そこそこ有名な写真家になっているという。非常に興味深いエッセイだ」

「興味深いといえば興味深いかもしれませんが、どうしてわざわざコピーなど？」

　すると、緋色冴子は感情のこもらない声で言った。

「この事件の再捜査をしてもらいたい。捜査書類を、もう一度読んでおいてくれ。このコピーは、捜査書類のひとつだと考えるように」

＊

　聡が、ここ、三鷹市にある警視庁付属犯罪資料館に配属されてから八か月になる。主な仕事は、保管されている証拠品にＱＲコードのラベルを貼ることだった。ＱＲコードにスキャナを当てると、証拠品の基本情報がパソコン画面に表示されるシステムを構築中なのだ。

　ラベル貼りは、日付の新しい事件からさかのぼって進めており、現在は、一九九二年まで来ている。

　だが、聡にはラベル貼り以外の仕事もあった。

　聡が今年の一月に犯罪資料館に配属されてからこれまでに、緋色冴子は、迷宮入りしていた事件または被疑者死亡で処理されていた事件を三件、再捜査して解決している。再捜査とは言っても、実際に訊き込みをしたのはコミュニケーション能力に欠ける彼女ではなく、元捜査一課員である聡だった。もっとも、緋色冴子は極端な秘密主義であり、聡は彼女が命じるままに動き、証言を取ってきただけで、そのあとで彼女が推理する真相を聞かされて驚くのが常だったが……。

緋色冴子は、また再捜査を行おうとしているらしい。この事件の証拠品へのラベル貼りは先週金曜日に終えたばかりで、そのときに彼女のまとめた事件の概要を読んだので、大枠は頭に入っているが、細部まで把握するために、聡は助手室にこもって捜査書類を読み込むことにした。

事件が起きたのは、今から二十一年前の一九九二年。

七月十一日土曜日午後四時頃、東京都世田谷区成城七丁目の本田章夫《あきお》・朋子《ともこ》夫妻の自宅から出火、木造二階建て住宅約一二五平方メートルが全焼した。一階のダイニングから、男性一人の遺体と女性二人の遺体が発見された。三人はいずれも、テーブルのそばに倒れていた。

男性一人の遺体は三十歳代から四十歳代、女性二人の遺体はどちらも二十歳代から三十歳代。女性のうち一人は妊娠三か月で、さらに以前に出産した痕跡もあった。もう一人の女性の方は、出産経験なし。

遺体は体表の焼損がひどく、顔の判別は困難だったが、この家の住人である本田章夫・三十五歳と朋子・三十二歳の夫妻、そして当日、姉夫婦の家を訪ねてきていた遠藤《えんどう》晶子《あきこ》・二十五歳の三人に連絡が取れないことから、亡くなったのはこの三人である可能性が高かった。

本田夫妻の子で五歳になる英美里だけは、当日、幼稚園のお泊り保育で不在だったため、助かった。

章夫は近所の歯科医に通っており、そこのカルテと男性遺体の歯型を比較した結果、章夫であることが確認された。その歯科医は章夫のゴルフ仲間であり、別人が章夫の名を騙《かた》って歯科医に通っていたという可能性はない。

また、妊娠していた女性の胎児のDNAと章夫の遺体のDNAを比較した結果、胎児は章夫の子であることが判明し、女性は朋子であることが確認された。続いて、妊娠していた女性のDNAともう一人の女性のDNAを比較した結果、姉妹であることが判明、もう一人の女性は朋子の妹の晶子であることが確認された。警察庁科学警察研究所では、一九八〇年代後半からDNA型鑑定の研究を始めており、一九九二年当時はすでに犯罪捜査で実用化していたのだ。

死因は当初、焼死または煙を吸ったことによる一酸化炭素中毒と考えられた。しかし、司法解剖の結果、胃から致死量の青酸カリが検出され、毒死であることが判明した。三人のからだの火傷には生活反応がなかったので、火で焼かれる以前に死亡していたことになる。

ダイニングの焼け焦げたテーブルには、紅茶カップが載っていた。カップの中身は蒸発していたが、カップの内側から青酸カリが検出された。

現場検証の結果、ガソリンがダイニングに撒かれ、火を点けられたことが判明した。

ダイニングからは、ガソリンを入れていたと思しき溶けたポリタンクや、百円ライターの燃え殻も見つかった。

捜査班は、自殺、他殺の両面から、慎重に捜査を進めた。だが、自殺の線はすぐに捨てられた。本田章夫は貿易会社の社長だったが、その業績は順調だった。章夫と朋子の夫婦仲はよく、二人とも娘を可愛がっており、二人目も生まれる予定で、幸せの絶頂だった。晶子にしたところで、仕事は順調だった。アメリカ留学経験が二度ある彼女は、堪能な英語力を活かして、同時通訳の仕事を旺盛にこなしていた。しかも、友人たちに、近々また留学すると話していたという。三人とも自殺する理由はまったくない。とすれば、何者かが三人を殺害したのだと思われた。

事実、ダイニングのテーブルに載っていた紅茶カップは四つあった。四人目の人物がいたということである。その人物が、三人を殺害して火を放ったのだ。遺体の火傷に生活反応がなかったことから考えて、犯人はまず、紅茶カップに青酸カリを入れて三人を殺害し、次いでガソリンを撒いて火を点けたのだろう。

こうした結果を受けて、成城警察署に殺人事件の特別捜査本部が設置された。やがて、近所の訊き込みをした捜査員が、有力な情報を得た。事件の二、三日前、近所の主婦が朋子と立ち話をしたとき、朋子は、妹の元恋人が復縁を望んで付きまとっており、そのことについて話し合うため、二人を自宅に呼ぶつもりだ、と話していたという。章夫の会社は週休二日制で土曜日も休みなので、章夫は事件当日は自宅におり、話し合いに参加することになっていた。

話し合いがもつれ、激高した元恋人が晶子と本田夫妻を殺害し、証拠隠滅のために火を点けたという線が有力になった。青酸カリを用意していたところから見て、話し合いが決裂したら殺してしまおうと元恋人は考えていたのだろう。また、ポリタンクを持参したということは、車で来たと思われる。本田家の駐車スペースは二台分の広さがあり、章夫のベンツしか停めていなかったので、もう一台、置くスペースは充分にあった。だが、晶子の元恋人というのが誰なのか、そこまで詳しいことは、近所の主婦は聞いていなかった。

捜査の結果、晶子が一年前まで付き合っていた男が判明した。篠原智之《しのはらともゆき》という二十八歳の男で、同じ同時通訳者であることから、晶子と親しくなったのだった。

だが、篠原は事件当日、本田家を訪れたことを否定した。アリバイを調べたが、犯行時刻と思われる午後三時から四時にかけて、篠原は仕事の真っ最中だった。

とすれば、事件当日に本田家を訪れた晶子の元恋人は篠原ではないことになる。

捜査班は晶子の元恋人を学生時代にさかのぼって探したが、篠原以外には、はっきりとした相手は見つからなかった。晶子は快活な性格の反面、秘密主義のところがあり、誰と付き合っているのか、同性の親しい友人にもほとんど話すことがなかったという。

晶子は十九歳のときにアメリカのメイン大学に、二十二歳のときに同じくアメリカのヒューバート大学に、それぞれ一年間、留学しているので、そのときに恋人がいたことも考えられた。だが、外国のことであり、わざわざそのために捜査員を派遣するわけにはいかない。現地の警察に捜査協力を頼み、その結果、交際相手はいなかった模様という回答が返ってきた。

ただ、メイン大学留学時には後半からはまったく授業に出ておらず、それまでの下宿も引き払っており、どこにいたかは不明だという。入国管理局に照会した結果、ごく短期間の一時帰国を除いて、不明の期間もアメリカにはいたと思われる。このあいだ、彼女はどこで何をしていたのか。それは現地の警察にも調べがつかなかった。この点だけが、捜査班の心残りとなった。

捜査班は近所の訊き込みを行ったが、有力な目撃証言は得られなかった。本田家は閑静な住宅街にあり、犯行があったと思われる午後三時から四時にかけて、ほとんど人通りがなかったのだ。不審な人物も車両も目撃されてはいなかった。

ガソリンを運ぶのに使われたポリタンクや百円ライターは大量生産品で、そこから購入者を特定することは不可能だった。また、近隣のガソリンスタンドの防犯カメラの映像を調べたが、不審な人物は映っていなかった。犯人は、ガソリンを遠く離れた場所で購入したのだろう。

独り残された英美里は、児童養護施設に入所した。章夫も朋子も両親はすでに他界しており、英美里を引き取ってくれる祖父母も親戚もいなかったからだ。幼い彼女のためにと、捜査員たちは懸命に捜査を続けた。しかしその甲斐もなく、事件は迷宮入りした。

二〇一〇年の改正刑事訴訟法により、現在、殺人事件の公訴時効は廃止されている。

また、その前の二〇〇四年の刑事訴訟法改正では、公訴時効がそれまでの十五年から二十五年に延長されている。しかし、二〇〇四年の刑事訴訟法改正では、公訴時効延長の対象となるのは翌〇五年一月一日の施行以後に起きた事件であり、それ以前に起きた事件は、公訴時効が十五年のままだった。そのため、この事件も、発生から十五年後の二〇〇七年七月十一日午前零時、公訴時効が成立したのだった。

3

聡が緋色冴子の指示で会いに行ったのは、本田英美里だった。

そこそこ有名な写真家だというが、聡は名前を聞いたことがなかった。緋色冴子に訊いてみようかと思ったが、黙殺されるのが落ちなので、ネットで検索してみた。

ウィキペディアによると、児童養護施設にいた高校二年生のときに、撮り溜めた写真をネットで公開。どれもありふれた家並みを撮ったものだったが、素人離れしたその技量とノスタルジックな雰囲気がじわじわと評判を呼んだ。そして、それがきっかけとなって、高校卒業後、著名な写真家の芦田《あしだ》志津子《しづこ》に弟子入りすることになった。今では写真集を二冊出し、数社の企業と契約を交わしているという。

続いて、「本田英美里」で画像を検索してみる。

驚いたのは、彼女の撮った写真の画像――これは著作物だから、著作権者である本人以外が勝手にネットにアップするのは著作権法違反だが——とともに、彼女自身の画像がいくつもヒットしたことだった。雑誌やテレビで特集を組まれたときの写真や映像の一場面のようだ。

卵型の輪郭の顔に、整った目鼻立ちをした女性だった。大きな瞳には意志的な光が宿っている。髪はスポーティなショートカット。一九九二年の事件当時、五歳だったから、現在、二十六、七歳のはずだ。

日本写真家協会所属とあったので、そちらに連絡して、本田英美里の住所と電話番号を教えてもらった。続いて英美里に連絡を取る。

受話器の向こうの声は耳に心地よかったが、聡の口にした「警視庁付属犯罪資料館」という言葉に戸惑っているようだった。断られるかと思ったが、彼女は「わかりました」と低い声で答えた。現在、銀座のギャラリーで個展を開いているというので、そこで会うことになった。

＊

個展会場は、テナントビルの地階にあった。受付で寺田と名乗り、英美里を呼び出してもらう。警察と名乗ったら英美里があとで好奇の目で見られると思い、名前だけ名乗りますと彼女に伝えておいたのだ。

英美里はすぐにギャラリーの奥から姿を現した。画像で見たよりもさらに美しい女性だった。

「ちょっと出てきます」

英美里は受付に断り、聡を誘って一階の喫茶店に入った。

「警視庁付属犯罪資料館の寺田聡です」

席に着くと、聡は名刺を渡した。それから、やってきたウェイトレスにコーヒーを注文した。

「『シュヴー』に書かれたエッセイ、読ませていただきました。とても心に沁みるものでした」

英美里は驚いたように目を見開いた。

「まあ、あんなものにまで目を通してくださったんですか。警察の情報収集能力ってすごいんですね」

「ええ、まあ……」

雪女が美容院で女性誌を手に取ったのはただの偶然だと思うが、警察の優秀さの証《あか》しにしておく。

「犯罪資料館という部署は初めて耳にしたのですが、今回のように、迷宮入りした事件の再捜査を行うところなんですか」

「いえ、そういうわけではありません。犯罪資料館というのはあくまでも事件の証拠品、遺留品や捜査書類を保管する施設でして、今回、お話をうかがおうとしているのも、捜査書類を補充するためなんです」

緋色冴子が突発的に行う再捜査は、確かに事件を解決してきてはいるが、彼女の独断専行と秘密主義のため、捜査一課とのあいだで軋轢《あつれき》を生んでいるのも事実だった。緋色冴子のような捜査畑に身を置いたこともないキャリア、それも閑職に追いやられた落ちこぼれキャリアが、迷宮入り事件にくちばしを突っ込んで引っ掻き回そうとするのだから、捜査一課にしてみれば当然いい気持ちはしない。今年の一月まで捜査一課員だった聡もそうした感情はよくわかる。

犯罪資料館が今回もまた再捜査を行っていることが捜査一課に知れたら、軋轢が深まらないとも限らない。聡はそう考えてごまかした。

「お父様はどんな方でしたか」

「忙しい人でした。父は貿易会社を経営していたんですが、いつも夜九時過ぎ、わたしがお風呂から上がって寝ようとする頃に帰宅していました。仕事柄、よく海外にも行っていたみたいで、いろいろな国のお土産を持って帰ってくれたのを憶えています」

「お母様は?」

「とにかく優しい人でした。怒った顔を見たことがありません。幼稚園のお友達にも、『英美里ちゃんのママは優しくていいね』っていつもうらやましがられていました」

英美里は微笑むと、続けた。

「母とわたしはいつも、生まれてくる子は男の子なのか女の子なのか話していました。

わたしは、弟のいるお友達と仲がよかったので、男の子がいいと言い、母は、自分と叔母さんみたいな姉妹になってほしいから、女の子がいいと言っていました」

「お母様と叔母様は仲がよかったんですね」

「ええ。母とは正反対の性格でしたけれど」

「叔母様はどんな方でしたか」

「社交的で、快活な人でした。いつもわたしに、遊んでくれて、お絵描き帳とか縫いぐるみとかおもちゃとかいろいろお土産を持ってきてくれました。幼いわたしに対しても、怒るときは怒る、そんな人でした。とにかくよく笑う人で、わたしは大好きだった。二度も留学経験があるので、英語がとても得意でした。わたしも、英語をいろいろ教わったものです。幼児のことですから、熊はベア、兎はラビットといった単語レベルなんですけれど……」

「叔母様はまた留学する予定だったそうですね」

「ええ。『しばらく英美里ちゃんと遊べなくなっちゃうんだ。ごめんね』と言っていました」

「どこに留学する予定だったかはご存知ですか？」

「いえ、そこまでは……。何しろ五歳で、国の概念さえ曖昧でしたから」

「叔母様の交際相手について、何かあなたにほのめかすようなことは？」

「いえ、何も……。事件のあと、一、二年のあいだは、わたしのいた施設に何度か刑事さんが来て、叔母の交際相手について知らないかと尋ねられました。もちろん、交際相手という言葉を使ったわけではなくて、『叔母さんと仲のよいお友達は誰か、知ってる?』といった訊き方で。そのときにはまだ、事件のことはきちんと知らされていませんでしたから、どうしてそんなことを訊くのだろうと不思議に思いましたけど」

そろそろ、緋色冴子に指示された質問をしなければならない。

「私は子供がいないのでよく知らないのですが、幼稚園には、通常の保育時間の終了後も、夕方まで子供を預かってくれる預かり保育という制度があるそうです。あなたの幼稚園にもありましたか」

いきなり奇妙な質問をされたので、英美里は戸惑ったようだった。

「ええ……ありましたけれど」

「預かり保育は、夏休み中もあったのですか」

「あったと思います。年少組のときも、一度、夏休みに預けられた記憶がありますから。母に何かの用事があったんでしょう」

「お泊り保育を終えて夏休みに入ったら、七月中に一度、預かり保育に行くという話が出ていませんでしたか」

英美里は遠い過去を振り返るように目を閉じた。

「……そう言えば、出ていました。わたしと仲のよかったお友達のお母さんとわたしの母とが連絡を取り合って、七月中の同じ日に預かり保育を利用することにしていたみたいです。でも、それがどうかしたんですか?」

「いえ、お気になさらずに」

実際には、この質問にどういう意味があるのか、聡にもわからないのだった。

「うかがいたいことは以上です」

「せっかくですから、わたしの写真をご覧になっていただけませんか」

英美里が微笑みながら言う。聡は「ぜひ拝見したいです」と答えた。

喫茶店を出て、地階のギャラリーに戻った。受付がさっそく英美里に、「――さんがお見えですよ」と告げる。英美里は聡に「ごゆっくりどうぞ」と言うと、馴染みの客らしい白髪の女性の方へ歩いていった。

さほど広くはないギャラリーには、五人ほどの客がいた。皆、壁にかけられた展示作品に熱心に見入っている。聡もゆっくりと鑑賞することにした。

展示作品はどれも、家を撮ったもので、人が写っている写真はほとんどなかった。さまざまな家が写っていた。老朽化した小さな家。新興住宅地に立ち並ぶ画一的な家。何部屋あるのか見当もつかない豪邸……。

時刻もさまざまで、まだ雨戸が閉められている早朝のものもあれば、洗濯物に光が降り注ぐ昼のものもあり、家の壁が赤く染まった夕暮れ時のものもあれば、闇の中、カーテンの隙間から部屋の灯りが漏れる深夜のものもある。

そうした違いにもかかわらず、どの写真にも共通するもの――それは、懐かしさだった。住めないのではないかと思われるほど老朽化した家でも、無表情に立ち並ぶ画一的な家でも、そこはやはり誰かの帰る場所であり、誰かにとってはかけがえのない我が家なのだという思いが濃く漂っている。それはまるで魔法のようだった。

——ファインダーの向こうに、あの夢の光景を探しているからだ。

英美里のエッセイの一節がふと脳裏に浮かび、聡は自分の目がかすかに濡れているのに気づいて狼狽した。

4

それにしても、緋色冴子はなぜ、英美里の書いたエッセイを捜査書類のひとつだと考えるようにと言ったのだろう。三鷹市に戻る中央線の電車の中で、聡は頭を捻った。

事件を解決する重要な手がかりが記されているというのだろうか。聡は何度も読み返してみたが、さっぱりわからなかった。

不意に、聡の脳裏にとんでもない仮説が浮かんだ。

事件の犯人は、五歳の英美里だったのではないか？

弟や妹が生まれるとき、上の子は激しく嫉妬するという。英美里は嫉妬のあまり、給湯ポットに大量の青酸カリを入れておいたのではないか。もっとも、英美里自身は、青酸カリが致死性の毒物だとは知らず、単に病気にするだけの薬だと思っていたのかもしれない。母が病気になり、お腹の中にいる弟か妹が苦しめばいいと考えたのかもしれない。その結果、本田夫妻と晶子は、青酸カリ入りのお湯で作った紅茶を飲んで死亡した。ただし、英美里には犯行時刻、幼稚園のお泊り保育に行っていたというアリバイがあるから、火を点けることはできない。おそらく、本田夫妻と晶子が死亡したあと、本田家を晶子の元恋人が訪れ、火を放ったのだろう。

英美里は、自分が殺したという罪悪感、そして、母も父も叔母も家も焼けてしまったという予想外の出来事に対するショックから、青酸カリを入れたことを忘れてしまったのではないか。

そう考えれば、緋色冴子が、英美里のエッセイを捜査書類のひとつだと考えるようにと言った理由がわかる。何しろ犯人が書いたエッセイなのだ、重要な捜査書類であることに間違いない。

だが、この仮説には難点がある。五歳の子が、青酸カリをどうやって手に入れられたというのか。

そこで、聡の脳裏には、さらにとんでもない仮説が浮かんだ。

英美里は誰か大人に、「病気にする薬だよ」と偽って青酸カリを渡されたのではないか。その言葉を素直に信じ込んで、給湯ポットに毒を入れたのではないか。大人が子供を手先に使って、犯行に及んだのだ。

では、その大人とは誰なのか。第一に、英美里と親しく、彼女に影響力を持っていた人間だ。第二に、本田夫妻と晶子を殺害する動機を持っていた人間だ。

第一の条件に当てはまるのは、まずは両親と叔母だが、自分が間違って死ぬかもしれないのだから、青酸カリなどという危険な手段を取るとは思えない。とすれば、次に思い浮かぶのは、幼稚園の先生だ。先生の言うことならば、英美里は素直に信じたのではないか。

だが、幼稚園の先生が、本田夫妻と晶子を殺害するどんな動機を持っていたというのか。

そこで聡は、エッセイに、「いつものように母と手をつないで、幼稚園へと歩いた」とあったのを思い出した。バス通園や自転車通園ではなく徒歩で通っていたということは、幼稚園は本田家のすぐ近くにあったということだ。

二十三区内の幼稚園の多くは、敷地の狭さに苦労し、なんとか近隣の土地を得ようと躍起になっていると聞いたことがある。敷地が広ければ、バス通園のためのバスを停める場所を確保し、より遠くから園児を呼び込むことができるからだ。

ひょっとして、犯人は本田家の土地を手に入れようと考え、本田夫妻に売却を持ちかけていたのではないか。だが、本田夫妻はそれを断った。それも当然で、業績不振ならともかく、業績好調の会社社長が、世田谷区の一等地のマイホームを売却するわけがない。

しかし、犯人はどうしても本田家の土地を手に入れたかった。そこで、最後の手段として、本田夫妻を殺害したのではないか。その際、晶子も殺しておいた方がいいことは言うまでもない。本田夫妻が死んだら、本田家の土地は英美里が相続することになるが、彼女の後見人となるだろう叔母の晶子が売却を断るかもしれないからだ。

そこで、犯人は、幼い英美里に青酸カリを渡し、もうすぐ生まれてくる赤ちゃんのことばかり話題にするお母さんやお父さんや叔母さんを病気にして懲らしめてあげようとでも言って、事件当日の朝、英美里が幼稚園に向かう前に、給湯ポットに青酸カリを入れさせた……。

犯人の計画は見事に成功し、その日の午後、本田夫妻と晶子は絶命した。さらにそのあと、本田家を訪れた晶子の元恋人が火を放ち、家屋は全焼した。これは、犯人にとっては好都合だっただろう。犯人が本田家の土地を幼稚園の施設に転用することを考えていたのだとすれば、家屋は邪魔になるだけだからだ。

ここまで考えて、聡は頭を振った。突拍子もない話だ。だが、検討の余地がないわけではない。

ではその場合、犯人は幼稚園の先生のうち誰だと考えられるだろうか。

英美里に影響力があるという点では、幼稚園のどの先生にも当てはまるだろうが、本田家の土地が欲しかったという動機を考えれば、それは、幼稚園の運営計画に携わる人物——園長をおいて他にない。

聡はそこで、英美里のエッセイの文章を思い出した。

——白髪の園長先生は、優しい顔で、「お母さんとお父さんはちょっと用事があって来られなくなったので、英美里ちゃんは先生たちともう少し遊んでいようね」と言った。園長は、その優しい顔の裏で、計画の成功を祝っていたのだ。

捜査一課員としてのこれまでの経験からはあまりにかけ離れた、突飛な仮説だった。八か月にわたって緋色冴子の下で働いているうちに、思考法が影響されてしまったのかもしれない。

*

聡は犯罪資料館に戻ると、さっそくこの仮説を話してみた。賛同してくれるかと思いきや、緋色冴子は、「ありえない」と一言で切り捨てた。

「ありえませんか？　確かに突飛ですが……」

「いいか。犯人が本田夫妻と晶子を殺そうと考えていたのだとすれば、三人を同時に殺さなければならなかったはずだ。そして、三人同時にお茶を飲むのは、食事時あるいはティータイムに限られる。それ以外の時間は、各人が飲みたくなったときに、好き勝手にお茶やコーヒーを淹れたことだろう。君の仮説によれば、園長が英美里に青酸カリを給湯ポットに入れさせたのは、朝、幼稚園に出かける前だという。そのときには当然、朝食は終わっている。その後は、昼食までのあいだ、飲みたくなったときに、好き勝手にお茶やコーヒーを淹れ、飲んだ者が絶命したはずだ。残りの人間はそれを見て、ただちに警察に通報しただろう。ティータイムまで三人がお茶やコーヒーをまったく飲まなかったとは考えられない」

「では、給湯ポットではなく、紅茶葉に青酸カリを混ぜておけば……」

「青酸カリは白い粉末だ。紅茶葉に混ぜたら一目でわかる。ティーバッグに入れておけば、袋の白さに紛れてわからないかもしれないが、ティーバッグの細工が五歳児にできるとは思えないから、あらかじめ細工したティーバッグを英美里にすり替えさせたということになる。しかし、そんなすり替えが五歳児にできるだろうか。そもそも、英美里を手先に使うというのはあまりに危険だ。彼女が一言でも喋れば、犯人がすぐにわかってしまう。本田家の土地が欲しいという現実的な動機に駆られた犯人ならば、そんな危険なことはしなかったはずだ」

「……そうですね。では、館長のお考えは？」

5

「わたしが奇妙に思ったのは、犯人が毒薬を用いたことだった」

「というと？」

「犯人は青酸カリを持参しているが、本田家で毒を入れるのに適した飲み物が出るかどうかなど、わからなかったはずだ。話し合いが決裂したときに相手を殺害するために持っていくならば、普通は刃物や鈍器や銃器を選ぶだろう。それに、毒薬という手段は、まったく犯人を警戒していない相手にしか用いることができない。犯人は、毒殺された者たちが信頼していた人間だったはずだ。しかし、本田家の人間たちは、元恋人のことを警戒していただろう。

そう考えると、犯人は、元恋人だったとは思えない。朋子は近所の主婦に、妹の元恋人が復縁を望んで付きまとっており、そのことについて話し合うために、二人を自宅に呼ぶつもりだと話していたというが、実際に元恋人が来たとは思えない。わたしはここで、朋子に疑いを抱くことになった。彼女は嘘をついていたのではないか。では、なぜ、そんな嘘をついたのか。彼女こそが犯人だったのではないか――」

「……朋子が犯人？」

「考えてみれば、朋子は、毒殺には打ってつけの立場にある。ティータイムに複数の人間を毒殺しようとしたら、皆がほぼ同時に口に運ぶだろう最初の一口で毒を飲ませなければならない。ということは、紅茶が配られてから皆が口をつけるまでのわずかの時間に投毒するということだ。しかし、運ばれてきた紅茶に皆の視線が注がれている中で、それは至難の業だ。とすれば、紅茶を運ぶ前の時点で、毒を入れておくのが一番よいことになる。それが可能なのは、本田家の主婦であり、紅茶を淹れたり運んだりしただろう朋子だ」

「そう言われてみれば、そうですが……。じゃあ、朋子が紅茶に青酸カリを入れ、妹や夫と一緒に飲んで死んだということですか。でも、その場合、ガソリンを撒いて火を点けたのは誰なんですか」

「朋子が妹や夫と同時に毒を飲む必要はない。自分だけは紅茶を飲むふりをして、妹と夫を先に死なせ、そのあとガソリンを撒いて火を点けてから、自分も毒を飲めばいい。炎が朋子のからだを包む頃には彼女は絶命しているから、妹や夫同様、火傷には生活反応は出ない」

「しかし、朋子がなぜ、妹や夫を殺し、自分も死ななければならなかったというんです？　夫の会社の業績は好調で、夫婦仲はよく、娘をかわいがっており、二人目も生まれる予定だった……殺意が生まれる余地なんてどこにもないじゃありませんか」

「確かに本田家には、殺意が生まれる余地などなかったように思える。しかし、ある一点の見方を変えるだけで、そこには殺意が生まれることがわかるはずだ」

「……ある一点の見方を変えるだけで？」

「妊娠していたのは誰かという点だ」

聡は何を言われたのかわからなかった。

「先週、事件の概要をまとめるために捜査書類を読んだとき、奇妙なことに気がついた」

「奇妙なこと？」

「朋子が英美里を妊娠しているとき、ちょうど晶子はアメリカに留学していた。そして、朋子が新たな子を妊娠しているとき、晶子はまた、留学しようとしていたんだ」

「偶然の一致じゃありませんか」

「そうかもしれない。しかし、姉は妊娠していて、まだ幼稚園の子がおり、いろいろ手助けが必要な時期なんだ。義兄の方は会社で忙しくしていて、帰宅が遅いから、さほど頼りにならない。彼女と姉の両親も義兄の両親も他界しているから、そちらを頼ることもできない。英美里が語ったように仲のいい姉妹なら、留学を一、二年延ばそうと考えてもいいのではないか。晶子にとって留学は初めてではなく、三度目だったという。何が何でも留学したいという気持ちだったとは考えにくい」

「そう言われてみれば、そうですが……。では、館長はどうお考えなんです？」

「留学するということは、日本から姿を消すということだ。そのことと、朋子の妊娠期間との奇妙な一致を考え合わせれば、ひとつの仮説が浮かび上がる」

「何ですか？」

「晶子は妊娠していた。少なくとも、最後に予定していた留学は、その妊娠を隠すためのものだ。留学したといって身を隠し、妊娠に気がつかれないようにしようとしたんだ。最初の留学で晶子は、妊娠していても、外国にいたならば日本の友人知人たちにはばれないということがわかったのだろう」

　聡は、緋色冴子が言わんとしていることに気がついた。

「まさか、英美里は晶子が最初の留学中に身ごもった子だというんですか？　そして、事件当時、朋子が身ごもっていたはずの第二子も、本当は晶子のお腹の中にいたと？」

「その通りだ。晶子は、ちょうど朋子が英美里を身ごもっていた時期に当たる六年前、十九歳のとき、アメリカのメイン大学に留学している。一方、章夫は貿易会社社長という職業柄、アメリカへはよく行っていたはずだ。章夫はそのとき、義妹を訪ね、そこで関係を持ったのではないか。その結果、晶子は英美里を身ごもったのではないか。妊娠に気づいた晶子は、それを姉と義兄に告げる。三人のあいだで急遽、話し合いがもたれ、晶子は出産し、子供は本田夫妻の子として育てることが決まった。

朋子はさっそく、周囲に妊娠を告げ、産婦人科に通うふりをしたり、妊娠が進んだら腹部に詰め物をしたりした。

晶子の方は、ときおりこっそりと一時帰国し、姉の名前と健康保険証を借りて産婦人科に通い、健診を受けたことだろう。そのときにはもちろん、姉名義で作った母子健康手帳を提示し、そこに健診結果を記入してもらった。母子健康手帳は、子供が生まれたあともさまざまな場面で用いるから、こうした偽装が必要だった。

晶子がメイン大学留学時、後半からはまったく授業に出ず、それまでの下宿も引き払ったのは、妊娠が進んで腹部が目立ってきたからだ。

晶子は臨月になると帰国し、産婦人科に姉の名前で入院する。章夫が夫のふりをして付き添ったことだろう。同じ頃、朋子も産婦人科に入院したことにして、自宅から姿を消す。晶子は出産すると、赤ん坊を抱き章夫に付き添われて退院。そして、朋子が晶子と交代し、赤ん坊を抱いて自宅に戻ってきた。

章夫と晶子は朋子に、これは一度きりの過ちだと弁解しただろうが、二人の関係はその後も密かに続いていたに違いない。

そして、六年後の一九九二年、晶子はふたたび、章夫の子を身ごもった。章夫と晶子は朋子にそのことを告げ、朋子は生まれてくる子を自分たち夫婦の子として育てることを再び了承した。

晶子は周囲の人間に、近々また留学すると言っていたが、それは三か月を過ぎるとお腹が目立ち始めるので、姿を隠さなければならないからだった。

今度は英美里がいるから、朋子は彼女の目をごまかすことも考えなければならない。晶子が英美里を身ごもっていたときは、朋子は自宅の外でだけ妊婦のふりをすればよかったが、今度は英美里の目をごまかすため、自宅でも妊婦のふりをしなければならない。腹部の膨らみが目立つ時期が来たら、英美里の入浴は章夫が一手に引き受けるといったことも必要になっただろう」

「しかし、朋子はなぜ、そんなことを……」

「たとえば、彼女は子供ができない体質で、そのことに負い目を感じていた——そんなことも考えられる。だから、妹が産んだ英美里を自分たち夫婦の子として育てるという章夫の提案に、いったんは賛成したのかもしれない。

だが、夫と妹が関係することを黙認し、二人の子を自分の子として育てなければならないというのは、朋子にとって大変な屈辱だっただろう。彼女は何年ものあいだ、その屈辱にじっと耐えていた。しかし、晶子に二人目の子供ができたと聞いて、朋子の忍耐はついに限界に達した。

朋子が、ヒステリーを起こし、夫と妹を罵ることができる性格であればよかっただろう。だが、嫉妬に駆られて夫と妹を罵ることなど彼女にはできなかった。忍耐の限界に達した朋子ができることはただひとつ、夫と妹を殺すことだった。

しかし、妊娠した妹の遺体が発見され、胎児と夫のDNAが比較されれば、胎児が夫の子であることがわかってしまう。そこから、犯行の動機が、夫の子を身ごもった妹に対する憎しみであることがわかってしまう。誇り高い朋子にとって、それは耐えられないことだった。

そこで、彼女は考えた——家に火を放ったあと、自分も服毒し、妹の遺体ともども炎に包まれる。それによって、死後、自分と妹の遺体を逆に見せ、妊娠していたのは確かに自分だったのだと思わせる。焼けてしまえば、容姿はわからなくなるし、遺体の推定年齢に十歳以上の幅が出るから、七歳違いの朋子と晶子は入れ替わることができる」

「朋子の遺体と晶子の遺体が入れ替わっていた……？」

聡は茫然として呟いた。そんなことが可能だろうか。焼け跡から見つかった三人の遺体がどのように身元を確認されたか、聡は捜査書類を思い出してみた。

まず、歯型から、男性一人の遺体が章夫だと確認された。次いで、妊娠している女性一人の遺体の胎児のＤＮＡと章夫のＤＮＡが親子関係を示したことから、妊娠している女性は朋子だと確認された。そして、妊娠している女性の遺体のＤＮＡと妊娠していない女性の遺体のＤＮＡが姉妹関係を示したことから、妊娠していない女性は晶子だと確認された。

だが、妊娠に欺瞞が隠されていたのだ。妊娠していたのは実際には朋子ではなく晶子だったのだから。妊娠の欺瞞により、朋子と晶子が逆に身元確認されてしまった。

朋子は、自分が妊娠したと周囲に思わせる一方で、晶子の妊娠を隠している限り、身元確認がこのように間違って行われることがわかっていたに違いない。一九九二年当時はすでにＤＮＡ型鑑定は実用化されており、そのことは新聞やテレビで報じられていた。朋子はそれを見て、ＤＮＡ型鑑定の知識を得たのだろう。

緋色冴子は低い声で言葉を続けた。

「朋子の犯行は、表面的には、本田家の一家皆殺し事件に見えるはずだ。動機の隠蔽のためには、章夫と朋子の夫婦と、晶子をいっぺんに殺す動機を持つ犯人を作っておいた方がよい。そこで朋子は、妹の元恋人が彼女とよりを戻したがっており、その話し合いのため、妹と元恋人を自宅に呼ぶという話を、近所の主婦との立ち話でしておいた。章夫はふだん、近所の主婦との接触はないから、その話が章夫の耳に入る心配はない。

晶子は妊娠三か月で、そろそろお腹が目立ち始める時期だ。もう少ししたら、彼女は妊娠を隠すために、留学を口実に、知人たちから離れて遠くに行くだろう。そうなったら、晶子を殺しにくくなる。犯行のタイミングは、今をおいて他にない。また、犯行は、英美里がいないときでなければならない。それにぴったりなのが、英美里がお泊り保育で家にいない、七月十一日だった」

「……そうか。館長が英美里に訊くように指示された質問の意味がようやくわかりました。エッセイによれば、彼女は病弱で、お泊り保育の前日にも夏風邪で休んだという。もし英美里がお泊り保育の日も休んだら、朋子は犯行を行えなくなる。といって先延ばしにもできず、何としても晶子が遠くに行く前、七月中に殺してしまわなければならない。そのためには、英美里が家にいない犯行の予備日を前もって作っておかなければならない……。それで館長は、七月中に、英美里が預かり保育に行くことになっていたかどうか尋ねさせたんですね。もし行くことになっていたら、朋子犯人説の傍証になる」

緋色冴子は唇を歪めた。とてもそうは見えないが、これは彼女の微笑なのだった。

「事件当日、朋子は晶子を自宅に招くと、夫と妹の紅茶に青酸カリを入れて、二人を殺害した。そして、テーブルに四人目の紅茶カップを載せて、晶子の元恋人が訪ねてきたかのように装った。ガソリンをダイニングに撒いて火を点けると、自分もすぐさま青酸カリを口にした。

青酸カリは即効性の毒だから、朋子はすぐに絶命したことだろう。炎が彼女のからだを包む頃には、彼女は死んでいる。だから、章夫と晶子の遺体と同様、朋子の遺体からも生活反応は検出されず、不審に思われることはない。また、炎に焼かれる苦痛を味わうこともない。毒物として青酸カリを選んだのは、それが理由だろう」

　エッセイによれば、朋子は英美里と風呂に入るとき、いつも自分のお腹をなでさせ、「ここに赤ちゃんがいるのよ」と微笑んだという。そのときの朋子の内心を思って、聡は慄然とした。

　自らも死んで炎に焼かれ、自分の遺体と妹の遺体を逆に見せかける――そんなことを考え、実行した朋子は、夫と妹に対する憎しみで半ば気が狂っていたのではないかとすら思えた。

　幼い英美里を道連れにしなかったのは、朋子にも英美里への愛情があったからだろう。それが、この事件の中で唯一、救いを感じる点だ。

　しかしそのとき、聡の脳裏に暗い想像が入り込んだ。

　朋子が英美里を道連れにしなかったのは、彼女が確かに妊娠していたという証人にするためではないか。朋子は英美里の前で、妊娠している演技をいろいろとしてみせ、英美里は母のお腹の中に赤ちゃんがいると信じ込んでいる。生き残ったならば、捜査員たちにそのことを喋り、朋子の偽装を補強してくれるだろう。

　そのために、朋子は英美里を生かしておいたのではないか。

　そうだとすれば、彼女の目論見は見事に成功したことになる。エッセイを読むと、事件から二十一年後の今も、英美里は朋子が妊娠していたことを疑っていない。それどころか、弟か妹が加わった家庭で幸福に暮らしている光景を夢見ている。

これは、朋子の偽装が完璧に成功したことを示している。エッセイが捜査書類のひとつだと緋色冴子が言ったのは、そういう意味だったのだ。犯人の計画が成功した証拠のひとつだという意味だったのだ。

「母と父と叔母とわたしと赤ちゃんがいる、あの懐かしい家」——英美里はいつも、その光景をファインダーの向こうに探しているのだという。しかしそれは、彼女の母が作り出した、幻の光景ではなかったか。

死に至る問い

1

部屋の隅に、施錠されたキャビネットがある。

扉を開けると、白い骨壺がぽつんと置かれている。

取り出して蓋を開ける。灰白色の遺骨が入っている。父のものだ。

しばらくのあいだ、じっとそれを見つめている。

どうしても問いたいことがある。だが、遺骨は何も語ってくれない。


父に叩かれ、罵られて育った。優しい言葉をかけられたり、ほめられたりしたことは一度もない。物心ついた頃からずっとそうだった。

それが一層ひどくなったのは、小学二年生のとき、母が駆け落ちしてからだ。

母はきれいな人で、華やかなことが大好きだった。むっつりして陰気な父とは正反対だった。そのせいか、二人はよく喧嘩していた。父は酔っては母に絡み、「売女《ばいた》」と罵った。

母はピアノが上手で、自宅でピアノ教室を開いていた。そこに通っていた大学生の男と、駆け落ちした。そして、二度と戻ってこなかった。母には恋人の方が子供より大切だったのだ。

それ以来、父の暴力はひどくなった。「売女の子」と罵られ、叩かれた。それは、あのことが起きるまで続いた。

あのことが起きてから、父とのあいだには奇妙な休戦状態が訪れた。

そして、高校一年のとき、父が飲み屋でつまらない喧嘩の末に刺されて死んだ。遠い親戚に引き取られることになった。父の遺品はすべて捨て、遺骨だけを手元に残した。ようやく人並みの生活を送れると思った。

そうして、過去は忘れたはずだった。

だが、そうではなかった。過去は決して消えたりはしない。葬ったと思っても、蘇ってくる。

過去を葬り去るために、どうしても問いたいことがある。その問いに答えが得られれば、過去の呪縛から逃れられるのだ。

だが、遺骨は何も語ってくれない。

どうしたらこの問いに答えが得られるのだろう。

いったいどうしたら――。

2

助手室の壁の時計が午後五時半を指した。

寺田聡は、作業台の上に並べた証拠品にQRコードのラベルを貼る手を止めた。今日の仕事はこれで終わりにしよう。別に急ぐわけではない。二十年以上も前の事件の証拠品なのだ、明日まで待ってくれる。

証拠品をケースにしまい、保管室に戻した。それから館長室に顔を出し、帰ることを伝えた。緋色冴子はちらりと聡に目を向けただけで、何も言わずにまた書類に目を落とした。慣れているので気にもならない。

そのとき、館長室の電話が鳴り始めた。

「はい、犯罪資料館」

緋色冴子が受話器を取り、低い声で応えた。黙って聞いていたが、やがてその眉がかすかにひそめられた。雪女の眉をひそめさせるとは、いったい話の内容は何なのだろう。

承知した、と言って受話器を置くと、聡を見上げた。

「捜査一課がこれから来るそうだ。未解決事件の証拠品と捜査書類を引き取りたいと言っている。一九八七年十二月九日に、調布市の多摩川河川敷で二十四歳の男性の他殺死体が見つかった事件だ」

「一九八七年？　二十六年も前じゃないですか。それだったら、時効が成立しているでしょう。なぜ捜査一課が出てくるんです」

二〇一〇年の改正刑事訴訟法により、現在、殺人事件の公訴時効は廃止されている。また、それ以前の二〇〇四年の刑事訴訟法改正では、公訴時効がそれまでの十五年から二十五年に延長されている。しかし、この事件が起きたのが一九八七年であるなら、時効成立は二〇〇二年だから、こうした法改正は適用されない。

「今朝、同じ場所で、男性の他殺死体が見つかった。死体や現場の状況は二十六年前と酷似しているそうだ。捜査一課は、同一犯の可能性が極めて高いと見ている」

「――同一犯？」

聡は興奮がからだを駆け巡るのを感じた。現代の科学捜査は二十六年前から大きく進歩している。当時の現場からは読み取れなかった、犯人に関するさまざまな情報も、現在の現場からは読み取ることができるだろう。今回の被害者には気の毒だが、未解決事件の犯人をとらえる絶好の機会が提供されたのだ。

そこで聡は、自分がもう捜査一課員ではないことを思い出した。自分は捜査本部に入ることはできないのだ。

だが、捜査本部に身を置かずとも、証拠品と捜査書類さえあれば、二十六年前の事件の方は捜査が可能だ。現に、聡がこの犯罪資料館に配属されてから十一か月のあいだに、緋色冴子は未解決事件を三件、被疑者死亡で処理されていた事件を一件、再捜査して解決している。聡は彼女に指示されて、訊き込みを担当した。今回もそのようにすればよい。

「捜査一課の連中が今から本庁を出発するとすれば、ここに着くのは六時頃になりますね。二十六年前の事件の捜査書類を持っていかれる前に、少しでもコピーしておきましょう」

だが、緋色冴子から返ってきたのは意外な言葉だった。

「何のために？」

「――何のためにって、こちらも捜査をして、捜査一課の連中より先に事件を解決するためですよ。証拠品や捜査書類を持っていかれて、館長は悔しくないんですか」

「別に悔しくはない。ここは証拠品の保管施設だ。他の部署が証拠品を必要とするなら、提供するのは当然のことだ。これまでも、再捜査や再審のために証拠品を提供したことは何度もある」

「確かにそうですが……。でも、二十六年前の事件では適用できなかった現代の科学捜査を、二十六年前と同じ状況に適用できるんですよ。犯人を捕らえる絶好の機会です」

「ならば、捜査一課に任せておけばいい。未解決事件は他に何百件もある。急いでコピーを取ってまでこの事件にこだわる理由はない」

「二十六年前の事件とまったく同じ手口で犯行を行うなんて、いったいなぜなのか興味深くないですか」

「興味深くはあるが、どんな未解決事件にも何かしら興味深い点はある。もし君が捜査書類をコピーしておきたいというなら、そうすればいい。止めはしない」

それだけ言うと、緋色冴子はまた書類に目を落とした。コミュニケーション終了だ。聡はため息をつくと、館長室を出た。興奮はすっかり消え失せていた。

＊

三十分後、守衛の大塚慶次郎が内線で、捜査一課が到着したと知らせてきた。はっきり言って、古巣の人間には会いたくない。聡は重い気分で正面玄関に向かった。ちょうど、大塚がスライド式の門扉を開けたところだった。七十歳を過ぎているので、思わず手伝いたくなるのだが、そうすると大塚が気を悪くするので、聡は手伝わないことにしている。

捜査一課の車両が三台、駐車場に入ってきた。四台分のスペースしかなく、そのうち一台分には犯罪資料館のおんぼろワゴン車が停められているので、駐車場はいっぱいになった。

車両のドアが次々と開き、捜査一課員たちが降りてきた。聡はさらに気分が重くなった。十一か月前まで所属していた第三強行犯捜査第八係だったのだ。

「よう、寺田。久しぶりだな。お迎えご苦労さん」

香坂伸也《こうさかしんや》巡査部長が声をかけてきた。聡と同い年で同じ階級、お互いにライバル視し

ていた男だ。狐を思わせる細面の顔には嘲るような笑みが浮かんでいる。聡はどきりとした

第八係長の今尾正行警部は何も言わず、聡をじっと見つめていた。聡はどきりとした
が、見つめ返した。

今年の二月、緋色冴子は、十五年前に起きて迷宮入りしていた中島製パン恐喝・社長殺害事件を再捜査した。犯罪資料館に異動してきたばかりの聡は、緋色冴子に指示されて情報を集めた。彼女が指摘した犯人は、今尾の警察学校の同期であり、親友だった男だった。緋色冴子は犯人の捜査員に告発の電話をかけ、彼は辞表を提出した上で自首した。そのあと、今尾は聡に電話をかけてきて言ったのだった。

――鳥井がどれほど優秀だったかを知りもしない落ちこぼれキャリアが、暇潰しの探偵ごっこで鳥井を犯人だと暴いたんだ。それをお前は手伝った。俺はお前を絶対に許さない。

――お前はいつの日か捜査畑に戻るつもりだろうが、そんなことはさせやしない。

言葉も交わさずにお互いを見つめる今尾と聡のあいだの異様な雰囲気に、香坂や他の捜査員が怪訝そうな顔をした。

そのとき、車両から最後に降りた男が近づいてきた。彫りの深い顔立ちをした、五十代末の長身の男。背筋がまっすぐに伸びたその姿は、剣の達人を思わせる。捜査一課長の山崎杜夫《やまざきもりお》警視正だ。

捜査一課長には、伝統的にノンキャリアが就く。捜査現場の長年の経験がないと、海

千山千の捜査一課員たちを統率することはできないからだ。捜査畑のノンキャリアにとって、捜査一課長は方面本部長と並び、最終的な目標といっていい。

その一課長自らが赴いたことに聡は驚いた。緋色冴子が言ったとおり、犯罪資料館が保管する証拠品を再捜査や再審のために提供したことは何度もある。一課長自らが出向く必要があるほど異例の手続きというわけではない。

「まず、館長に挨拶しておこう。案内してくれ」

山崎捜査一課長が言う。聡は一行を先導して建物の中に入った。捜査一課員たちを廊下に残し、山崎と今尾とともに館長室に入る。

雪女が立ち上がると、おざなりのように頭を下げた。

山崎が言った。

「緋色警視。電話で話したように、今朝、調布市の多摩川河川敷で、男性の他殺死体が見つかった。死体や現場の状況は、二十六年前の福田富男《ふくだとみお》殺害・死体遺棄事件に酷似している。同一犯の犯行である可能性が極めて高い。証拠品と捜査書類を引き取らせてもらいたい」

「酷似しているといいますが、具体的に教えてください」

「六点ある。第一に、被害者の年齢が同じであること。どちらも二十四歳だ。第二に、死体遺棄現場がまったく同じであること。現在の事件と二十六年前の事件とでは、数メートルしか違わない。第三に、遺棄されていた死体の状況。どちらもうつ伏せだった。

第四に、頭部に致命傷を与えた鈍器の形状がまったく同じであること。直方体の角のような形状だ。第五に、死亡推定日時が同じであること。どちらも十二月八日午後九時から十時のあいだだ。第六に、被害者のセーターの袖に、被害者以外の血が付着していたこと。被害者と争ったときに負傷した犯人の血である可能性が高い。二十六年前の事件では、被害者の年齢、死亡推定日時、袖への血の付着については公表しているが、死体遺棄現場の詳しい位置、死体がうつ伏せだったか仰向けだったか、鈍器の形状については公表していない。にもかかわらず、犯人は二十六年前の状況を再現している。同一犯だとしか考えられない」

「了解しました。確かに同一犯のようですね」

館長はそっけなく言うと、聡に保管室の鍵を手渡してきた。

聡は廊下に出ると、館長室の向かいの保管室のひとつのドアを開錠した。ドアを開けて中に入る。

少し低めだが快適な空気がからだを包んだ。証拠品を良好な状態で保つため、すべての保管室に高価な空調設備を設け、高額の電気代を費やして、一年を通して温度二二度、湿度五五パーセントに維持しているのだ。

室内は二十畳ほどの広さで、スチールラックが何列も並んでいた。そこに、証拠品の入ったプラスチック製の衣装ケースが置かれている。証拠品は一点一点、ポリ袋に入れられてケースに収められている。一個のケースが一件の事件に対応しているが、大きな事件では対応する衣装ケースが十個を超えるものもある。それほど大きな事件ではないということだ。

福田富男殺害事件のケースはひとつだけだった。

「中身を確認させてもらいたいが、どこかにテーブルはないか」

山崎が言ったので、聡はケースを抱え、一行を助手室に案内した。八畳ほどの広さで、中央に作業台が置かれている。部屋の隅にはパソコンの載った机と椅子。壁紙は、犯罪資料館が建てられてから一度も張り替えられていないのではないかと思わせるほど汚れていた。この建物の中で金がかけられているのは保管室だけで、それ以外の部屋はなおざりだった。証拠品の良好な保管に予算の大半が費やされており、他の箇所にまで及んでいないのだ。

「ここがお前の部屋か。なかなかいいところじゃないか」

香坂がわざとらしい口調で言う。聡の鞄が机の横に置かれているのを目ざとく見つけたらしい。聡は無視すると、ケースを薄汚れた作業台に置いた。手袋をはめると、蓋を開け、中の証拠品を一点ずつ作業台の上に並べていく。

隣の館長室との境のドアが開き、緋色冴子が入ってきた。やはり彼女も気にはなるらしい。

証拠品はごくわずかだった。被害者が身につけていた下着、長袖シャツ、セーター、ズボン、腕時計、財布。コートやジャンパーの類はない。十二月なのにコートやジャンパーの類を着ていなかったとは考えられないから、被害者は屋内で殺害され、多摩川河川敷に遺棄されたのだろう。凶器の鈍器もなかった。

セーターを取り出すとき、聡は左袖に血が付着していることに気がついた。先ほど山崎捜査一課長が、セーターの袖に被害者以外の血が付着していたと言ったのはこれのことだろう。

捜査一課員たちが確認を終えると、聡は証拠品をケースに戻した。香坂がケースを抱える。

「昨晩発生した事件について、もう少し詳しく教えてもらえませんか」

聡は誰にともなく訊いた。答えてもらえるとは思わなかったが、訊かずにはいられなかった。訊いてから後悔した。香坂がにやりとして言ったのだった。

「悪いが、一課長が言われたこと以上は教えられない。お前は部外者だからな」

「――部外者だと?」

「そうだ、部外者だ。お前からマスコミに重要な情報を漏らされたら困るんだよ。お前には強盗傷害事件の捜査書類を置き忘れてネットにアップされた前科がある。これ以上、捜査一課に迷惑をかけないでくれ」

頭が熱くなった。気がつくと、香坂の腕をつかんでいた。香坂がバランスを崩し、抱えていたケースが床に転がった。大きな音が助手室に響き渡る。

「馬鹿なことはやめろ!」

聡はかつての同僚たちに腕をつかまれ、壁に押し付けられた。

香坂が背広の腕の皺を伸ばし、ケースを再び抱えた。かつての同僚たちの目には憐憫の色が浮かんでいる。今尾係長は冷ややかに聡を見つめていた。

「行くぞ」

何事もなかったかのように山崎捜査一課長が言い、捜査一課員たちは廊下へ出ていった。緋色冴子も無言で館長室へと戻る。聡は助手室に一人残された。

かつてないほどの無力感が襲ってきた。

3

翌十日の朝、自宅マンションのダイニングキッチンで、聡は買い置きの食パンのトーストを食べながら、テレビを点けた。

河川敷に立ち、深刻そうな顔で語るレポーターが映った。昨日の朝発覚した例の事件を報じているらしい。聡は胸が苦しくなって消そうとしたが、あえて観ることにした。

被害者は渡辺亮《わたなべりよう》、二十四歳。法智大学経済学部の大学院生で、修士二年。死体は調布市染地の多摩川河川敷で発見された。頭部を鈍器で殴打されて死亡。死亡推定日時は一昨日、十二月八日の午後九時から十時のあいだ。現場には被害者のコートやジャンパーの類がなかったことから、別の場所で殺害され、河川敷に捨てられたと考えられる。事実、河川敷には、車の通った痕跡が残っており、その車で運ばれた可能性が高い。殺害現場は今のところ不明。八王子市の自宅マンションも調べたが、部屋が五階にある上に、防犯カメラも設置されており、死体を運び出すのは極めて困難なので、そこではないと考えられる。セーターの袖に、O型の血液が付着していた。被害者はA型だし、出血していないので、別人のもの。被害者は真面目な性格で、研究室での評判はよく、交友関係にもトラブルはまったくなかった。なぜ殺害されたのか、まったくわからない……。

そこで画面はスタジオに切り替わった。メインキャスターを務める初老の男性タレントが言う。

「実は、二十六年前にも、まったく同じ場所で他殺死体が発見されています。しかも、被害者の年齢も、殺害手口も、死亡推定日時も、今回の事件とまったく同じなんですね。さらに、二十六年前の事件では、被害者のセーターの袖に犯人のものと思われる血が付いていたそうなんですが、今回の事件でも、被害者のセーターの袖に、被害者以外の人物の血が付いていた。捜査本部は、同一犯だと見て捜査しています」

そこでメインキャスターは、河川敷のレポーターに問いかけた。

「同一犯だとすると、犯人はなぜ、二十六年も経って新たな殺人を犯したんでしょう。捜査本部はその辺はどう見ているんでしょうか」

「記者会見でもその質問が出たんですが、現在のところ不明とのことです」

「被害者のセーターの袖に付いていた血についてはどうでしょう。二十六年前と今回、同じものと思っていいのでしょうか」

「現在、調査中だそうです。結果が出るまで数日かかるとのことでした」

壁の時計を見ると、そろそろ出勤する時間だった。聡はリモコンでテレビを消して立ち上がった。

＊

聡は、犯罪資料館の端末からCCRSにアクセスして、二十六年前の事件について調べてみることにした。

事件名は、「調布市多摩川河川敷殺人・死体遺棄事件」。一九八七年十二月九日、若い男の他殺死体が、調布市染地の多摩川河川敷で発見された。被害者は福田富男、二十四歳。頭部には直方体の角のような形状の鈍器で殴打された跡。死亡推定時刻は前日の午後九時から十時のあいだ。被害者のセーターの左袖にはO型の血が付着していた。遺体に出血の跡はなく、念のため調べてみたものの被害者はB型であり、別人のものとわかった。被害者と争ったときに負傷した犯人の血である可能性が高い。防寒着を着ておらず、付近にも見当たらなかったことから、屋内で殺害され、車で河川敷まで運ばれて遺棄されたと思われる。府中市の自宅アパートを調べたが、争った形跡はなかったので、犯行現場はそこではない模様。

福田富男は高校を中退したのち、パチンコ店員をしていたが、欠勤続きでそこもクビになり、事件当時は無職だった。粗暴な性格で、あちこちでトラブルを起こしていたので、容疑者には事欠かなかったが、どの容疑者にもアリバイが成立し、犯人特定には至っていない……。

ＣＣＲＳに登録されている情報はその程度だった。

こんなことを調べて俺は何をしているんだ、と思った。証拠品も捜査書類も持っていかれた状況で、捜査などできるわけがない。いい加減、過去の夢は断ち切れ――。

4

それから二日後の、十二月十二日の午前九時過ぎ。聡が助手室であいもかわらずＱＲコードのラベル貼りをしていると、守衛の大塚慶次郎から内線が入った。警視庁の監察官が訪ねてきたという。

監察官？

なぜ監察官が訪ねてきたのか、聡はわからなかった。監察官は警察内部の不祥事を取り締まるのが仕事だ。犯罪資料館で何か不祥事が行われているとでも考えているのだろうか。しかし、予算も人員もろくに与えられていないこんな閑職で、どんな不祥事がありうるというのか。

正面玄関の扉を開けると、頭の異様に大きな小男が立っていた。

「監察官室の兵藤英輔《ひょうどうえいすけ》だ。よろしく」

乱杭歯を見せてにっと笑い、バッジ式の警察手帳を開いて見せる。そこには、警視庁警務部監察官室・首席監察官と記されていた。階級は警視正。聡より四階級も上だ。

兵藤は四十歳前後だろうか。華奢《きやしや》な体格で、見るからに非力そうだ。一方で頭は不釣り合いに大きい。金壺眼《かなつぼまなこ》に団子鼻に分厚い唇と、顔は驚くほど醜かった。四十歳前後で警視正なのだから、もちろんキャリアだろうが、エリート臭はまったく感じられない。といって叩き上げの雰囲気もない。はっきり言って警察官には見えない。何に見えるかといえば、お伽噺のゴブリンだった。

部下の姿は見当たらなかった。部下を連れずに監察に来るとは考えられないが、どういうことなのだろう。

「館長のところに案内してくれるかね」

兵藤が言ったので、聡は彼を連れて廊下を進んだ。トイレからモップを持って出てきた清掃員の中川貴美子が、ぽかんとして監察官を見る。

館長室に兵藤を案内すると、聡は隣の助手室に戻ろうとした。すると彼は、「君も同席してくれ」と言った。何の用だろう。不思議に思いながら、その言葉に従った。

緋色冴子は、監察官が入ってきてもまったく気にすることなく、書類を読み続けていた。聡は見ていてはらはらした。相手の方が一階級上なのだから、少なくとも立ち上がるべきではないか。まして相手は監察官なのだ。

「久しぶりだな、緋色。二月に電話で話して以来か」

兵藤が親しげな口ぶりで言う。どうやら知り合いらしい。だが、雪女はちらりと相手を見て、そっけなくうなずいただけだった。監察官は苦笑すると、

「あいかわらず不愛想だな。それでこそ緋色だ」

「用件は何です、兵藤警視正」

「敬語はやめてくれ。同期だろう」

そこで聡は、二月の中島製パン恐喝・社長殺害事件の再捜査の際、緋色冴子が「監察には知り合いがいる」と言っていたのを思い出した。この人物のことだったのだ。

座らせてもらうぞ、と言って兵藤は部屋の隅にあるソファに腰を下ろした。そして顔をしかめると、

「何だ、このソファは。すかすかじゃないか。誕生日プレゼントに新しいやつを贈ろうか？」

「結構だ。何の用件で来た。独りということは、監察ではないな」

「君の顔を見たかったから、と言ったら信じるかね」

緋色冴子は黙殺した。兵藤は真顔になると、

「実は、君に頼みたいことがある」

緋色冴子は書類を捲る手を止めた。

「九日に、調布市の多摩川河川敷で男性の他殺死体が見つかったのは知っているな」

「捜査一課が二十六年前の事件と同一犯だと見なして、証拠品や捜査書類を引き取っていった。その事件がどうかしたのか」

「この事件と二十六年前の事件を捜査してほしい」

予想もしなかった言葉に聡は驚いた。監察官がなぜ、そんなことを頼んでくるのか。

雪女がわずかに目を細めた。

「――二十六年前の事件の捜査関係者の中に犯人がいると疑っているのか」

兵藤は、乱杭歯をむき出しにしてにっと笑った。

「さすがに鋭いな。その通りだ」

「え、どういうことなんです？」

どうしてそういう結論になるのか、さっぱりわからない。

緋色冴子が聡に目を向けた。

「三日前に山崎捜査一課長が言っていたように、捜査一課は、六点の特徴の一致から、二十六年前の事件と現在の事件が同一犯によるものだと考えているようだが、本当にそうなのだろうか」

「しかし、死体や現場の状況がまったく同じなんですから……」

「そこが問題なんだ。被害者の年齢も、犯行日時も、殺害手口も、死体の遺棄場所も、死体の状況もすべて同じ。現在の事件は、二十六年前の事件をあまりに完璧に繰り返している。同一犯でも当然生じるはずのぶれというものがまったくない。それだけじゃない。犯人は、二十六年前の事件において明らかに偶然によって生じた出来事までも再現しているんだ。二十六年前の事件で、被害者のセーターの袖には負傷した犯人のものと思われる血が付いていた。これは明らかに偶然だ。ところが、犯人はその点までも再現している。偶然の出来事までも再現するという点からは、むしろ模倣犯の可能性が考えられる」

「――模倣犯？」

「そうだ。現在の事件の犯人は、二十六年前の事件の犯人を英雄視していて、憧れの犯人をそっくり真似ようとしたのかもしれない。あるいは、二十六年前の事件を模倣することで、同一犯だと思わせ、嫌疑を逃れるか、真の動機を隠そうとしたのかもしれない。ただ、先行する事件の犯人に憧れての模倣犯の場合、先行する事件は派手で人目を引くものであるのが常だ。だからこそ、犯人は模倣するんだ。先行する事件の犯人が浴びている注目を、自分も少しでも浴びるために。ところが、二十六年前の事件はごく平凡で、人目を引く要素は何もない。そこから考えると、現在の事件の犯人が二十六年前の事件を模倣したのは、同一犯だと思わせて嫌疑を逃れるためと考えた方が妥当だろう」

「しかし、模倣犯だとしたら、現在の事件の犯人は、二十六年前の事件の手口や状況をどうやって知ったんです？　捜査一課長の話だと、被害者の年齢、死亡推定日時、袖への血の付着については公表したが、死体遺棄現場の詳しい位置、死体がうつ伏せだったか仰向けだったか、鈍器の形状については公表していないそうです。にもかかわらず犯人は二十六年前の状況を再現している。犯人は、公表されていない事柄をどうやって……ああ、そうか」

聡は、兵藤と緋色冴子の思考をようやく理解した。緋色冴子が言う。

「犯人は、公表されていない事柄についても再現できた。ここからは、二つの可能性が導き出される。

第一の可能性は、現在の事件の犯人は、手口や状況を二十六年前の事件の犯人から直接聞いたというもの。だが、ここまで正確に再現できるほど詳しく話すものだろうか。第二の可能性は、現在の事件の犯人は、捜査関係者の中にいるというもの。犯人は、事件を担当した捜査員の中にいるのかもしれないし、あるいは、捜査には携わらなかったが、捜査書類やCCRSを見ることができた人間の中にいるのかもしれない」

その通りだ、と兵藤はうなずいた。

「捜査関係者の中に犯人がいる可能性がある。ちなみに、二十六年前の事件を担当した捜査員は、現在の捜査一課の中に複数人いる。そのうちの一人は、山崎杜夫捜査一課長だ」

「捜査一課長が……」

聡は茫然として呟いた。監察官が乗り出してきた理由が、やっとわかった。

「捜査一課長が犯人だと言っているわけじゃない。だが、捜査情報が犯人に漏れてしまう可能性は否定できない。捜査一課とは別に、事件を捜査する者が必要だ」

〈赤い博物館〉ならば打ってつけというわけか。捜査員を犯人として暴いた前科があるからな。監察官室の代わりに、矢面に立ってくれる」

緋色冴子の言葉に、兵藤は苦笑した。

「あいかわらずひねくれているな。監察官室は、刑事事件の捜査には慣れていない。一方、君は捜査畑に身を置いたことこそ一度もないが、捜査能力はずば抜けている。実際の訊き込みは、元捜査一課員の寺田巡査部長がお手のものだ。君たちは今年一年で四件の事件を解決している。わずか二人でこの数字は驚異的だ。だから頼んでいるんだ。どうだ、引き受けてくれないか」

「引き受けてもいいが、捜査一課に持っていかれた二十六年前の事件の証拠品や捜査書類を自由に閲覧できること、現在の事件の捜査状況を逐一知らされることが条件だ」

「捜査一課には、監察官室に協力してもらっている者が何人かいる。彼らに捜査書類をこっそりとコピーさせよう。現在の事件の捜査状況も、随時彼らから聞く。証拠品の自由な閲覧はさすがに難しいがね」

監察官室に協力してもらっているとは、要するにスパイではないか。捜査一課にそんな人間がいたのかと、聡は唖然とした。

緋色冴子は無表情に、「引き受けよう」と答えた。その声には微塵《みじん》の気負いも感じられず、まるで機械の音声のようだった。

「まず、現在の事件の捜査状況を教えてほしい。三日前に捜査一課長にごく簡単に聞いなかった。

兵藤は詳しく話してくれたが、聡が十日朝、テレビで知った内容と実質的には変わらなかった。

「……被害者のセーターの右袖にはO型の血液が付着していた。被害者は出血していないので別人のものだ。死体が遺棄された十二月八日深夜から九日未明にかけて、多摩川河川敷で不審な車両が目撃されなかったか捜査しているが、目撃証言は今のところゼロ。殺害された理由も不明。渡辺亮は正義感の強い真面目な性格で、研究室の評判はよく、教授の覚えもめでたかった。高校生向けの学習塾で英語講師のアルバイトをしていたが、ここでの評判もよかったようだ。かなりの堅物で、恋愛の噂はまったくない。今のところ、容疑者は一人も浮かんでいない」

「現在の事件の犯人が模倣犯だった場合、犯人は、同一犯だと思わせることで嫌疑を逃れようとしたということになる。つまり、渡辺亮を殺害する動機はかなり明白なものであり、そのまま殺したのでは犯人が誰かすぐにわかってしまうので、先行する事件と同一犯だと見せかけて、嫌疑を逃れようとしたということになる。だから、模倣犯説が正しいなら、そろそろ有力な動機が浮かび上がってきてもいいはずだ」

兵藤は肩をすくめた。

「その通りなんだが、何の動機も浮かび上がらない。とにかく、品行方正が服を着て歩いているような人物だったみたいでね」

「捜査本部は同一犯説を採っているから、渡辺亮の交際範囲と、二十六年前の福田富男の交際範囲を比較するはずだ。犯人が同一犯ならば、二人の交際範囲に共通する人物のはずだからな。その結果はどうなっている？」

「二人の交際範囲はまったく重ならないんだ。福田富男が殺された二十六年前には、渡辺亮はまだ生まれてもいなかった。それも当然で、福田富男と知り合いだった人物が、のちに渡辺亮と知り合いになったという可能性もあるが、そうした人物は見つかっていない。福田富男は高校を中退し事件当時は無職のチンピラだったが、渡辺亮は大学院生だ。福田富男と知り合いだったような人間が、のちに渡辺亮と知り合いになる可能性は高いとは言えないだろう。この点は、模倣犯説を裏付ける材料となる。まあ、捜査を始めて間もないので、まだ見つけられていないだけかもしれないが……」

「それぞれの事件で被害者の服に付着していた血の比較はどうなっている？」

「科捜研でDNA型鑑定を行った結果、別人のものだと判明した」

「両者のあいだに血縁関係は？」

「まったくないそうだ」

「それぞれの血から、持ち主の性別や年齢はわかるか」

「どちらも男性のものだということだ。ただし、現在の技術では、年齢まではわからない」

「同一犯説を採る捜査本部は、現在の事件で被害者の服に血が付着していた点はどう解釈している？　二十六年前の事件で犯人が負傷してうっかり自分の血を被害者の服に付着させてしまい、現在の事件でも同じく負傷してうっかり血を被害者の服に付着させたというのは、いくらなんでも偶然が過ぎるだろう」

「現在の事件で被害者の服に血を付着させたのは、捜査を攪乱するためという解釈だ。二十六年前の事件で自分の血を付着させるというミスを犯したので、現在の事件では他人の血を付着させ、捜査を攪乱しようとした。あわよくば、二十六年前の事件で付着させてしまった血も、捜査を攪乱するための他人の血だと思わせようとしたのかもしれない――捜査本部はそう解釈している」

＊

監察官が帰ったあと、聡は緋色冴子に、国会図書館で調べ物をするよう命じられた。彼女は助手室を出たところで、廊下でモップがけをしていた中川貴美子に出くわした。彼女は好奇心丸出しの顔で尋ねてきた。

「さっきの人、誰？　この世の者とは思えんほど不細工やったけど」

「警視庁の監察官です。館長と同期みたいですよ」

「同期？　あの人もキャリアなん？　館長と並んだらまさに美女と野獣やんか」

雪女とゴブリンです、と言おうとしたが、ばからしいのでやめた。

中川貴美子は聡をまじまじと見ると、

「あれ、なんだか元気になってる。声にも張りが出てきたし。なんかいいことあったん？」

「いえ、特にありませんが」

そう言いながら、兵藤が捜査を依頼してきたためかもしれない、と思った。やはり自分は根っからの捜査員なのだ。

「まあ、とにかくよかったわ。この三日間いうもの、寺田君たら元気のうて生ける屍《しかばね》みたいやったし。二枚目ぶりもだいぶ落ちとったわ」

そうですか、と聡は苦笑した。

「コートを着てるけど、これからどこかへ行くん？」

「ええ、国会図書館に行くんです」

――二十六年前の事件で、血の付着位置が新聞や週刊誌でどのように報じられていたか調べてくれ。とりあえず、事件の発生から一年以内の全国主要紙と週刊誌をすべてチェックするように。

雪女はそう言ったのだった。

「ま、しっかり働いてきいや」

中川貴美子はそう言って送り出してくれた。

聡はその日、午後七時の閉館間際までずっと国会図書館にこもって新聞と週刊誌を読み続けた。目が痛くなる辛気臭い作業だったが、結局わかったのは、どの新聞も週刊誌も、セーターの袖に血が付着していたと報じていたということだった。だが、そんなことは、調べる前からわかっていたことだ。

聡は国会図書館を出ると、携帯で犯罪資料館に電話した。思った通り、この時間でも緋色冴子はいた。調べ物の結果を報告すると、彼女は、「ご苦労だった」とだけ言って電話を切ってしまった。調べ物に何の意図があるのか、さっぱりわからない。

「あんた、いったい何考えてるんだ」

聡は思わず毒づいた。通行人が気味悪そうな顔で聡を見ながら、足早に通り過ぎていった。

5

翌十三日の午後二時前。警視庁本庁舎九階の記者会見場には長机とパイプ椅子が並べられ、報道関係者たちが陣取っていた。三十名ほどもいるだろうか。渡辺亮の事件はごくありふれた事件で、当初はさしたるニュース価値はないと思われていたが、二十六年前の事件と同一犯の可能性が高いと捜査本部が発表してからは、マスコミからかなりの注目を集めているようだった。

今朝、聡が犯罪資料館に出勤すると、捜査本部の記者会見に出席するようにと緋色冴子に指示された。だが、そこにどんな目的があるのか、雪女はいつものように何も告げなかった。見聞きしたことをすべて報告するようにと言うだけだ。

山崎捜査一課長は聡の出席をあっさりと許可した。マスコミに発表する程度のことならば、〈赤い博物館〉に知らせてやってもいいと考えているのだろう。

聡は目立たないように隅の席に座った。捜査一課時代の知り合いの新聞記者たちが何人か、目ざとく聡を見つけ、おやという顔になる。

「寺田さんじゃないですか。どうしたの」

真っ先に声をかけてきたのは、東邦新聞の藤野純子《ふじのじゅんこ》という記者だった。四十歳前後で、幼稚園に通う息子がいるという。

「二十六年前の事件と同一犯の可能性があるということで、証拠品や捜査書類を犯罪資料館が提出したんですよ。その関係で、私も出席しているんです」

苦しい説明だったが、藤野純子は納得したようだった。

「そうなんですか。そうそう、二か月前はお世話になりました。おかげでいい記事が書けたわ」

二か月前、犯罪資料館の取材をしたいと彼女から連絡があり、聡は館内を案内したのだった。もちろん、証拠品や捜査書類の保管室に民間人を入れることは許されていないので、それ以外の場所だけだ。

「あのすごい美人の館長、お元気ですか」

「ええ、おかげさまで」

「あんなきれいな人、めったにいませんよね」

「誰がすごい美人だって？」

関東新聞の秋田恭平《あきたきようへい》という記者が口を挟んできた。三十代後半、口ひげと顎ひげを生やした山男風の容貌だ。

「三鷹市にある犯罪資料館の館長」

「へえ、そんな美人なの？　取材を申し込んでみようかな」

「いつでもどうぞ」

聡は笑いながら答えた。雪女を前にして凍りつかなければいいが。

そのとき、「ただ今より記者会見を行います」という広報課員のアナウンスが流れた。藤野純子も秋田恭平も顔を引き締めると、それぞれの席に戻っていった。

山崎捜査一課長と所轄の調布署の署長が戸口に現れ、正面の演壇に置かれた会見用の長机を前にして座った。長机の上には、報道陣のマイクが何本も並べられている。

聡はふと気がついた。二十六年前の事件を担当した捜査員は現在の捜査一課の中に複数人おり、そのうちの一人は捜査一課長だと兵藤は言っていた。緋色冴子が聡を記者会見に出席させたのは、捜査一課長が記者たちの質問に答える中で、犯人しか知りえない事実をうっかり口にしてしまうことを期待しているのではないか。

普通、「犯人しか知りえない事実」というのは、「捜査関係者だけが知っていて、それ以外の人間は知らない事実」のことだ。そうした事実を一般人が口にすれば、それを知っていることから、犯人だと特定される。

しかし、今回は、容疑者が捜査関係者なのだ。なぜその事実を知っていたのかと問われても、捜査関係者だから、で済んでしまう。したがって、今回の場合、「犯人しか知りえない事実」とは、「捜査関係者すら知らない、本当に犯人しか知りえない事実」でなければならない。捜査によってまだ突き止められていないような事実を捜査一課長が記者たちに口にしたら、それが「犯人しか知りえない事実」だということになる。

しかしそのためには、現時点で捜査によって突き止められている事実が何なのか、正確に把握しておく必要がある。今朝、兵藤から犯罪資料館のメールアドレスに、二十六年前の事件の捜査書類がPDFファイルのかたちで送られてきた。記者会見に出席する時間になるまでそれを読んでいたし、現在の事件の捜査状況についても、昨日、兵藤から聞いたつもりではあるが、そこに含まれていなかった事実について捜査一課長がうっかり口を滑らせたとして、自分は気がつけるだろうか。

記者たちが山崎捜査一課長に次々に質問した。

「渡辺亮さんが被害に遭った理由は見つかったんでしょうか」

「被害者同士のつながりは？」

「二人の交際範囲はまったく重ならないんですか」

「犯人はなぜ、二十六年も経って新たな犯行に及んだんでしょうか」

記者たちは矢継ぎ早に問いかけるが、山崎はどの質問にも、「現在のところ、わかりません」と答えるだけだった。彫りの深いその顔には、苦渋の色が浮かんでいる。

一段落ついたところで、東邦新聞の藤野純子が問いかけた。

「それぞれの事件で被害者のセーターの袖に付着していた血についてお尋ねします。二つの血について現在のところ判明しているのは、どちらもO型で男性のものということでしたね。年齢は、現在の技術では突き止められない、と。昨日の記者会見では、二つの血が同一人物のものかどうか、科捜研で分析中とのことでしたが、その後、結果は出たのでしょうか」

山崎の顔にほっとしたような色が浮かんだ。ようやく答えることのできる質問が来たという面持ちだった。

「出ました。同一人物のものではありませんでした」

「二つの血それぞれの持ち主が血縁関係にあったという可能性は？」

「と言いますと？」

「たとえば、父と子、祖父と孫だったという可能性です」

「残念ですが、そこまでは調べていません」

「調べられる予定はあるのでしょうか」

「今のところはありません」

藤野純子の顔に落胆の色が浮かんだ。

実際には、昨日、兵藤が言ったように、警視庁の科学捜査研究所では、二つの血のあいだの血縁関係の有無も調べている。しかし、それを調べることは、人権上問題になりかねない。二十六年前の事件の血は犯人のものである可能性が極めて高いと見なされており、それと同一かどうか調べることは犯人かどうか調べることと同義なので問題ないが、それとの血縁関係の有無を調べることは、犯人の親族であるかどうかを調べることに等しく、犯罪捜査目的でのDNA型鑑定の利用の範囲を超えていると見なされる恐れがあるからだ。記者会見でうかつに公表できることではない。

山崎捜査一課長はそこで逆に質問した。

「なぜ、二つの血それぞれの持ち主が血縁関係にあったという可能性をお考えになったのでしょうか」

「捜査本部は同一犯と見なしているということですが、ちょっと疑問を感じているんです」

まさか、捜査関係者による模倣犯説を持ち出すのか？　聡は緊張した。

山崎は興味深げな顔をした。

「ほう、東邦新聞さんは、同一犯ではないとお考えなんですか」

「うちの社ではなく、わたし個人の意見なんですが……。同一犯が、二十六年もの時をおいて犯行を繰り返すものでしょうか」

「しかし、二つの事件は酷似している」

「ですから、父と子、祖父と孫と申し上げたんです。二十六年前の事件は父か祖父が犯人、現在の事件は子か孫が犯人で、子か孫は、父か祖父から二十六年前の事件について詳しく聞いていたので、正確に模倣することができたとしたらどうでしょうか」

記者たちがざわめいた。聡はなるほどと思った。父と子、祖父と孫のような密接な関係ならば、二十六年前の事件の犯人が、自分の犯行を現在の事件の犯人に詳しく語る――完璧な模倣を可能にするほど詳しく語るということは考えられる。捜査関係者でなくとも、完璧な模倣は可能なのだ。

山崎は笑みを浮かべた。

「面白いお考えですな。あなたには捜査本部に入っていただいた方がいいかもしれない」

記者たちがどっと笑う。捜査一課長は続けて、

「もっとも、捜査本部では、二十六年前の事件で自分の血を被害者の服に付着させてしまうというミスを犯した犯人が、現在の事件では他人の血を付着させ、捜査の攪乱を狙ったものだと考えています」

藤野純子は依然として何か問いたそうだったが、「……わかりました」とうなずいた。

血縁者による模倣犯説か、と聡は思った。緋色冴子はこの説をどう思うだろうか。ぜひ訊いてみなければならない。

その後も、捜査一課長への質問は続けられたが、山崎が「犯人しか知りえない事実」を口にしたようには思えなかった。

「あんた、いったい何考えてるんだ」

聡は目の前にいない緋色冴子に向かって毒づき、周りの記者に奇異な目で見られた。ひょっとしたら、犯罪資料館に左遷されたショックでおかしくなっていると思われたかもしれない。

＊

聡が犯罪資料館に戻って記者会見の様子を報告すると、緋色冴子はかすかに目を細めた。聡の報告が重要な意味を持っている証しだ。

「血縁者による模倣犯説というのは面白いと思うんですが、館長はどうお考えですか」

聡が訊くと、緋色冴子は無表情に言った。

「説としては面白いが、ありえない」

「どうしてですか」

彼女は答えなかった。その代わりにこう言った。

「兵藤警視正を呼んでくれ。事件の真相がわかった」

6

一時間後。首席監察官は、このすかすかのソファは何とかならんのか、とまた文句を言いながら腰を下ろした。兵藤の隣に座るのは気が引けたので、聡は立ったまま話を聞くことにした。

緋色冴子の低い声が響いた。

「現在の事件は、二十六年前の事件を完璧に模倣しているように見える。しかし、一点だけ違う点がある。被害者のセーターの袖に付着していた血の位置だ」

「血の位置？」

「捜査一課が二十六年前の事件の証拠品と捜査書類を受け取りに来たとき、確認のために、寺田君が証拠品を助手室の作業台の上に並べた。そのときに気がついたのだが、被害者の福田富男の場合、血が付着していたのは、セーターの左袖だった。CCRSに登録された事件概要にも、同じことが記されている。一方で、兵藤警視正、あなたから聞いたところによると、現在の事件の被害者の渡辺亮のほうは、血が付着していたのは、セーターの右袖だったという。左袖と右袖。犯人は、二十六年前の事件の他の要素は完全に模倣しているのに、なぜ、血の位置だけは模倣しなかったのだろうか」

聡はあっと思った。兵藤も虚を衝かれたような顔になる。

「現在の事件の犯人が捜査関係者であり、現場を実際に見て、あるいは捜査書類やCCRSの情報に目を通して、二十六年前の事件を模倣したならば、血の位置も二十六年前とまったく同じにできたはずだ。ところが、現在の事件の犯人は、血の位置を正確に再現していない。

考えられることはただひとつ。現在の事件の犯人は、二十六年前の事件で被害者のセーターの袖に血が付着していたことは知っていたが、右袖なのか左袖なのか、正確な付着位置は知らなかったんだ。そして、捜査関係者ならば正確な付着位置を知り得たはずだから、現在の事件の犯人は捜査関係者ではないことになる」

「捜査関係者ではなかった……」

これまでの捜査の前提条件があっさり覆ってしまったので、聡は茫然とした。

「確かに、君の言うとおりだ」

兵藤が考え込みながら言った。

「捜査関係者ではなかったのならば、監察の必要はなくなるから、喜ばしいといえば喜ばしいが……」

「一方で、現在の事件の犯人は、捜査関係者ではないにもかかわらず、血の付着位置以外の要素はすべて完璧に模倣できた。言い換えれば、血の付着位置以外の要素は、すべて正確に知っていた。そのような人物はいったい誰だろうか」

「血の付着位置以外の要素は、すべて正確に知っていた？　まさか……」

「そのような人物はただ一人しかいない。二十六年前の事件の犯人その人だ」

「――二十六年前の事件の犯人？　同一犯ということですか？」

結局、捜査一課の方が正しかったというのか。

「二十六年前の事件の犯人ならば、当然、死体遺棄現場の詳しい位置も、死体がうつ伏せだったか仰向けだったかも、鈍器の形状も、正確に知っている。一方で、被害者の服に血が付着したのは、完全に偶然の出来事で、犯人は気づいていなかったと思われる。この血が犯人のものにせよ、そうでないにせよ、血は犯人にたどり着く手がかりになりかねない。犯人のものだったならば、犯人の血液型を教えてしまうことになるし、犯人のものではなかったとしても、犯人が被害者を殺害した現場に居合わせた人物、つまり犯人と関わりのある人物のものであることは確かで、そのような人物の血液型を教えてしまうことになる。だから、もし犯人が血の付着に気づいていたら、被害者の服を持ち去っていただろう。にもかかわらず持ち去っていない以上、血の付着には気づいていなかったと考えるのが妥当だ。犯人はその後、事件の報道に接して初めて、被害者のセーターの袖に血が付着していたことを知ったのだろう。しかし、右袖か左袖かまでは報道されなかったので、正確な付着位置は知らなかった」

聡は、緋色冴子が、血の付着位置が新聞や週刊誌でどのように報じられたか調べるようにと指示したことの意味をようやく理解した。セーターの袖に血が付着していたと報じられたということは、右袖か左袖かまでは報じられなかったということなのだ。そして、テレビやラジオでの報じ方も、新聞や週刊誌と同様だったと考えられる。

兵藤が言った。

「しかし、同一犯だったのなら、犯人はなぜ、二十六年前に自分が起こした事件をほぼ完璧に再現したんだ？　そもそも、私が模倣犯説を唱えたのは、現在の事件が二十六年前の事件をほぼ完璧に模倣していて、同一犯にも当然あるはずのぶれがほとんどなかったからだ。緋色、君だって同じ考えだっただろう。同一犯だというのなら、なぜ、自分が起こした事件を模倣したんだ？　その点を説明できない限り、同一犯説にも問題があるぞ」

「その通りだ。模倣犯ではなく同一犯だとすれば、われわれは、自分が犯した事件を模倣する犯人という奇妙な謎に直面することになる。なぜ、自分が犯した事件を模倣したのか。それを解くために、二十六年前の事件を模倣した事件が起きたことでどんな結果がもたらされたかを考えてみよう。それこそが、犯人の意図したことだと考えられる」

「どんな結果がもたらされたか……？」

「捜査本部は、二つの事件を同一犯によるものだと見なした。そして、被害者の服に付着していた、犯人のものと思われる血が、二十六年前の事件と現在の事件とで同一かどうかを調べた」

「血が同一かどうか調べさせたかったというのか」

「厳密に言えば、同一かどうか調べさせたかったとは限らない。二つの血の比較から導き出される結果は、血が同一人物のものだという結果と、同一人物のものではないという結果の二つに大別することができる。さらに後者は、同一人物ではないものの、血縁関係にある人物のものだという結果と、まったく何の関係もない人物のものだという結果の二つに分けることができる。

これら三つの結果のどれかを警察に確認させたいがために、犯人は自分が犯した事件を模倣したのではないか——そう考えることができる。二十六年前の事件の被害者の服に付着していた血と比較させるために、現在の事件においても、被害者の服に血を付着させておいたのではないか。

もうひとつ、言えることがある。先ほど、二十六年前の事件で被害者の服に付着していた血は、犯人のものか、あるいは犯人が被害者を殺害する現場に居合わせた人物、つまり犯人と近しい人物のものだと言ったが、血の比較が犯人の目的だったならば、二十六年前の事件の血は、犯人自身のものではなく、犯人と近しい人物のものだと考えられる。犯人自身のものだったならば、二十六年前の事件の被害者の服に付いた血を用いるまでもなく、自分で提供すればいいはずだからだ。そして、犯人と近しいその人物は、すでに死んでいると考えられる。生きていれば、その人物から直接提供してもらえばいいはずだからだ。その人物の血は、二十六年前の事件の被害者の服に付いたものしか残っていなかったんだ。

では、血の比較から導き出される結果を、犯人はどのようにして知るつもりだったのか。報道を通して知るつもりだったのだろうか。だが、血の比較から導き出される結果を、マスコミが報じるとは限らない。殺人まで犯したのに、肝心の結果を知ることができなかったら大変だ。

それよりむしろ、犯人は報道関係者だと考えた方がいい。それならば、記者会見で、血の比較について自ら質問できる」

　聡ははっとした。

「――だから私を、捜査一課の記者会見に潜り込ませたんですね。血の比較について質問する記者がいないか、見るために」

「そうだ。すると、東邦新聞の藤野純子記者が、その話題について質問したという。しかも、二つの事件それぞれの血の持ち主のあいだに、父と子、あるいは祖父と孫の関係がないか訊いたという。まるで、先ほど分類した三つの可能性のうちのひとつ――血が同一人物ではないものの、血縁関係にある人物のものだという可能性について確かめたがっているかのようだ。

　彼女はその質問のあと、父か祖父の犯行を子か孫が模倣したという説を唱えたが、これは、二つの事件それぞれの血の持ち主のあいだの血縁関係についての質問に込めた真の意図を隠そうとするもののように思われる。父か祖父の犯行を子か孫が模倣したという説は独創的で、もし真実ならスクープだ。そのような説を、他社の記者たちもいる記者会見で明かすというのは変だ。他社の記者には知られぬよう、こっそりと捜査一課長にぶつけてみるのが普通だろう。彼女ほどのベテラン記者ならば、それぐらいはわかるはずだ。にもかかわらず、子か孫による模倣という説を記者会見で明かしたのは、二つの血の持ち主の血縁関係についての質問に込めた真の意図を隠すためではないだろうか。

　わたしはここで、彼女に疑いを抱くことになった。彼女は、二つの血の持ち主のあいだに、父親と子、あるいは祖父と孫の関係があるかどうか確認させるために、事件を起こしたのではないだろうか？

　さて、先ほど、二十六年前の事件の被害者の服に付いた血の持ち主は、すでに死んでいると述べた。藤野純子が、二つの事件それぞれの血の持ち主のあいだに、父親と子、あるいは祖父と孫の関係があるかどうか確認したかったのならば、二十六年前の事件の被害者の服に付いた血の持ち主は、父親または祖父だと考えられる。一方、それと比較される、現在の事件の被害者の服に付いた血の持ち主は、子または孫だと考えられる。そして、現在の事件に用いられた血を、彼女は容易に入手できる立場にあった。

　以上のことを考えると、現在の事件の血の持ち主は彼女の息子、二十六年前の事件の血の持ち主は彼女の父親だと考えていいだろう。両者のあいだに祖父と孫の関係があるかどうか、彼女は調べようとしたことになる」

　兵藤が首をかしげた。

「なぜ、そんなことを調べようとしたんだ？」

「自分が父親の本当の子かどうか調べるためだ。彼女が父親の本当の子ならば、彼女の父親の血と彼女の息子の血は、祖父と孫の関係を示す。そこから、彼女は父親の本当の子だとわかる。一方、祖父と孫の関係を示さなかったならば、彼女は父親の本当の子ではないとわかる。厳密に言えば、彼女と父親が血がつながっており、彼女と息子が血がつながっていない場合でも、祖父と孫の関係は示されない。しかし、母と子の場合は、父と子の場合とは違って、親子関係が曖昧ということはまずない。自らが出産するのだから。彼女と息子が血がつながっていない可能性はまずないだろう。だから、祖父と孫の関係が示されないならば、それは即、彼女が父親の本当の子ではないことを意味するのだと彼女は考えたのだろう」

「父親との血のつながりを確かめたかったのなら、なぜ遺骨を使わなかったんだ？　遺骨から抽出したＤＮＡと自分のＤＮＡを比較すればいいじゃないか」

「遺骨はだめだ。火葬場で八百度から千二百度の高温で焼かれてＤＮＡが細かく分断されているので、ＤＮＡ型鑑定には使えない。火災現場の遺体ならば、そこまでの高温ではないのでＤＮＡ型鑑定ができるが、火葬場の高温にさらされたら、現代の技術では鑑定が不可能になる。おそらく、彼女は当初、遺骨を民間の調査機関に持ち込んでＤＮＡ型鑑定を依頼しようとして、無理だと告げられたのだろう。

考えた末、彼女は、父親のＤＮＡが利用可能なかたちで唯一残されているものに気がついた。二十六年前の事件の被害者の服に付着した血だ。だが、その服は、犯罪資料館に保管されており、一般人は手に取ることができない」

聡は言った。

「――そういえば、藤野純子は以前、犯罪資料館の取材を申し込んできました。ひょっとしてあれは、証拠品として保管されている、二十六年前の事件の被害者の服を盗み出せないか探るためだったんじゃないでしょうか」

「おそらくそうだろう。そのときに彼女は、犯罪資料館の保管は厳重で、とうてい盗み出せそうにないことを知った。そこで彼女は、とんでもない方法を思いついたんだ。

それは、二十六年前の事件を完璧に再現する事件を起こし、被害者の服に自分の息子の血を付着させておくことだった。自分の血ではなく息子の血を用いたのは、自分の血だと、DNAから女性だとばれてしまうからだ。

警察は、二十六年前の事件の被害者の服に付着していた血を犯人のものだと見なしているから、同一犯かどうか確かめるために、二十六年前の事件の被害者の服に付着していた血と、現在の事件の被害者の服に付着していた血とを、DNA型鑑定を用いて比較するだろう。もし藤野純子が確かに父親の子ならば、二つの事件それぞれの血は、祖父と孫の関係を示すことになる。こうして、彼女は自分が父親の本当の子かどうかを確認できる。警察に、それと知らずに親子鑑定をさせるわけだ。

彼女は、このために、二十六年前の事件を完璧に模倣したんだ。二十六年前の事件はごく平凡なもので、際立って特徴的な要素は何もない。同一犯だとわからせる特徴的な要素がない。だから彼女は、同じ犯行日時、同じ年齢の被害者、同じ死体遺棄現場、同じ凶器、同じ死体の状況と、二十六年前の事件を徹底的に真似て、同一犯だとわからせることにした」

そのために、自分の過去の犯行を模倣する犯人という奇妙な謎が生じたのだ。あまりに完璧に真似たので、模倣犯だと思われたのは皮肉としか言いようがない。

「現在の事件の被害者は、DNA型鑑定させたい血を服に付着させる対象、言わば血の運び手に過ぎず、誰でもよかったから、藤野純子は、自分とはまったく無関係な人間を被害者として選び出した。そうすれば、被害者の人間関係をいくら捜査しても、警察は犯人にたどり着くことができない。

自分の息子の血を被害者の服に付着させるというのは、捜査陣に重要な手がかりを与えてしまうことになる。しかし、藤野純子は被害者と無関係なので、捜査線上に上がることは絶対にないと確信していた。それならば、息子の血を使っても何の問題もない」

「そうは言っても、一度でも捜査線上に上がれば、一巻の終わりですよ」

「その通りだ。だが、それでも、彼女は父親との血のつながりの有無を確かめたかったんだ」

「そこまでしたのに、捜査本部は記者会見で、二つの血のあいだの血縁関係を公表しなかったんですから、彼女はさぞかし落胆したでしょうね」

「ああ。だが、彼女はベテランだ。捜査本部は公表しないだけで、実際には調べていると気づいただろう。今後、夜討ち朝駆けで捜査一課長に張り付いて、血縁関係の有無を訊き出そうと考えているはずだ」

わからんな、と兵藤が言った。

「いったいなぜだ？　なぜ、そこまでして父親との血のつながりの有無を確かめたかったんだ？」

緋色冴子は首を振った。

「それはわたしにもわからない。きっと、彼女にしかわからない理由なのだろう……」

7

緋色冴子は山崎捜査一課長と今尾第八係長を呼び、自分の推理をもう一度話した。ただし、捜査関係者の中に犯人がいると疑っていたことは省略して。その程度の気遣いは彼女にもできるらしい。

今尾は中島製パン恐喝・社長殺害事件のことで、緋色冴子を目の敵にしている。だから、彼女の推理を受け入れないのではないかと聡は危惧していたが、それは杞憂だった。今尾は、藤野純子の息子の毛根の付いた毛髪を密かに入手させ、そこから抽出したDNAと、渡辺亮の服に付着していた血から抽出したDNAとを比較させた。両者は同一のものだった。現在の事件の血は、藤野純子の息子のものだったのだ。その血を最も簡単に入手できるのは、母親の藤野純子だ。こうして、彼女はまず、渡辺亮殺害の容疑で逮捕された。彼女は、二十六年前の福田富男殺害もすぐに自供した。二つの血の比較という目的を果たしたので、もはや隠す気はなかったのかもしれない。

彼女の夫は東邦新聞の同僚で、アメリカに特派員として赴任しているという。母親が殺人者だという理由で息子がいじめに遭うのを避けるため、夫は息子をアメリカに呼び寄せるつもりらしい。しかし、気がかりなのは、母親が自分の血を利用したと知って、少年がひどく傷つくのではないかということだった。適切なカウンセリングと時が癒してくれることを、聡は願った。

逮捕から二日後、山崎捜査一課長と今尾係長が犯罪資料館を訪れ、彼女の自供内容を詳しく話してくれた。

藤野純子は幼い頃から、父親に疎まれ、罵られ、暴力を振るわれて育ったのだという。小学二年のときに母親が他の男と駆け落ちしてからは、虐待はエスカレートした。

そして、彼女が中学三年だった、一九八七年十二月八日。決定的なことが起きた。

その夜八時過ぎ、父親が、福田富男という若い男を自宅に連れて帰ってきた。行きつけの飲み屋で知り合ったのだという。卑しそうな顔をした男で、彼女を舐めるような目で見た。彼女は一目で嫌悪感を抱いた。

父親と福田富男はしばらくのあいだ、居間で酒を飲んでいるようだった。彼女は自分の部屋で勉強していた。そのとき不意にドアが開いた。見ると、戸口に、福田富男が目をぎらつかせて立っている。彼女が反射的に立ち上がった瞬間、男がものも言わずに襲いかかってきた。彼女はたちまち床に組み敷かれた。必死に抵抗する彼女の目に、父親が戸口に立ってこちらを見下ろしているのが映った。酔いで赤らんだその顔には、憎しみの色だけが浮かんでいた。

――そのときわかりました。これは、父の新しい虐待なんだって。飲み屋で拾ってきた男にわたしを襲わせたんだって。

　彼女は抵抗し続けた。手を焼いた福田富男が「手伝ってくれ！」と叫び、父親が傍らに近づいてきた。彼女は手を無茶苦茶に振り回し、それが父親の顔に当たった。父親は悲鳴を上げて飛びのいた。

　その悲鳴に、福田富男の手が一瞬ゆるんだ。彼女は起き上がると、勉強机の上にあった石のブックエンドをとっさにつかみ、福田富男の頭に振り下ろした。手に嫌な衝撃が伝わり、男はその場に崩れ落ちた。

　彼女も父親も、しばらく茫然としていた。彼女が振り回した手が当たったのか、父親の鼻から血が流れている。ようやく父親が我に返り、福田富男に近づくと、恐る恐る脈を取った。そして真っ青になり、「死んでいる」と呟いた。

　父親は警察を呼ばなかった。もし呼んだら、彼女は父親が何をしたか喋るつもりだった。二人は父親の車で、調布市佐須町の自宅から多摩川の河川敷に死体を捨てに向かった。

　――あの夜のことは、今でも鮮明に脳裏に焼き付いています。十二月の真夜中で、とても寒かった。空は雲で覆われて、月も見えなかった。風が強くて、河川敷の草がざわめいていた。もちろん、辺りには人っ子一人いなかった。車で河川敷に降りると、父はトランクルームから死体を引き出して地面に置きました。死体の顔を見るのが怖かったのか、父はうつ伏せにしました。わたしは震えながらそれを見ていた。そしてわたししたちは、車に乗って家に戻りました……。

その後の報道で、犯人のものらしき血が被害者のセーターの袖に付着していたと知って、彼女はそれが、父親の鼻血が付いたものだとわかった。彼女自身は出血していないのだから、父親の鼻血だとしか考えられない。

――それから、わたしと父は休戦状態になりました。父がわたしを虐待することはなくなりました。父は、わたしが福田富男のことで警察に駆け込むのを恐れていたんです。もちろん殺したのはわたしですけど、福田富男のセーターに付いた血は父のものですから、父が殺したのだとわたしが言えば、警察はそれを信じるかもしれません。だから、父はわたしに手出しできなくなりました。

警察が彼女と父親のところに来ることはついになかった。福田富男と父親はその日、飲み屋で知り合ったばかりだったし、店員は忙しくしていて、二人が話し込んでいたことなど気づいてもいなかったのだろう。

彼女と父親の奇妙な休戦状態は、一年後、終わりを告げた。父親は、飲み屋で肘が当たったことから隣席の客と喧嘩になり、ナイフで刺されて死んでしまったのだ。父親にふさわしい、つまらない最期だった。

彼女は遠い親戚に引き取られることになった。遺骨だけを残し、父親の遺品はすべて捨てた。彼女はようやく幸せになれた。彼女を虐待する者、暗い記憶を共有する者はもういない。高校に通い、大学生活を謳歌し、第一志望の新聞社に就職した。

やがて彼女は同僚と恋に落ち、結婚した。五年後には男の子が生まれた。暗い過去ははるか彼方に消え去ったように思えた。

――だけど、そうではなかったんです。

気がつくと、彼女は幼い息子を虐待するようになっていた。泣き止まないとき、言うことを聞かないとき、いらいらして息子に手を上げてしまうのだ。悪いことに、夫はアメリカに特派員として派遣されることになり、彼女は息子と二人きりになった。新聞記者の仕事をこなしつつ一人で子育てをするのは、大変なストレスだった。ストレスのはけ口は、息子への虐待というかたちを取った。

――親に虐待されて育った子供は、自分が親になったとき、自分の子供を虐待するといいます。わたしもそうなのではないかと、心底怯えました。

だけど、と彼女は思った。だけど、父がわたしを虐待したのが、わたしが父の血を引いていないからだったとしたらどうだろうか。父は駆け落ちした母のことをいつも「売女」と罵っていた。わたしに向かって「お前は俺の子なんかじゃない」とも言っていた。それが真実だったとしたら。

もしかしたら、わたしは本当は、父の血を引いていないのではないだろうか。自分の血を引いた子なら、飲み屋で知り合った男に襲わせるようなことをするだろうか。あのとき戸口に立ってわたしを見下ろしていた父の顔には、憎しみの色しか浮かんでいなかった。わたしは母の浮気の結果できた子で、だから父はわたしを憎んでいたのではなかった。

だろうか。

そして、彼女の頭の中で、奇妙な論理が形作られた。父がわたしを虐待したのは、わたしが父の血を引いていなかったからだ。息子はわたしの血を引いている。だから、わたしは息子を虐待しない。

——わたしが父の血を引いていないことを証明できれば、わたしは息子を虐待しなくて済むんです。

その論理は明らかに歪んでいたが、彼女にとっては筋が通ったものだった。

父親の血を引いていないことを証明するには、DNA型鑑定が必要だ。そして、父親のDNAを取り出せるものは、遺骨しかない。彼女は最初、遺骨を民間の調査機関に持ち込み、自分のDNAと比較してもらおうとした。だが、遺骨のDNAは、火葬場の高温で細断されており、鑑定不可能と告げられた。

——どうしても訊きたかった。だけど、父の遺骨は何も語ってくれませんでした。

やがて彼女は、父親のDNAが唯一残されているものに気がついた。二十六年前に彼女が殺した男のセーターの袖に付いた、父親の鼻血だ。

しかし、福田富男のセーターは、犯罪資料館に証拠品として保管されている。彼女は仕事を装って犯罪資料館の取材をし、セーターを盗み出せないか探った。その結果わかったのは、保管が厳重で、盗み出すのは不可能だということだった。

だから彼女は、二十六年前とまったく同じ事件を起こして、警察に血を比較させることにした。

彼女は勤め先の東邦新聞の読者投稿欄に寄せられた投稿を片っ端から調べ、福田富男と同じ二十四歳で、東京に住んでいる男性を選び出した。投稿には、住所、氏名、年齢、性別、職業、電話番号を明記することになっている。それらの情報を利用したのだ。そして選び出されたのが、渡辺亮だった。真面目で正義感の強い彼は、新聞に投稿したことが何度かあった。そのために殺されることになったのだった。

彼女はまず、しばらくのあいだ、彼の行動を観察した。彼の生活はとても規則正しく、大学とアルバイト先の塾と自宅マンションを行き来するだけだった。恋人はおらず、夜はいつも独りのようだ。殺害するには打ってつけの相手だった。

彼女は、若手の研究者を紹介する連載記事を企画していると言って、渡辺亮に近づいた。彼は疑いもせず、取材に応じた。そのとき彼女は、彼がある著名な経済学者を尊敬していることを知った。彼女は、その経済学者とは取材を通して親しくなったと言い、今度会う機会があったら、あなたのことを話しておきます、と嘘をついた。

そして、十二月八日が来た。午後八時過ぎ、彼女は渡辺亮に電話して、実は今、例の経済学者が自分の家に来ているのだが、あなたのことを話したところ、ぜひ会いたいと言っている、ただし忙しい人で、明日にはイギリスの学会に行くので、今晩しか会うことができない、これから車で迎えに行くので、うちのマンションに来てくれるだろうかと言った。渡辺亮は大喜びして、お願いしますと答えた。

彼女は睡眠薬で息子をいつもより早く眠らせると、車で渡辺亮を連れて自宅マンションに戻った。地下駐車場に車を入れると、降り立った彼を背後から、昔と同じ石のブックエンドで殴りつけて殺害した。車のトランクルームに死体をすばやく隠すと、多摩川の河川敷に向かった。そして、昔と同じ場所に、同じ格好で遺棄した。セーターの袖には、睡眠薬で眠らせた息子から採取した血を付着させておいた。

――渡辺さんには申し訳ないことをしたと思います。だけど、子供のためだったんです。母親なら誰でも同じことをしたでしょう。

犯行後、警察が二つの血をDNA型鑑定で比較するのを彼女は待った。そして、記者会見で、二つの血のあいだに血縁関係がないか問うてみた。

だが、大きな誤算があった。警察は、二つの血のあいだの血縁関係を公表しなかったのだ。捜査一課長に張り付いて訊き出すしかない、彼女はそう決意した。

その矢先、彼女は逮捕された。血の比較結果を訊き出すため、彼女は進んで自供した。

――お願いです、教えてください。二つの血のあいだには祖父と孫の関係があるのでしょうか、ないのでしょうか？

彼女はすがるような眼差しで言った。捜査員は、さむけと哀れみを共に覚えながら、何の血縁関係もないと答えた。

――ありがとうございます。これでわたしは、息子を虐待しなくて済みます。もう大丈夫です。

彼女は安らかな顔で微笑んだという。

＊

話し終えた山崎捜査一課長が緋色冴子に言った。

「実は、二十六年前の福田富男殺害事件は、私が捜査一課に配属されて最初に出くわした事件なんだ。最初の事件が迷宮入りになってしまい、ずっと気にかかっていた。あなたのおかげで犯人を挙げることができた。肩の荷を下ろすことができたような気がする」

ありがとう、と山崎は深々と頭を下げた。そうだったのか、と聡は思った。犯罪資料館に保管されている証拠品や捜査書類を受け取るのに、捜査一課長自らが出向いてきたので、聡は不思議に思っていたのだが、そうした事情があったのだ。

今尾も同じく頭を下げた。その顔は無表情で、〈赤い博物館〉への敵意が和らいだのかどうかはわからなかった。緋色冴子はそっけなくうなずいた。

聡は、館長室を出た山崎と今尾について正面玄関まで行った。捜査一課長が帰るのだから、見送らないわけにはいかない。もっとも、緋色冴子は椅子から立ち上がろうともしなかったが。

「……世話になった」

今尾がぽつりと言った。いえ、と聡は答えた。

駐車場には捜査車両が一台、停められていた。香坂巡査部長が運転席に座っている。香坂は車から出てくると、山崎と今尾のためにドアを開けた。それから聡に向かって忌々しげな声を投げかけた。

「やってくれたじゃないか、この野郎。まあ、まぐれ当たりだろうけどな」

「まぐれ当たりなんかじゃない。またやってやるよ」

ち、しぶとい野郎だ、と毒づきながら、香坂は運転席に乗り込み、捜査車両を出した。

聡は館長室に戻った。緋色冴子は、事件解決の感慨に浸る様子もなく、捜査書類を読み続けていた。

「それにしても、父親の血を引いていないことを証明するためなんていう犯行動機がよくおわかりになりましたね。普通、思いつきませんよ」

「わたしも昔、同じようなことを考えたことがあったからな」

緋色冴子がぽつりと言った。

「え？」

聡は思わず彼女を見返した。どういう意味なのだろう。彼女も昔、父親との血のつながりの有無を確かめたいと思ったことがあったというのだろうか。

だが、彼女はそれきり何も言わなかった。雪女のように冷たく整った顔で、書類を捲り続けているだけだった。

解説

飯城勇三

本書は二〇一五年に文藝春秋からハードカバーで出た『赤い博物館』の文庫化となります。そこで、今、この解説を読んでいるあなたに、二つの質問をしましょう。

〔Q1〕あなたは元版（ハードカバー版）は読んでいますか？

〔Q2〕あなたは何を期待してこの本を手に取ったのですか？

まず、あなたが元版を未読であり、面白いミステリを期待してこの本を手に取ったならば、その期待を裏切られることはありません。なぜかというと、本書はトップレベルの本格ミステリであり、謎解きの面白さをたっぷり味わうことができるからです。

一方、あなたが元版は未読だが、テレビドラマ「犯罪資料館　緋色冴子シリーズ『赤い博物館』」を観ているために本書に関心を持ったならば、その期待を裏切られることはありません。なぜかというと、ドラマ版は原作を尊重しつつも独自のアレンジを加えているため、比べてみると、実に興味深いからです。

また、あなたが元版を読んでいたとしても、本書を楽しめるに違いありません。なぜかというと、文庫化にあたり、作者はいくつもの加筆をしているからです。もともと質の高かった旧稿が、さらにレベルアップしたわけですから、あらためて読んでみる価値はあるでしょう。

なお、ここではっきりと書いておきますが、右の文は、解説者が〝盛って〟いるわけではありません。まぎれもない事実なのです。以下では、その理由を説明しましょう。

どこが本格ミステリとして優れているのか？

本書の収録作は、エラリー・クイーン風の本格ミステリ、つまり、作者が読者に向かって、「あなたも推理すれば真相を見抜くことができます」と挑むタイプに属します。このタイプの作品で作者と読者が重要視するのは、「作中探偵（本書の場合は冴子）が推理に用いたデータはすべて、読者にも事前に提示しなければならない」という点。いわゆる〝フェアプレイ〟ですね。そして、本書は〈赤い博物館〉というユニークな設定を利用して、高いレベルで〝フェアプレイ〟を達成しているのです。

その〈赤い博物館〉とは、ロンドン警視庁犯罪博物館（通称〈黒い博物館〉）の日本版。そこに保管してある過去の事件の遺留品や証拠品や捜査資料を使って、女性館長・緋色冴子警視が謎を解く、というのが基本設定です。これはもちろん、フェアプレイの実践に他なりません。なぜならば、この設定の場合、探偵役と読者の得るデータは、まったく同じになるからです。また、当時の事件関係者にあらためて話を聞く場合もありますが、会うのは冴子ではなく部下の寺田なので、その内容は、すべて読者に明かされています。しかも、寺田が関係者にする質問は、冴子に指示されたもの。ということは、読者が「なぜこんな質問をするのか？」と考えるならば、彼女の推理を当てることも可能になるわけです。

フェアプレイを公言する本格ミステリの中には、大量の〝重要ではないデータ〟の中に〝重要なデータ〟をこっそり潜《ひそ》ませる、という――正直言ってあまり誉められない――手を使っているものも少なくありません。ですが、本書は違います。作者は「重要な手がかりはこの中にあります」、「この質問の答えは重要な手がかりです」と、読者に宣言しているのですから。まさしく、堂々たるフェアプレイだと言えるでしょう。

ただし、これだけフェアに手がかりを描くと――当たり前の話ですが――読者が早々と真相を見抜いてしまう可能性が高まります。実は、手がかりをきちんと描くこと自体は難しくありません。難しいのは、〝読者に対して手がかりを堂々と提示しながらも真相を当てさせない〟ことなのです。

そして、作者はこの難題を見事にクリアしています。これから読む人のために、ぼかした表現をすると、

①読者が犯人を容疑者に含めないように巧妙なミスリードをしている。

読者が手がかりを当てはめようとするのは、容疑者だけです。例えば、読者に「犯人は被害者の家族の中にいる」と思い込ませて、犯人を〝家族とは無関係の人

物〟に設定すれば、読者は真相を見抜くことはできません。

②読者が事件の構図を錯覚するように巧妙なミスリードをしている。

例えば、犯人が誘拐に見せかけて遺産相続者の抹殺をもくろんだとします。この場合、読者が〝誘拐事件〟という前提で手がかりを解釈しようとする限りは、真相にたどり着くことはできません。

あなたが本書を読み終えたならば、作者がこの技巧をどう応用しているか、チェックしてみてください。おそらく、感嘆の声を上げるでしょうね。

しかし、クイーン風本格ミステリが抱える難題は、まだあります。それは、「誰一人として真相を見抜くことができない作品は出来が悪いと見なされる」というもの。本当にフェアに書かれているならば、どんなに巧妙なミスリードをしても、すべての読者を欺くことはできません。本格ミステリの理想の難易度は、「読者が頭を絞れば（完璧ではないものの）真相を当てることは可能」というものなのです。そして本書は、絶妙なバランスで、この難易度を達成しています。私自身を例に挙げるならば、五作中一作はほぼ正解、もう一作はある程度正解でしたから。

というわけで、これから本書を読む人は、冴子が真相を語る前に、自分でも推理してみてください。そうすれば、各作品がいかにフェアプレイを実践しているか、いかに巧妙なミスリードを実施しているか、いかに絶妙な難易度を実現しているかがわかると思います。そして、読者に挑戦するタイプの本格ミステリとして、本書が最高レベルの完成度を達成していることを実感すると思います。

どこがテレビドラマと異なるのか？

本書はテレビドラマ化され、二〇一六年八月二十九日に「犯罪資料館　緋色冴子シリーズ『赤い博物館』」という題で放映されました。配役は緋色冴子が松下由樹、寺田が山崎裕太、守衛の大塚が竜雷太。原作は「死が共犯者を別つまで」と「炎」で、脚本は大久保ともみ。

「炎」を寺田自身の事件にするなど、大胆な改変もありますが、ミステリ部分はほぼ原作に忠実。ただし、原作の緻密さを追い切れなかったのか、「死が〜」の免許の件など、カットされた手がかりもあります。ドラマを観た人は、ぜひ、本書と比べてみてください。そうすれば、原作の見事さと脚本の巧みさ、その両方が見えてくるはずです。

一番大きな変更は、クールで論理的な原作を、ウエットで情緒的に仕立て直したこと（『砂の器』風脚色と言いましょうか）。冴子のキャラも、早々と〝雪女〟から遠ざかっていきます。まあ、このあたりは、視聴者に感情移入をさせるためでしょうね。

このドラマは好評だったらしく、二〇一七年七月十日には、「犯罪資料館　緋色冴子シリーズ『赤い博物館２』」が放映。原作は「死に至る問い」で、脚本は金谷祐子。

今回も原作を尊重しつつも、オリジナルの容疑者を出し、動機を補強するデータを加えています。ウエットで情緒的な改変は前回と同じ。もっとも、原作も「クールで論理的な冴子の推理の後にウエットで情緒的な犯行動機が浮かび出る」という構成をとっているので、改変というよりは、比重の変更と言った方が良いかもしれません。また、ドラマ版第一話にちらりと出てきた〝冴子の母親が不審死した事件〟がらみのシーンが、三分の一ほどを占めているのも、ウエットな印象を強めています。とはいえ、ミステリ部分は原作通りにハイレベルなので、シリーズの継続を望みたいですね。

どこが改稿されているのか？

元版と文庫版を比べてみると、大きな修正は「パンの身代金」に集中しています。いずれもミステリ部分の磨き上げであり、同じ作者の『密室蒐集家』文庫版のようなトリックの変更はありません。

・身代金受け渡しのために移動する場面の描写を詳細化。
・取引現場となった廃屋の持ち主を容疑者に含めてアリバイを調べる場面を追加。
・犯人がらみのデータを増量。
・旧稿では簡単に触れるだけだった動機に関するデータを追加。
・解決篇の冴子の推理を三割も増量して精緻化。

なお、作者によると、「身代金が五億だったのですが、この金額だと重すぎて一人では運べないということなので、一億に減額しております（笑）」とのこと。さらに、本書全体で交通事故死の数が多かったため、その中の二件の死因を変更したそうです。以上の改稿により、旧稿よりずっと完成度が高くなっています。既にハードカバー版で読んだ人も、ぜひ本書で再読してみてください。あと、「パンの身代金」をドラマ化する際は、この文庫版の方を基にしてほしいですね。

本書を楽しんで、「もっと大山誠一郎の本を読みたい」と思った人には、『密室蒐集家』（文春文庫）をおすすめします。そして、それも楽しめた人は、『アルファベット・パズラーズ』（創元推理文庫）をどうぞ。どちらも既に読んでいる人も、がっかりすることはありません。作者によると、この本の刊行月か翌月に、『アリバイ崩し承ります』というアリバイ崩し物の連作短篇集が、実業之日本社から出るそうです。設定は、「時計店の女性店主が、客の刑事から事件の話を聞き、容疑者の鉄壁のアリバイをその場ですぐに崩してみせる」というものなので、やはり、作中探偵と読者の入手するデータを一致させて、フェアプレイを実践しているわけです。いやあ、期待が高まりますね。

（翻訳家、評論家）

文春文庫

赤《あか》い博《はく》物《ぶつ》館《かん》

定価はカバーに
表示してあります

2018年9月10日　第1刷
2022年5月10日　第2刷

著　者　大山《おおやま》誠一郎《せいいちろう》
発行者　花田朋子
発行所　株式会社 文藝春秋

東京都千代田区紀尾井町 3-23　〒102-8008
TEL 03・3265・1211(代)
文藝春秋ホームページ　http://www.bunshun.co.jp

落丁、乱丁本は、お手数ですが小社製作部宛お送り下さい。送料小社負担でお取替致します。

印刷製本・凸版印刷

Printed in Japan
ISBN978-4-16-791137-9